逝川

迟子建

作家出版社

目 录

逝　川

　　大约是每年的九月底或者十月初吧，一种被当地人称为"泪鱼"的鱼就从逝川上游哭着下来了。

　　此时的渔民还没有从鱼汛带给他们的疲乏和兴奋中解脱出来，但只要感觉到入冬的第一场雪要来了，他们就是再累也要准备捕鱼工具，因为无论如何，他们也要打上几条泪鱼，才算对得起老婆孩子和一年的收获。

　　泪鱼是逝川独有的一种鱼。身体呈扁圆形，红色的鳍，蓝色的鳞片。每年只在第一场雪降临之后才出现，它们到来时整条逝川便发出呜呜呜的声音。

　　这种鱼被捕上来时双眼总是流出一串串珠玉般的泪珠，暗红的尾轻轻摆动，蓝幽幽的鳞片泛出马兰花色的光泽，柔软的鳃风箱一样呼嗒呼嗒地翕动。渔妇们这时候就赶紧把丈夫捕到的泪鱼放到硕大的木盆中，安慰它们，一遍遍祈祷般地说着："好了，别哭了；好了，别哭了；好了，别哭了……"从逝川被打捞上来的泪鱼果然就不哭了，它们在岸上的木盆中游来游去，仿佛得到了意外的温暖，心安理得了。

如果不想听逝川在初冬时节的悲凉之声，那么只有打捞泪鱼了。

泪鱼一般都在初雪的傍晚从上游下来，所以渔民们早早就在岸上燃起了一堆堆篝火。那篝火大多是橘黄色的，远远看去像是一只只金碗在闪闪发光。这一带的渔妇大都有着高高的眉骨，厚厚的单眼皮，肥肥的嘴唇。她们走路时发出咚咚的响声，有极强的生育能力，而且食量惊人。渔妇们喜欢包着藏青色或银灰色的头巾，无论长幼，都一律梳着发髻。她们在逝川岸边的形象宛如一株株粗壮的黑桦树。

逝川的源头在哪里渔民们是不知道的，只知道它从极北的地方来。它的河道并不宽阔，水平如镜，即使盛夏的暴雨时节也不呈现波涛汹涌的气象，只不过袅袅的水雾不绝如缕地从河面向两岸的林带蔓延，想必逝川的水应该是极深的吧。

当晚秋的风在林间放肆地撕扯失去水分的树叶时，敏感的老渔妇吉喜就把捕捞泪鱼的工具准备好了。吉喜七十八岁了，干瘦而驼背，喜欢吃风干的浆果和蘑菇，常常自言自语。如果你乘着小船从逝川的上游经过这个叫"阿甲"的小渔村，想喝一碗喷香的茶，就请到吉喜家去吧。她还常年备着男人喜欢抽的烟叶，几杆铜质的烟锅齐刷刷地横躺在柜上，你只需享用就是了。

要认识吉喜并不困难。在阿甲，你走在充满新鲜鱼腥气的土路上，突然看见一个丰腴挺拔有着高高鼻梁和鲜艳嘴唇的姑娘，她就是吉喜，年轻时的吉喜，时光倒流五十年的吉喜。她发髻高绾，明眸皓齿，夏天总是穿着曳地的灰布长裙，吃起生鱼来是那么惹人喜爱。那时的渔民若是有害胃病而茶饭不思的，就要想着看看吉喜吃生鱼时的表情。吉喜光锐的牙齿嚼着雪亮的鳞片和嫩白的鱼肉，发出奇妙的音乐声，害病的渔民就有了吃东西的欲望。而现在你若想相逢吉喜，也是件很容易的事。在阿甲渔村，你看哪一个驼背的老渔妇在突然抬头的一瞬眼睛里迸射出雪亮的鱼鳞般的光芒，那个人便是吉喜，老吉喜。

雪是从凌晨五时悄然来临的。吉喜接连做了几个噩梦，暗自说了不少上帝的坏话。正骂着，她听见窗棂发出刮鱼鳞一样的嚓嚓的响声。不用说，雪花来了，泪鱼也就要从逝川经过了。吉喜觉得冷，加上一阵拼命的咳嗽，她的觉全被惊醒了。她穿衣下炕，将火炉引着，用铁质托架烤上两个土豆，然后就点起油灯，检查捕泪鱼的网是否还有漏洞。她将网的一端拴在火墙的钉子上，另一侧固定在门把手上，从门到火墙就有一幅十几米长的渔网像疏朗的雾气一样飘浮着。银白的网丝在油灯勃然跳花的时候呈现出琥珀色，吉喜就仿佛闻到了树脂的香气。网是吉喜亲手织成的，网眼还是那么匀称，虽然她使用木梭时手指不那么灵活了。在阿甲，大概没有人家没有使过吉喜织的网。她年轻的时候，年轻力壮的渔民们从逝川进城回来总是带回一团团雪白的丝线，让她织各种型号的网，当然也给她带一些头巾、首饰、纽扣之类的饰物。吉喜那时很乐意让男人们看她织网。她在火爆的太阳下织，也在如水的月光下织，有时织着织着就睡在渔网旁了，网雪亮地环绕着她，犹如网着一条美人鱼。

吉喜将苍老的手指伸向网眼，又低低地骂了上帝一句什么，接着去看烤土豆熟了几成，然后又烧水沏茶。吉喜磨磨蹭蹭地吃喝完毕时，天犹犹豫豫地亮了。从灰蒙蒙的玻璃窗朝外望去，可以看见逝川泛出黝黑的光泽。吉喜的木屋就面对着逝川，河对岸的林带一片苍茫。肯定不会有鸟的踪迹了。吉喜看了会儿天，又有些瞌睡，她低低咕哝了一句什么，就歪倒在炕上打盹儿。她再次醒来是被敲门声惊醒的，来人是胡会的孙子胡刀。胡刀怀中拥着一包茶和一包干枣，大约因为心急没戴棉帽，头发上落了厚厚一层雪，像是顶着一张雪白的面饼，而他的两只耳朵被冻得跟山楂一样鲜艳。胡刀懊丧地连连说："吉喜大妈，这可怎么好，这小东西真不会挑日子，爱莲说感觉身体不对了，挺不过今天了，唉，泪鱼也要来了，这可怎么好，多么不是时候……"

吉喜把茶和干枣收到柜顶，看了一眼手足无措的胡刀。男人第一次当爸爸时都是这么慌乱不堪的。吉喜喜欢这种慌乱的神态。

"要是泪鱼下来时她还生不下来，吉喜大妈，您就只管去逝川捕泪鱼，唉，真的不是时候。还差半个月呢，这孩子和泪鱼争什么呢……"胡刀垂手站在门前翻来覆去地说着，并且不时地朝窗外看着。窗外能有什么？除了雪还是雪。

在阿甲渔村有一种传说，泪鱼下来的时候，如果哪户没有捕到它，一无所获，那么这家的主人就会遭灾。当然这里没有人遭灾，因为每年的这个时候人们守在逝川旁都是大有收获的。泪鱼不同于其他鱼类，它被网挂上时百分之百都活着，大约都是一斤重左右，体态匀称玲珑。将这些蓝幽幽的鱼投入注满水的木盆中，次日凌晨时再将它们放回逝川，它们再次入水时便不再发出呜呜呜的声音了。

有谁见过这样奇异的鱼呢?

吉喜打发胡刀回家去烧一锅热水。她吃了个土豆,喝了碗热茶,把捕鱼工具一一归置好,关好火炉的门,戴上银灰色的头巾便出门了。

一百多幢房屋的阿甲渔村在雪中显得规模更加小了。房屋在雪中就像一颗颗被糖腌制的蜜枣一样。吉喜望了望逝川,它在初雪中显得那么消瘦,她似乎能感觉到泪鱼到来前河水那微妙的震颤了。她想起了胡刀的祖父胡会,他就被葬在逝川对岸的松树林中。这个可怜的老渔民在七十岁那年成了黑熊的牺牲品。年轻时的胡会能骑善射,围剿龟鱼最有经验。别看他个头不高,相貌平平,但却是阿甲姑娘心中的偶像。那时的吉喜不但能捕鱼、能吃生鱼,还会刺绣、裁剪、酿酒。胡会那时常常到吉喜这儿来讨烟吃,吉喜的木屋也是胡会帮忙张罗盖起来的。那时的吉喜有个天真的想法,认定百里挑一的她会成为胡会的妻子,然而胡会却娶了毫无姿色和持家能力的彩珠。胡会结婚那天吉喜正在逝川旁刳生鱼,她看见迎亲的队伍过来了,看见了胡会胸前戴着的愚蠢的红花,吉喜便将木盆中满漾着鱼鳞的腥水兜头朝他浇去,并且发出快意的笑声。胡会歉意地冲吉喜笑笑,满身腥气地去接新娘。吉喜站在逝川旁拈起一条花纹点点的狗鱼,大口大口地咀嚼着,眼泪簌簌地落了下来。

胡会曾在某一年捕泪鱼的时候告诉吉喜他没有娶她的原因。胡会说:"你太能了,你什么都会,你能挑起门户过日子,男人在你的屋檐下会慢慢丧失生活能力的,你能过了头。"

吉喜恨恨地说:"我有能力难道也是罪过吗?"

吉喜想,一个渔妇如果不会捕鱼、制干菜、晒鱼干、酿酒、织网，而只是会生孩子，那又有什么可爱呢？吉喜的这种想法酿造了她一生的悲剧。在阿甲，男人们都欣赏她，都喜欢喝她酿的酒、她烹的茶、她制的烟叶，喜欢看她吃生鱼时生机勃勃的表情，喜欢她那一口与众不同的白牙，但没有一个男人娶她。逝川日日夜夜地流，吉喜一天天地苍老，两岸的树林却愈发葱郁了。

吉喜过了中年特别喜欢唱歌。她站在逝川岸边剖生鱼时要唱，在秋季进山采蘑菇时要唱，在她家的木屋顶晾制干菜时要唱，在傍晚给家禽喂食时也要唱。吉喜的歌声像炊烟一样在阿甲渔村四处弥漫，男人们听到她的歌声就像是听到了泪鱼的哭声一样心如刀绞。他们每逢吉喜唱歌的时候就来朝她讨烟吃，并且亲切地一遍遍地叫着"吉喜吉喜"。吉喜就不再唱了，她麻利地碾碎烟末，将烟锅擦得更加亮堂，铜和木纹都显出上好的本色。她喜欢听男人们唤她"吉喜吉喜"的声音，那时她就显出小鸟依人的可人神态。然而吃完她烟的男人大都拍拍脚掌趿上鞋回家了，留给吉喜的，是月光下的院子里斑斑驳驳的树影。吉喜过了四十岁就不再歌唱了，她开始沉静地迎接她头上出现的第一根白发，频繁地出入一家家为女人们接生，她是多么羡慕分娩者有那极其幸福痛苦的一瞬啊。

在吉喜的接生史上，还没有一个孩子是在泪鱼到来的这天出生的，从来没有过。她暗自祈祷上帝让这孩子在黄昏前出生，以便她能成为逝川岸边捕泪鱼的一员。她这样在飞雪中祈祷上帝的时候又觉得万分可笑，因为她刚刚说了上帝许多坏话。

胡刀的妻子挺直地躺在炕上，因为阵痛而挥汗如雨，见到吉喜，眼睛湿湿地望了她一眼。吉喜洗了洗手，询问反应有多长时间了，有什么感觉不对的地方。胡刀手忙脚乱地在屋中央走来走去，一会儿踢翻了木盆，水流满地；一会儿又把墙角戳冰眼的铁钎子碰倒了，发出"当啷"的声响。吉喜忍不住对胡刀说："你置备置备捕泪鱼的工具吧，别在这儿忙活了。"

胡刀说："我早就准备好了。"

吉喜说："劈柴也准备好了？"

胡刀唯唯诺诺地说："备好了。"

吉喜又说："渔网得要一片三号的。"

胡刀仍然不开窍，"有三号的渔网。"说完，在沏茶时将茶叶桶碰翻了，又是一声响，产妇痉挛了一下。

吉喜只得吓唬胡刀了，"你这么有能耐，你就给你老婆接生吧。"

胡刀吓得面如土色，"吉喜大妈，我怎么会接生，我怎么能把这孩子接出来？"

"你怎么送进去的，就怎么接出来吧。"吉喜开了一句玩笑，胡刀这才领会他在这里给产妇增加精神负担了，便张皇失措地离去，走时又被门槛给绊倒了，噗地趴在地上，"哎哟"叫着，十分可笑可爱。

胡刀家正厅的北墙上挂着胡会的一张画像。胡会歪戴着一顶黑毡帽，叼着一杆长烟袋，笑嘻嘻的，那是他年轻时的形象。

吉喜最初看到这幅画时笑得前仰后合。胡会从城里回来，一上岸，就到吉喜这儿来了。吉喜远远看见胡会背着一个皮兜，手中拿着一卷纸，就问他那纸是什么。胡会狡黠地展开了画像，结果她看到了另一个胡会。她当时笑得大叫："活活像只出洋相的猴子，谁这么糟践你？"

胡会说："等有一天我死了，你就不觉得这是出洋相了。"

的确，吉喜现在老眼昏花地看着这幅画像，看着年轻的胡会，心中有了某种酸楚。

午后了。产妇折腾了两个小时，倒没有生产的迹象了，这使吉喜有些后怕。这样下去，再有四五个小时也生不下来，而泪鱼分明已经要从逝川下来了。她从窗户看见许多人往逝川岸边走去，他们已经把劈柴运去了。一些狗在雪中活跃地奔跑着。

胡刀站在院子的猪圈里给猪续干草。有些干草屑被风雪给卷起来，像一群小鱼在舞蹈。时光倒回五十年的吉喜正站在屋檐前挑干草。她用银白的杈子将它们挑到草垛上，预备牲畜过冬时用。吉喜乌黑的头发上落着干草屑，褐绿色的草屑还有一股草香气。秋天的黄昏使林间落叶有了一种质地沉重的感觉，而隐约的晨霜则使玻璃窗有了新鲜的泪痕。落日掉进逝川对岸的莽莽丛林中了，吉喜这时看见胡会从逝川的上游走来。他远远蠕动的形象恍若一只蚂蚁，而渐近时则如一只笨拙的青蛙，走到近前就是一只摇着尾巴的可爱的巴儿狗了。

吉喜笑着将她体味到的类似蚂蚁、青蛙、巴儿狗的三种不同形象说与胡会。胡会也笑了，现出很满意的神态，然后甩给吉喜一条刚打上来的细鳞鱼，看着她一点点地吃掉。吉喜进了屋，在昏暗的室内给胡会准备茶食。胡会突然拦腰抱住了吉喜，将嘴唇贴到吉喜满是腥味的嘴上，吉喜的口腔散发出逝川独有的气息，胡会长久地吸吮着这气息。

"我远远走来时是个啥形象？"胡会咬了一下吉喜的嘴唇。

"蚂蚁。"吉喜气喘吁吁地说。

"快到近前呢？"胡会将吉喜的腰搂得更紧。

"青蛙。"吉喜轻声说。

"到了你面前呢？"胡会又咬了一下吉喜的嘴唇。

"摇着尾巴的巴儿狗。"吉喜说着抖了一下身子，因为头上的干草屑落到脖颈里令她发痒了。

"到了你身上呢？脸贴脸地对着你时呢？"胡会将吉喜抱到炕上，轻轻地撩开了她的衣襟。

吉喜什么也没说，她不知道他那时像什么。而当胡会将他的深情有力地倾诉给她时，扭动着的吉喜忽然喃喃呻吟道："这时是只吃人的老虎。"

火炉上的水开了，沸水将壶盖顶得噗噗直响。吉喜也顾不得水烧老了，一任壶盖活泼地响下去，等他们湿漉漉地彼此分开时，一壶开水分明已经被烧飞了，屋子里洋溢着暖洋洋的水蒸气。

吉喜在那个难忘的黄昏尽头想，胡会一定会娶了她的。她会给他烹茶、煮饭、剖鱼、喂猪，给他生上几个孩子。然而胡会却娶了另一个女人做他的妻子。当吉喜将满是鳞片的剖鱼水兜头浇到新郎胡会身上时，她觉得那天的太阳是如此苍白冷酷。从此她不允许胡会进入她的屋子，她的烟叶和茶点宁肯留给别的男人，也不给予他。胡会死的时候，全阿甲渔村的人都去参加葬礼了，唯独她没有去。她老迈地站在窗前，望着日夜川流不息的逝川，耳畔老是响起沸水将壶盖顶得噗噗的声响。

产妇再一次呻吟起来，吉喜从胡会的画像前离开。她边挪动步子边嘟囔道："唉，你是多么像一只出洋相的猴子。"说完，又惯常地骂了上帝一句什么，这才来到产妇身边。

"吉喜大妈，我会死吗？"产妇从毯子下伸出一只湿漉漉的手。

"头一回生孩子的女人都想着会死，可没有一个人会死的。有我在，没有人会死的。"吉喜安慰道，用毛巾擦了擦产妇额上的汗，"你想要个男的还是女的？"

产妇疲惫地笑笑，"只要不是个怪物就行。"

吉喜说："现在这么想，等孩子生下来就横挑鼻子竖挑眼了。"吉喜坐在炕沿前说："看你这身子，像是怀了双胞胎。"

产妇害怕了，"一个都难生，两个就更难生了。"

吉喜说："人就是娇气，生一个两个孩子要哎哟一整天。你看看狗和猫，哪一窝不生三五个，又没人侍候。猫要生前还得自己叼棉花絮窝，它也是疼啊，就不像人这么娇气。"

吉喜一番话，说得产妇不再哎哟了。然而她的坚强如薄冰般脆弱，没挺多久，便又呻吟起来，并且口口声声骂着胡刀："胡刀，你死了，你作完孽就不管不顾了，胡刀，你怎么不来生孩子，你只知道痛快……"

吉喜暗自笑了。天色转暗了，胡刀已经给猪续完了干草，正把劈好的干柴拢成一捆，预备着夜晚在逝川旁用。雪小得多了，如果不仔细看，分明就是停了的样子。地上积的雪可是厚厚的了。红松木栅栏上顶着的雪算是最好看的，那一朵朵碗形的雪相挨迤逦，被身下红烛一般的松木杆映衬着，就像是温柔的火焰一样，瑰丽无比。

天色灰黑的时候吉喜觉得心口一阵阵地疼了。她听见渔村的狗正撒欢地吠叫着，人们开始到逝川旁生篝火去了。产妇又一次平静下来，她出了过多的汗，身下干爽的苇席已经潮润了。吉喜点亮了蜡烛，产妇朝她歉意地笑了，"吉喜大妈，您去捕泪鱼吧。没有您在逝川，人们就觉得捕泪鱼没有意思了。"

的确，每年在初雪的逝川岸边，吉喜总能打上几十条甚至上百条的活蹦乱跳的泪鱼。吉喜用来装泪鱼的木盆就能惹来所有人的目光。小孩子们将手调皮地伸入木盆中，去摸泪鱼的头或尾，搅得木盆里一阵翻腾。爸妈们这时就过来呵斥孩子了："别伤着泪鱼的鳞！"

吉喜说："我去捕泪鱼，谁来给你接生？"

产妇说："我自己。你告诉我怎样剪脐带，我一个人在家就行，让胡刀也去捕泪鱼。"

吉喜嗔怪道："看把你能耐的。"

产妇挪了一下腿说："吉喜大妈，捕不到泪鱼，会死人吗？"

吉喜说："哪知道呢，这只是传说。况且没有人家没有捕到过泪鱼。"

产妇又轻声说："我从小就问爸妈，泪鱼为什么要哭，为什么有着蓝色的鳞片，为什么在初雪之后才出现，可爸妈什么也回答不出来。吉喜大妈，您知道吗？"

吉喜落寞地垂下双手，喃喃地说："我能知道什么呢，要问就得去问逝川了，它能知道。"

产妇又一次呻吟起来。

天完全暗下来了。逝川旁的篝火渐渐亮起来，河水开始发出一种隐约的呜咽声，渔民们连忙占据着各个水段将银白的网一张一张地撒下去。木盆里的水早已准备好了，渔妇们包着灰色或蓝色的头巾在岸上结结实实地走来走去。逝川对岸的山披着银白的树挂，月亮竟然奇异地升起来了。冷清的月光照着河水、篝火、木盆和渔民们黝黑的脸庞，那种不需月光照耀就横溢而出的悲凉之声已经从逝川上游传下来了。

呜呜呜呜呜——呜呜呜——呜呜呜呜呜——

仿佛万千只小船从上游下来了，仿佛人世间所有的落叶都朝逝川涌来了，仿佛所有乐器奏出的最感伤的曲调汇集到一起了。逝川，它那毫不掩饰的悲凉之声，使阿甲渔村的人沉浸在一种宗教氛围中。有个渔民最先打上了一条泪鱼，那可怜的鱼轻轻摆着尾巴，眼里的泪纷纷垂落。这家的渔妇赶紧将鱼放入木盆中，轻轻地安慰道："好了，别哭了；好了，别哭了……"橘黄的篝火使渔妇的脸幻化成古铜色，而她包着的头巾则成为苍蓝色。

呜呜呜——呜呜呜呜呜——呜呜呜呜——

夜越来越深了，胡刀已经从逝川打上了七条泪鱼。他抽空跑回家里，看他老婆是否已经生了。那可怜的女人睁着一双大眼呆呆地望着天棚，一副绝望的表情。

"难道这孩子非要等到泪鱼过去了才出生？"吉喜想。

"吉喜大妈，我守她一会儿，您去逝川吧。我已经捕了七条泪鱼了，您还一条没捕呢。"胡刀说。

"你守她有什么用，你又不会接生。"吉喜说。

"她要生时我就去逝川喊您，没准——"胡刀吞吞吐吐地说，"没准明天才能生下来呢。"

"她挺不过今夜，十二点前准生。"吉喜说。

吉喜喝了杯茶，又有了一些精神，她换上一根新蜡烛，给产妇讲她年轻时闹过的一些笑话。产妇入神地听了一会儿，忍不住笑起来。吉喜见她没了负担，这才安心了。

大约午夜十一时许，产妇再一次被阵痛所包围。开始还是小声呻吟着，最后便大声叫唤。见到胡刀张皇失措进进出出时，她似乎找到了痛苦的根源，简直就要咆哮了。吉喜让胡刀又点亮了一根蜡烛，她擎着它站在产妇身旁。羊水破裂之后，吉喜终于看见了一个婴孩的脑袋像只熟透的苹果一样微微显露出来，这颗成熟的果实呈现着醉醺醺的神态，吉喜的心一阵欢愉。她竭力鼓励产妇："再加把劲，就要下来了，再加把劲，别那么娇气，我还要捕泪鱼去呢……"

　　那颗猩红的果实终于从母体垂落下来，那生动的啼哭声就像果实的甜香气一样四处弥漫。

　　"哦，小丫头，嗓门怪不小呢，长大了肯定也爱吃生鱼！"吉喜沉静地等待第二个孩子的出世。十分钟过去了，二十分钟过去了，产妇呼吸急促起来，这时又一颗成熟的果实微微显露出来。产妇号叫了一声，一个嗓门异常嘹亮的孩子腾地冲出母腹，是个可爱的男婴！

　　吉喜大叫着："胡刀胡刀，你可真有造化，一次就儿女双全了！"

　　胡刀兴奋得像只采花粉的蜜蜂，他感激地看着自己的妻子，像看着一位功臣。产妇终于平静下来，她舒展地躺在鲜血点点的湿润的苇席上，为能顺利给胡家添丁进口而感到愉悦。

　　"吉喜大妈，兴许还来得及，您快去逝川吧。"产妇疲乏地说。

　　吉喜将满是血污的手洗净，又喝了一杯茶，这才包上头巾走出胡家。路过厅堂，本想再看一眼墙上胡会的那张洋相百出的画像，不料墙上什么画像也没有，只有一个木葫芦和两把木梭吊在那儿。吉喜吃惊不小，她刚才见到的难道是胡会的鬼魂？吉喜诧异地来到院子，空气新鲜得仿佛多给她加了一叶肺，她觉得舒畅极了。胡刀正在烧着什么，一簇火焰活跃地跳动着。

"你在烧什么？"吉喜问。

胡刀说："俺爷爷的画像。他活着时说过了，他要是看不到重孙子，就由他的画像来看。要是重孙子出生了，他就不必被挂在墙上了。"

吉喜看着那簇渐渐熄灭的火焰凄凉地想："胡会，你果然看到重孙子了。不过这胡家的血脉不是由吉喜传播下来的。"

胡刀又说："俺爷爷说人只能管一两代人的事，超不过四代。过了四代，老人就会被孩子们当成怪物，所以他说要在这时毁了他的画像，不让人记得他。"

火焰烧化了一片雪地，它终于收缩了、泯灭了。借着屋子里反映出的烛光，雪地是柠檬色的。吉喜听着逝川发出的那种轻微的呜咽声，不禁泪滚双颊。她再也咬不动生鱼了，那有质感的鳞片当年在她的齿间是怎样发出畅快的叫声啊。她的牙齿可怕地脱落了，牙床不再是鲜红色的，而是青紫色的，像是一面旷日持久被烟熏火燎的老墙。她的头发稀疏而且斑白，极像是冬日山洞口旁的一簇孤寂的荒草。

吉喜就这么流着泪回到她的木屋，她将渔网搭在苍老的肩头，手里提着木盆，吃力地朝逝川走去。逝川的篝火玲珑剔透，许多渔妇站在盛着泪鱼的木盆前朝吉喜张望。没有那种悲哀之声从水面飘溢而出了，逝川显得那么宁静，对岸的白雪被篝火映得就像一片黄金铺在地上。吉喜将网下到江里，又艰难地给木盆注上水，然后呆呆地站在岸边等待泪鱼上网。子夜之后的黑暗并不漫长，吉喜听见她的身后有许多人走来走去。她想着当年她浇到胡会身上的那盆剐鱼水，那时她什么也不怕，她太有力气了。一个人没有了力气是多么令人痛心。天有些冷了，吉喜将头巾的边角努力朝胸部拉下，她开始起第一片网。网从水面上"唰唰"地走过，那种轻飘飘的感觉使她的心一阵阵下沉。一条泪鱼也没捕到，是个空网，苍白的网摊在岸边的白雪上，和雪融为一体。吉喜毫不气馁，总会有一条泪鱼撞入她的网的，她不相信自己会两手空空离去。又过了一段时间，曙色已经微微呈现的时候，吉喜开始起第二片网。她小心翼翼地拉着第二片网上岸，感觉那网沉甸甸的。她的腿哆嗦着，心想至少有十几条美丽的蓝色泪鱼嵌在网眼里。她一心一意地收着网，被收上来的网都是雪白雪白的，她什么也没看见。当网的端头垂头丧气地轻轻显露时，吉喜蓦然醒悟她拉上来的又是一片空网。她低低地骂了上帝一句什么，跌坐在河岸上。她在想，为什么感觉网沉甸甸的，却一无所获呢？最后她明白了，那是因为她的力气不比从前了，起网时网就显得沉重了。

天色渐渐地明了，篝火无声地熄灭了。逝川对岸的山赫然显露，许多渔民开始将捕到的泪鱼放回逝川了。吉喜听见水面发出"啪啪"的声响，那是泪鱼入水时的声音。泪鱼纷纷朝逝川的下游去了，吉喜仿佛看见了它们那蓝色的脊背和红色的鳍，它们的尾灵巧地摆动着，游得那样快。它们从逝川的上游来，又到逝川的下游去。吉喜想，泪鱼是多么了不起，比人小几百倍的身子，却能岁岁年年地畅游整条逝川。而人却只能守着逝川的一段，守住的就活下去、老下去，守不住的就成为它岸边的坟冢，听它的水声，依然望着它。

吉喜的嗓音嘶哑了，她很想在逝川岸边唱上一段歌谣，可她感觉自己已经不会发声。两片空网摊在一起，晨光温存地爱抚着它们，使每一个网眼都泛出柔和的光泽。

放完泪鱼的渔民们陆陆续续地回家了。他们带着老婆、孩子和狗，老婆又带着木盆和渔网，而温暖的篝火灰烬里则留有狗活泼的爪印。吉喜慢慢地站起来，将两片渔网拢在一起，站在空荡荡的河岸上，回身去取她的那个木盆。她艰难地靠近木盆，这时她惊讶地发现木盆的清水里竟游着十儿条美丽的蓝色泪鱼！它们那么悠闲地舞蹈着，吉喜的眼泪不由弥漫下来了。她抬头望了望那些回到渔村的渔民和渔妇，他们的身影飘忽不定，他们就快要回到自己的木屋了。一抹绯红的霞光出现在天际，使阿甲渔村沉浸在受孕般的和平之中。吉喜摇晃了一下，她很想赞美一句上帝，可说出的仍是诅咒的话。

吉喜用尽力气将木盆拖向岸边。她跪伏在岸边，喘着粗气，用瘦骨嶙峋的手将一条条丰满的泪鱼放回逝川。这最后一批泪鱼一入水便迅疾朝下游去了。

1994 年

北国一片苍茫

芦花的眼泪同窗外的雪花一样，纷纷扬扬。

九点了，她才从慵懒的星期天的晨光中醒来。淡蓝色的窗帘不像往日那样，透着活泼热烈的亮点。芦花觉得眼前雾蒙蒙的，她马上有了一种感觉，这感觉促使她立刻翻身下床，几步奔到窗前，撩起窗帘——

下雪了，果然。校园白了。那一株株独立不羁的小杨树，昨日还有飘曳在枝头的几片零星枯叶，对着深蓝色的天空默默低吟，而一夜间就不知被雪花弹拨到哪儿去了，断送了簌簌秋声。它们的每一根枝条每一段丫杈，都裹上了丰盈的雪絮，绒线团一般。远远一望，犹如一群美丽纯洁的小天使，唱着圣诞的歌子，飞临人间了。

天地如此和谐。芦花被眼前动荡纷扬而又宁静恬淡的雪花所渲染的氛围感动了。她觉得一颗沉重的心正在自己的身体里被爽意的雪花轻轻托起，悠游到一种清新明丽的境界中。接着，她的眼泪就白白莹莹、楚楚动人地扑嗒扑嗒地往下落了。

雪越下越大。她穿上鹅黄色的套头羊毛衫，把脸上的泪痕抹去，俯身对着写字台上镂花褐色框架的圆镜子，点着自己的鼻子：你是个傻瓜是个小可怜儿小林黛玉。末了，把两弯淡淡的笑容装进浅浅的酒窝中，她觉得自己满足了。于是，拉开抽屉，取出日记本，嚓嚓地写起来：

昨夜梦中又见爸爸。他似乎改了嗜好，不再酗酒，样子慈祥多了。他住在一片古老而又遥远的大漠中，一个没有人烟没有鸟语的世界。他倒在地上。四面荆棘丛生，而且无限延伸，像张巨大的网，把他罩在里面了。我见他在里面痛苦地挣扎，他伸出那双棕红色的大手，一直把它们举过头顶。这双大手忽然愈变愈大，手指也愈变愈长，像两棵参天的红松，舒展着遒劲的枝干，遥遥地默对蓝天。

他那双手太可怕了。他想抓住什么？是抓蓝天上的白云，还是抓蓝天？白云是虚幻的，蓝天则是虚伪的，因为它总是假借太阳才能呈现出单纯、明亮。爸爸，你不必抓它们。

醒来，下雪了。这是今冬第一场雪。我哭了。是梦的情绪的继续，还是心灵的发现，郁闷的宣泄，抑或一种天性使然？

我心亦茫然。唔唔，你能告诉我吗？

她插上笔帽，把笔塞到笔筒里。她的笔筒满满当当的，她自己也奇怪哪来这么多笔。于是，她一支支地把它们抽出来，一忽儿的工夫就淘汰了五支。笔筒宽松多了，她的心也宽松多了。宽松得她仿佛闻到了雪的醇香和咇唔身上那股令她神志恍惚、温润迷乱的气息。

娘永远都是老样子。她的脸是迟暮的黄昏。她的额头有两条深深的褐色疤痕，好像那上面终年滑行着雪橇。咇唔曾多次攀缘在她的身上用粉红色的滑润的舌头去舔那疤痕里的风尘。咇唔的眼里浸着泪，而娘眼里却永远是雾，雾后面的眼睛，永远都不见光彩。而咇唔和天上的星星，却永远都有爱动的眼睛。

她七岁，是娘告诉她的。有次爸在大雪纷飞的时刻，挑一副担子，下山了。她和娘天天拾柴。那时，她第一次感觉到，人比小鸟的嗓子要好，娘唱的歌儿她听了会哭会笑。

一朵花来开崖畔嘞，
一条路来通四方哟。
花谢落尽深谷里嘞，
四处无路走天涯哟。

她脸上的黄昏越来越浓。极目四方，树静风静雪也静。她哭得抽抽噎噎的，娘叹口气，拉着她朝家走。她没有听够那歌，直至今天。

爸挑回了一担东西。花的布、红的头绳，这是给她的。还有一挂小花炮。她知道，要过年了。娘告诉她，她七岁了。她不懂七岁是什么，问娘，娘答："是长大了。"长大了是什么样儿？她想象不出。辫儿长了，娘给她盘在头上，像只小黑蝴蝶。爸满脸的小坑，像片洼地，她想象着用小米粒把它们填平。那样，爸的脸就不会这般丑陋难看。芦花习惯了安静和逃避，从她记事时起，爸和娘说起话来就总是别别扭扭的。娘顺从地流泪，后来泪也没了。她不愿意看见娘受爸的气。所以，只要是他们在一起的时候，她总是慌慌地逃开。

"嗯，山外闹事呢。"爸说。芦花刚要离开，听了这话，忍不住停了脚，听着。

"闹什么事呢？"娘轻声地问。

"抓人游街，厉害着呢。满大街都是小青年，男男女女的，要造反了。"

"唉，世道要变了。"娘叹口气。

空气凝滞，芦花的心也凝滞了。她多想知道山外的事啊。娘说，她再长几岁，就送她出山。娘还说，山外的人都很野，很坏，怕她受气。她出过山，那是爸告诉她的。她两岁的时候，得了一场病，烧得肉皮直烫手，爸送她出山，医好了。可惜她不记事。

山外是什么样呢？

爸和娘见她愣着偷听，都不吱声了。

爸问："芦花，你在听啥？"

"听风叫。风刮得那么厉害，嗮唔会冻出鼻涕吗？"她的眼泪直打转，她努力噙着。

"嗮唔？"爸的麻坑脸一皱，像个糠菜团子一样。

"那条狗。"娘赶紧应道，"芦花早就叫它'嗮唔'了。"

"唔唔，唔唔是个什么呢？"爸的两道眉拧在一起，像条青蛇一样地弯着。芦花吓得打着哆嗦，小心翼翼地说："唔唔，是能干活的意思。"

"哼，倒鬼道。"爸恼怒地一笑，不再追问。

哦，唔唔！芦花奔向户外，风雪马上眯住了她的眼睛，她揉着，揉哭了。

校园的一片洁白上，不知何时点上几个红点。五个女孩子正在堆雪人。雪人堆得又高又胖，敦厚而又明艳。其中有一个女孩子不满意雪人的鼻子，用纤纤素手去整容，结果又不对了另一个女孩的心思，于是，她们就嬉笑着扭打在一起。其他三个女孩子也不甘寂寞，纷纷参战。转眼间，雪人就崩溃了。她们笑倒在雪地上，开成五朵梅花，灿灿生辉。而天空，仍然无语悠扬地飘洒着雪花，敛声屏气地得意地吻着她们的睫毛、鼻子、嘴巴和急剧起伏的胸脯。芦花看到写字台上的电子台表正显示着 11 : 32。她穿上杏黄色的羽绒服，戴上白色的绒线帽、白色的围巾和白色的棉线手套，锁上房门，匆匆地穿过昏暗幽深的走廊，走到校园。

好舒畅好精神。浩渺而灵性的宇宙垂着巨大的由雪花勾勒而成的屏风，轻纱一般潇潇洒洒地飘扬。而雪花轻轻摩擦时发出的柔婉的声音，又充盈在这屏风的每一间空隙里，让人想到传说中的能歌善舞的仙女。芦花缓缓地举着步，好像不忍心踏乱这丰厚丰实的洁白似的。那五个堆雪的女孩子觑见了她，一呼而应地纷纷立起，互相吆喝着嗔怪着继续堆起雪人。芦花递给她们一个笑，一直朝校园外走去。走过居民区，走过草甸，走到山下。

仿佛又是二十年前，也是这样的天气，这样的时刻。她坐在矮矮趴趴的小屋子里，怀里跳跃着许多难耐的寂寞和由寂寞而生出的苦苦憧憬。

一根绳子，黄麻搓成的，可结实呢。听说这绳是娘的，现在用来捆柴。芦花把绳揽在胸前，坐在地火龙前打结。爸上山攉孢子去了，娘蹲在灶前用小灰鞣熊皮。前天，爸打死了一头大黑熊。娘说，能值很多钱。她不知道钱是什么。

她打了一个结，比一比长短，不满意，又解开重打。终于，反复几次，她在绳上打了两个结。绳子被分成了三段。

"这是上午。"她比画着上段，自言自语地说。

"下午在这儿。"她又抻了抻两个结中间的一段绳子。

"这个长长的，是晚上。"说完，她叹口气，支着下巴想着什么。

"芦花，好好的绳子系上了疙瘩做啥？"

"我分日头呢。"她看着娘，低低地说。娘把熊皮铺到地火龙上，也叹了口气。

天天晚上炕都烫手。爸点着熊油灯喝酒，让她快上炕睡。她乖乖地脱光衣服，扯着被躺下。爸一喝上酒，脸上的肌肉就松弛了，那小麻坑似乎也小了许多。跟娘说起话来，口气也温和多了，温和得就像春风舔抚着残雪消融的土地。娘挨到她身边，轻轻地拍她。她眯着眼，可并未曾睡着。她感觉到熊油灯昏黄的火苗在颤颤耸动。爸身上的那股酒气像一把银针，扎得她难受。不一会儿，爸喝完了酒，"嗯嗯啊啊"地清理着鼻子和嗓子，出外解手回来，吹了熊油灯，摸摸索索地上炕了。窗子在夜晚时放着棉帘子，屋里死一般的黑，什么也看不见。芦花害怕极了，她觉得自己变成了一只小黑苍蝇，又小又丑，可却没人管她。爸把娘扯过去了，她听到爸嘴里呃呃地叫着，娘则迟缓地应着，她感觉出爸和娘这一时刻是融为一体的。她希望他们永远这样，尽管她内心还不免恐惧。

噼啪噼啪噼啪，爆竹响了。门房里煮肉的香气被一股浓浓的火药味取代了。屋里多了一盏熊油灯，两团火苗烧得生气勃勃。她穿上新衣，扎上红头绳，看着爸和娘往松木桌上端年饭。

她走出屋。寒风像小叫驴一样，一声比一声急，无边无际的茫茫林海回响着这尖厉刺耳的叫声。天上少了月亮，只有几颗孱弱的小星，在黑沉沉的天幕上打摆子。哞唔倚在她身边，安静地，若有所寻地，同她一样望天。

她望不见一条出山的路，爸每次下山，都是神不知鬼不觉的。每次回来，又都是悄悄的。她曾爬到家后面那个很高的山头上，希望找到一条路。然而，山那面仍然是山，山的那面也仍然是山。她内心绝望得要命，孤独得要命，虽然她那时仅只七岁。她跪在山顶上，哭得脸色同雪一样白。她已习惯了冒出一滴泪，就默默抹掉一滴泪。最后，是爸把她抱回去的。爸没有打她，但那脸却狰狞极了。她再也不敢寻找出山的路。

"芦花，你在望啥？进屋吃年夜饭了。"娘过来喊她。她感觉到娘的手烫在她冰凉的脸蛋上，她的心抽搐了一下。

"娘，为什么要冬天过年呢？"

"冬天清闲、干净。"

"冬天冷！"她反驳着娘，蹲下身子，紧紧地搂着哞唔的脖子，嘶嘶地磕牙。

"娘在家过年，是不冷的。"

"娘的家在哪儿？"

"娘没有家。芦花，快进屋，给你爸磕头拜年。"

她被娘扯进屋里。爸已经等急了，浑身上下都在不安地骚动。娘把几块狍子肉分给嗨唔，让它到墙角去消受。芦花给爸和娘磕了头，拜了年。可她却没有吃年夜饭。她说牙疼，肚子疼。爸显然为此不高兴，眼睛瞪着娘，好像是娘怂恿芦花装病似的。末了，他摸了摸芦花的额头，摇头讪笑一声，忽然间从腰上扯下皮带，劈头盖脸朝娘的身上抽去。娘不躲闪，也不哭，两盏灯都被爸抽灭了，屋子顷刻变成一口枯干了的深井。芦花不敢哭，不敢叫，她张着嘴，摸索到地上，摸索到嗨唔，又由嗨唔带着摸索到屋门，出去了。星光漏进屋子，爸住了手。

嗨唔显示了它的强悍、勇敢和敏锐。这是一条高大而健壮的狗。它的毛以橙黄为主，嘴巴、脑门和脖颈却是雪白的。它的耳朵肥面宽大，并不立起，只是俯贴在脑袋两侧。这样，就更突出它那双乌蓝的眼珠。爸打猎时，总是带上它，好几次，它都从死神手中把爸夺回来。可是爸对它并不十分喜欢，有次喝醉了酒，竟然一边唔噜着什么歌子一边往它的脑袋上撒尿。嗨唔发疯地扑向爸爸，吼着，露出一排犀利而洁白的牙。她真希望它冲他的裆间咬一口。爸仓皇着拉裤带，酒被吓醒了大半。那次，芦花觉得开心极了。她把嗨唔领到山泉边，把它的脑袋按在清冽的水中，洗得干干净净。然后用野花编了个花环，套在它脖子上，让它驮着自己跑。嗨唔跑得飞快，她趴在它脊梁上，两手揪着它的耳朵，一边笑一边深情地唤它"嗨唔""嗨唔"。正在兴头，爸撞见了，他狠狠地喝住嗨唔，骂芦花："骑狗烂裤裆，看看你的裆！烂没烂，小狗东西！"

嗨唔好像早就有了准备，一出门，就驮着芦花往密林里跑。夜黑极了，风把树枝抽打得"吱吱"直叫。芦花根本不去想她走后爸会怎样对待娘，会打死她吗？她只想跑，不知会逃到哪里。反正，她不希望再看见爸和娘，不希望再听到爸终日的叱骂和麻坑脸里终日溢出的酒气。她一定要逃出去，她相信嗨唔会把她带到一个美好的地方。

芦花淌着泪，已经毫无知觉了。手、脚、脸仿佛都不是自己的了。她没有戴棉巴掌和兔皮围巾，脚上也只蹬着双毡袜。她听见嗨唔怪可怜地"呼哧呼哧"直喘，她多想下来走一走，让嗨唔歇一歇呀。可是她一点也不能动了。

她抬头望了一下天，发现所有的星星都齐心协力地跟着他们跑。她哭得轻松了。

雪下得有滋有味，放荡不羁。芦花的身上沾满了雪花。她呼出一口气，伸出舌头，让雪花在舌面上一点一点地消失，然后再让这清清水滴滋润到喉咙。

嗨唔忽然停下来了。它一边长一声短一声濒临死亡一般地急喘气，一边矬着身子吠叫。芦花知道它要累死了，她歪着身子，想下来。可她的腿却木木的。他们已经走了很远很远的路了。天仍然阴森森的，冷风不留情面地刮着，还时时弄出一些令人毛骨悚然的声音。她第一次觉得黑夜是这般漫长可怕。她忽然很想娘，也想爸。后来，什么也不想了，她脑子里一片空白。嗨唔把她掀到雪窠中，朝五米远的地方扑去。

隐约中，她见嗨唔撕扯着一个黑东西。那黑东西先是在雪地上蠕动，后来慢慢直立起来，压向嗨唔，像棵遭雷劈的大树一样。她大叫一声"嗨唔"，就什么也不知道了。

她觉得自己的脑袋、手、脚都丢了，浑身空空荡荡的，眼前是一片混混沌沌的雾。这雾浓极了，像烟，呛得她怎么也睁不开眼。后来，她醒了。第一眼见到的便是爸那张麻坑更深了的脸，好像那脸刚刚遭过一场虫灾。她望娘，娘的头发是灰的，脸是灰的，嘴唇是灰的，眼睛是灰的，就连说话的声音，也是灰色的："到，底，还是，还是，过来了。"娘的眼泪落下来了，也是灰色的。她仍然觉得浑身都空，好像五脏六腑都被人挖走了，什么也没有了，她动弹不得。

天阴着，朦胧的太阳隐在灰蒙蒙的云烟雾气中。

她总算活过来了。她怯怯地没有力气地问娘："我的头发变灰了吗？"

"没有，芦花，你的头发还跟熊皮那么又黑又亮。"

"嗨唔，它被一个黑东西，黑熊，给压死了。"她断断续续地回忆起了经过，抽搐着嘴，哆哆嗦嗦地说着。她想哭，可眼泪却出不来。

"嗨唔没死，好好活着呢。"娘回过头，一声一声地唤着，"嗨唔嗨唔嗨唔——"

听到召唤，它敏捷地蹿进屋来，灵巧地把前爪搭在芦花肩头，头俯视着芦花，伸出舌头一心一意地舔她的额头和脸。她觉得眼角又温热又滋润，觉得空空的躯壳里有一股清清的小溪淌过，琮琮琤琤的。她到底哭出来了，哭得像晴天小雨，清新而又舒畅。

"她可以起来了吗？"

"还得再躺躺。"

爸跟谁说话？芦花循声望去，见一个和他们一样有鼻子、嘴巴、眼睛、耳朵的人，正神话般地站在她面前。她吓得浑身一悸。除爸和娘外，在她的意识中，不会有另外一个人在这儿。她想起了娘讲给她的许多故事，她更加迷惑了。也许这是一个会吃人的人，你看他不是张着嘴吗？他的牙怎么跟桦树皮一样白？爸和娘的牙怎么就像黄黏土呢？她闭上了眼睛，她感到太阳穴疼极了。炕上有一股潮湿的土气，由于炕烧得太热，娘在炕上洒了水。她闻着这气息，慢慢地又睡了。

雪仍在飞扬跋扈地下着。苍黑色的大门完全被雪花漂白了。芦花站得腿酸了，她就势仰卧在地上。天好像十分十分的远，又好像这般这般的近。她觉得自己在这世界中已经变成了一朵雪花，融在其中，正欲缓缓慢慢地升腾起来。

她很快好了，能撕扯狍肉吃，也能和唔唔到屋前的空地上去嬉戏了。那个新来的人对她很好，给她叠纸飞机和轮船，只是也常常阴着脸。他的脸如雪野一般光滑白净，眼睛不大，但很柔和，跟唔唔待她的眼神一样。听娘说，那天她幸亏了这个人，不然就会冻死了。娘说这个人为了死才进这片林子的。他原想静静地躺在风中林中，让雪花悄悄地埋葬了他，可不料他遇到了外逃的芦花。是他救了她。而爸在第二天凌晨寻来，又把他们都救了。

芦花从心底里怨恨他。如果不是他，她和唔唔现在早已离开了这里，说不定到了一个没有黑暗的世界去了呢。所以，她一遇见他，就警觉而又厌烦地扭过头。

小后屋腾给他住了。她常常听见爸和他在那屋里争论什么。爸嗓门粗极了，他的嗓音又弱极了。他们在一起，爸就像一头狮子对待一只可怜的小兔子一样。娘说，山外闹事，闹到那个人身上了，说他是"狗崽子"。他走投无路，想死。芦花不懂人怎么会成了"狗崽子"，因为他的长相不像嗨唔，发声也不像嗨唔。看来，山外是总出稀奇事的。

夜还是那般长。熊油灯也不知被爸抽灭了多少盏，却依然闪着黄澄澄的光。自从来了陌生人，娘的脸不那般灰了，她一个人干活时，还低吟着小调儿。好像她从这个人身上找到了自己曾经丢过的许多幸福和快乐。不过，芦花不像第一次听娘唱歌时爱掉眼泪了。她没有眼泪为这样的歌儿去洒：

鸳鸯双双，

双双水面上，

蝴蝶对对，

对对摇花蜜。

她把娘的那根黄麻绳系满了疙瘩。她把这些疙瘩叫作"星星"。她喜欢星星如小黄花一样繁多。

爸上山打猎，带着嗨唔，有时也带上那个新来的人。爸和他出去回来，总是两手空空，连个兔子都套不着。爸嘟噜着脸，气哼哼地骂狗不中用。后来，爸就不带他去了。爸自己出门时，总是对她说："别出去跑，跟你娘在家干活。"爸的眼睛不怀好意地瞄着那个人。她隐隐地预感到爸和娘之间又发生了新的不快。

那天的太阳白得耀眼，爸出猎了。芦花在炕上擦熊油灯，弄得手黑渍渍的。娘在火墙边坐着，呆呆地想什么。这时，她听见那个人在后屋唤："嫂——子——"

娘一惊，迅速地看了芦花一眼，脸色不大好看。她向后屋走去，步子又缓又轻，像秋叶在水上漂泊。

不知怎的，芦花的心里产生了极大的兴趣。她竖着耳朵，想听听他们在说什么。可是，她只隐约听到类似"芦花白时……苇眉子……"等等一句半句的话。她不知自己怎么还有白的时候，是头发曾经白过吗？像仙姑一样？那她曾经当过仙人了？她的心怦怦地跳得厉害了。她蹑手蹑脚地下地，悄悄地绕到后屋门口，默默地立在那儿听。

"后来呢？"那人问。

"我，杀，杀了他。完后拿根黄麻绳到村头的老槐树下，想吊死。"

娘不说了。芦花听见地火龙呜呜直响，她知道外面在刮冒烟泡。屋子里非常热，她又不敢大声喘气，脸上就像下了一层火炭。她攥紧拳头，下了很大决心，才咽进喉咙一口唾沫。她的嗓子眼儿分外地疼。

"只怕这辈子我再也见不着比那还美的月亮地了。老槐树的叶子在路上印下了那么多碎碎乱乱的影子，花似的。我把绳子搭在树上，这花似的影子里就多了两道长条，摇摇摆摆的，蛇一样地瘆人。我想吊死的人的影子会吓坏许多人的。我就拽下绳子，系在腰上，跑了。"

这仍然是娘的声音。可芦花听起来却陌生极了。槐树什么样？它的影子真的那么好看吗？比他们林子中白桦的影子还美？

"我往哪儿跑呢？虽说杀了他，可我的身子已经被他糟践了，我不能在山东待下去了。我受不了。我就一个人逃到东北来了。"

"那你是怎么跟了芦花她爸？"

"我到了这里，一个亲人也没有。没有吃的，没有住的。我又想死了。"

好像是说到伤心处了吧，娘的声音带有幽怨的哭腔了："我拿着那根绳子，走进了林子深处，我不知道林子里到处都飞着蝴蝶。它们有金的，有蓝的，有白的，还有绿的，飞了我一身，那么多的小翅膀蹭我的脸，我哭了。

"那天的太阳很好，他下山经过这儿，见我哭，就问了起来。我就都说给他听了。他说我杀了人，就永远不能见别人了。他怕我不跟他真心过日子，就用烧热的铁条在我的额上烫了两道印迹。到了第二年的春天，我生下了芦花。我一算日子，知道芦花不是他的。"

娘叹了口气。芦花也跟着叹了口气。她紧张极了，她不知道娘的心里藏着那么多不为人知的秘密。

"我们两个都是为着走绝路碰到一起的苦命人哇。"

"嫂子——"

"兄弟——"

似乎一切都静了。娘不再说话，那人也不再说话。芦花痉挛地移动着双腿，泪眼蒙眬地往屋里晃。这时，房门忽然间山崩地裂地响了，爸裹着一身风雪，寒气萧瑟地进来了。爸一定是在路上遇上了名贵野兽，而又没能猎获，一脸的不满，满眼的怨愤。嗯唔的脑门上溅了一片血迹，她知道那是爸在它身上撒气时留下的痕迹。她哭着抱住嗯唔。

爸扔下枪，直向后屋走去。芦花感到有大祸临头了。

果然，星星撞在一起，砰砰砰砰地乱响，烧成了一团大火球。娘哭，爸吼，那人呻吟。嗯唔嗅着芦花的裤脚，哀哀地叫着。她紧紧地搂住嗯唔，用全身心搂住它。不久，爸气势汹汹地出来了，他从地上捡起那根让芦花系了无数个疙瘩的绳子，劈头盖脸地朝芦花打去。

"野种，杂种！"爸骂得好凶。

她感到爸的手里攥着一把寒星，星星龇着许许多多的小白牙，咬得她皮开肉绽。她觉得屋子要坍塌了，他们都将被压死。坍了吧，快坍了吧！

突然，她听到了爸一声惨叫，她睁开眼，见嗯唔满嘴血红，爸用来打她的那根绳子落在地上，手上血肉模糊。爸急了眼，抄起一把锋利的尖刀，踉踉跄跄地抓住嗯唔，把它坐在屁股下，用双腿死死地夹住它。她听见它长一声短一声地"嗷嗷"吼叫。她跪着爬过去，去扳爸的脚，爸抬起脚将她踹出老远，狠狠地将刀剜进它的肚子里……

芦花跑出屋子，一声一声地冲着要坠到地上的苍白的太阳哭喊：

"嗯——唔——"

"嗯唔——嗯唔——嗯唔——"

"嗯——唔——"

出奇的宁静。唔唔死了。永合了那双迷人的柔和的双眸。永逝了那温存感人的声音。一连几天都没下雪，天嘎巴嘎巴地脆生生地冷。娘没死。爸没死。那人也没死。生命在残喘不息。那天，爸喝了两碗酒，额上淌着热汗，背起唔唔，向山坳去了。芦花倚在门口，远远地望着爸步履蹒跚地走向一片宁静辉煌之中。西山沉沦的落日，四溅着血一般的泪珠，把博大的天宇点染得壮丽无比。

日子总是向前过着。倚着娘睡觉的滋味永远是温暖的。在这样的夜晚，总要有好梦可做。山林里多了一棵老槐树。老槐树的叶片像唔唔的耳朵。她尽情地抚摸它们。天空格外晴朗，槐树叶在日影下婆娑涌动，她在影儿上面摇来晃去。不久，太阳消失了，月亮升起来了。她好像看到了娘说过的那片美丽迷人的月亮地。她神志恍惚起来，飘然地扬起双臂，鸟一样地飞起来。忽然，一双棕黑色的大手扯住了她的翅膀，她飞不起来了，"咚"地落到地上。她醒了，她的嘴被毛巾堵塞住，爸麻利地用熊皮包着她，抱她到户外。天漆黑如墨，万籁俱寂。爸把她放到地上，打着火，点燃一块桦树皮。她望见爸的脸一半被火光映得猩红，一半则被暗夜深埋着。他那被火光映照着的眼睛，显得那么凌厉威严。爸将桦树皮扔进屋里。芦花借着桦树皮燃烧时的一束光亮，看到屋地上遍布着树皮、干草、树丫等易燃的东西。她吃力地掏出嘴里的毛巾，声泪俱下地冲正在钉屋门的爸喊："天亮了再钉吧！天亮了再钉吧！"

也许是她的声音太微弱了。爸坚决地钉死了屋门，又猴一样地爬上屋顶，扔下几块燃烧的松明。

她听见屋里传出滋滋啦啦的声音。房门被什么东西捶得闷闷地响。爸毅然拖起她，头也不回地朝山外走。她终于可以出山了。可是她又多不愿意出山啊。她使劲地抓挠爸的脸和脖子，哭得嗓子都哑了，"娘，娘会被，烧死的……"

出山的路却依然在爸的脚下驶过。她回过头，望见他们的屋子已经变成了一团大火球，灿灿爆燃着。这火球像黄昏的落日，沉在黑黝黝的山林中，又像一轮朝阳，冉冉地欲从林中升起。爸走不动了，将她扔在地上，把脸深深地埋在雪中，耸着肩哭了。那是她第一次看见爸哭。

那片林子被烧了两公顷多。爸把她送给了一个无儿无女的孤老头。爸结束了作为一个守林人的历史，同许多劳改犯一起去大西北的那天，她最后一次见了爸。爸望着她，贪恋地发疯地望着，抓起她的手，颤着声说："我跟你后爸说了，让他给你要个狗崽儿，再养个'嗨唔'吧。"

说完，他低下头，肩膀剧烈地抽动起来。芦花木然地冷漠地看着他。接着，他费了好大力气从腰间解下一根绳子，抖抖地递给她，说她要是想娘了，就看看绳子。芦花认得这根绳子。是娘曾想用它上吊，而她用它计算过日子的。她不知道爸怎么会带出这根绳子。可惜绳子上的小星星都死了。

她十六岁，爸死了。听说他在端午节那天偷了几瓶白酒，一饮而尽。然后只身进了风沙弥漫的大沙漠，永远合上了眼睛。爸死了，她心里竟一阵轻松，她觉得这是报应。可有天晚上，她却在梦中见到了爸那棕黑色的脸。醒来时，她发觉眼角湿了。

"白老师，你快变成雪人了！"

"起来跟我们一起爬山吧！"

"要不打雪仗也行。"

那五个身着红色羽绒服的女孩子不知怎么又跑到这儿来了。她们围住芦花，像五个明媚的太阳。芦花翻身坐起，喃喃地说："我在雪地上做了个梦。"

"是吗？"

"是的。"

"我们不去爬山了，我们也躺下做梦。"

她们一齐倒下，七嘴八舌地嚷嚷：

"我要梦笛子里吹出梨花瓣！"

"我要梦宝琴踏雪寻梅！"

"我要梦中秋节螃蟹宴！"

"我要梦雪地上升起摩天大楼！"

"哎哟，我没什么好梦的，梦周公吧！"

一串悠扬悦耳的笑声中，芦花站了起来，她拍打着身上的雪花，笑着冲她们说："你们已经有梦了，还是去爬山吧。"

"那你呢？"

"我回去给你们续写'红楼梦'。"

她沉稳地走出草甸，走进校园，走回房间。坐在桌前，她的笔竟跟得了什么神韵似的雄赳赳地走起来了：

总也忘不了娘额上那两条疤痕。唔唔曾舔舐过那里的辛酸，我曾在那里吮过娘身上那点可怜的柔情。啊，二十一岁的娘，该是个如花似玉的年龄，该拥有青春的一切。可是，她仅仅因为挨饿，揭露了大队长往家偷芭谷的事，就惹恼了他们。老实巴交的外公外婆被逼得投了井，娘也被他……我怎么会是那个被娘杀掉了的人的女儿呢？哦，我这血液不洁的痛苦的肉体！

嗯唔，我的小伙伴，那寂寞的山林中，你在干什么？玩雪吗？你看到娘了吗？娘被烧死时，她的脸一定是红的，头发也一定是红的，通身都该是红的。在那样一片洁净的山林中得到了庄严而又残酷的火葬，是神圣的。可这是多么可怕的神圣啊。

我从来不对人谈起爸和娘，从来不愿。死去的都死去了，新生的和存在的我，该怎样不断更生，才能创造出永恒的幸福和快乐？

窗外的雪下个不停。一个星期天就要过去了。暮色渐深。可我的心里却装着那寂寞的雪原山岭和茫茫无边的沙漠。爸虽不是我的亲爸，可我现在却这般怀念他。他那张麻坑脸，同娘留在我记忆中的灰色脸庞一样，也给我一丝苦涩的幸福。

爸，你不必在我的梦中痛苦地想抓住什么。你安详地睡吧，丰厚的黄沙将给你一个醇香的深沉的梦境。

堆雪人的女孩子去爬山了。山很高，但她们会红通通地站在顶峰的。我多想出去堆一个雪人，堆个跟我一样的女孩，让爸看，让娘瞧，让嗯唔亲昵地摩挲。然后，再把娘和爸留给我的绳子，套在小女孩的脖子上，结千万颗的小星星在上面，勃发出熠熠光辉。

看来，初冬的第一场雪在今夜不会止息了。我纷乱的思绪也终于理出一个头绪，可以诉诸笔端，不停息地流了。我多希望这由雪花拥覆着的流泉，能涌到每一位相知者身边，让他们感到一丝爽意和清新。

天地融为一体。霰雪如雾，把这世界笼罩在一种苍茫而雄浑的氛围之中。

1987 年

采浆果的人

金井的山峦，就是大鲁二鲁的日历。

雪让山峦穿上白衫时，他们拉着爬犁去拾烧柴；暖风使山峦披上嫩绿的轻纱时，他们赶紧下田播种。山峦一层一层地由嫩绿变得翠绿、墨绿时，他们顶着炽热的太阳，在田间打垄、间苗、锄草和追肥；而当银光闪闪的霜充当了染匠，给山峦罩上一件五彩的花衣时，他们就开始秋收了。

金井是个小农庄，只有十来户人家。土地是他们的命根子。从来没有事情能阻止得了秋收，但今年例外，一个收浆果的人来了。

秋收刚刚开始，一辆天蓝色的卡车摇摇摆摆地开到了金井。这一带的路坑坑洼洼的，所以这辆车虽然不少一只轮子，可走起来还是像个瘸子。

车主是个中年汉子，高个儿，方脸，小眼睛，大嘴巴，面色红润，说起话来神采飞扬的，一看就是走南闯北、见过世面的人。

卡车上装着十来只空坛子。

听说他是来收浆果的，金井人就嘲笑他："哪有秋后收浆果的？早过了时候了！"

车主说："要的就是这种过了时候的浆果！你们没听说过吗，头茬的韭菜二茬的姨娘是最鲜的，我再给它加一条，就是最后一茬的浆果醉人心！"

车主倒是没说错，盛夏时就熟了的浆果，如果无人采摘，在其熟得不能再熟的时候，就兀自静悄悄地坠到林地上，无声无息地被雨水沤烂了。而还零星挂在枝头的浆果，无外乎两种命运，要么因为花开得晚、果坐得迟而熟在了秋风中；要么就是熟得绽裂了，流出了体内一部分汁液，减轻了自身的分量，没了落到地上的危险，而风和阳光的照拂又使它们风干了，成为幸存于枝头的另一类。这两种浆果被霜一打，甜得醉人，不过它们稀少得就像这个时令的蚂蚱。

车主开出每种浆果的收购价格后，从怀中掏出两摞钱来，夹在指间，把它们当竹板一样敲打着，以说书人的口吻说："话说这秋菜要是晚收一天它待在土里也飞不了，可是这浆果要是晚采一天，拿现钱的就是别的人了！人家的男人拿钱买酒你喝白水，人家的女人拿钱买织锦缎子你穿粗布，你说这浆果采得采不得？！"

他这一番吆喝，让秋收的人们扔下了手中的镐、铁齿、镰刀、耙子等农具。他们纷纷回家拿起形形色色的容器，奔向森林河谷，采摘浆果，仿佛牧羊人在寻找失了群的羊。

以往采浆果的都是女人和孩子，男人是绝不伸手的。可现在男人也来了，谁不愿意多赚几个酒钱呢！

浆果与人一样，也是有秉性的。喜静的，生长在河谷和阴沟里，比如山丁子、稠李子和水葡萄。而爱热闹的，则热情奔放地散布在植被丰厚的森林中，如都柿、野草莓、马林果和牙各答等。野草莓和马林果是春末夏初就熟的浆果，所以如今在林中只偶尔可见它们已经萎黄了的叶片，果实却已是去了另一个世界的佳人——芳踪难觅了。在这些仅存的浆果中，最好采的是牙各答，它们不仅数量为众，耐寒的它们肌肤仍然光亮、饱满着，在其喜欢生长的林地缓坡或者是透出腐烂气息的松树的根部，你很容易就能在一片浓密的匍匐着的墨绿色的卵形叶片中，觑见它们红艳艳的笑影。有经验的人，会一铲一铲地连叶带果地将其收在铁撮子中，然后簸掉叶子，使果实匀密地沉淀下来。都柿果呢，它不像山丁子和稠李子结在树上，让人直着身仰着头舒舒服服就能采，矮棵的它们逼着人必须弯下腰才能摘到果实，那些一弯腰就爱眩晕的人当然要骂它们了，他们骂得五花八门的，譬如"小贱种""小娼妇""小混蛋"，可见他们也是把浆果当人看待了。

　　第一天收购上来的浆果，牙各答居多，其次是山丁子和都柿。收浆果的人果然没有食言，每个采浆果的人都领到了数目不等的现钱，平均下来，每户有三四十块呢，这对于金井的农民来说，不啻在荒野中捡到了巨大的银锭，兴奋得像久违了青草的一群羊，因为他们从没有在一天之中拿到这么多的现钱。以往来收购浆果或者秋菜的人，多是乡里派来的，给他们打的大都是白条子。白条子是钱的凭据，但它不能当钱使，就是一纸谎言，它不能买柴米油盐、烟酒糖茶，几年下来，金井人学精了，他们绝不做不给现钱的买卖。

　　由于开心，金井人家这一天的晚饭也就较往日要隆重些——无外乎在桌上添了一碗酱豆腐，一碟腌牛肉；再奢侈的，烙一摞油汪汪的葱花饼，炒上满满一盘的鸡蛋。男人们自然要温一点酒来喝的，女人呢，心目中已然出现了绸缎的颜色和图案，它们如朝霞一样浸湿了她们的心，女人们在这个夜晚对待男人，自然也比平日多了几分温柔。

一年一度的秋收本来像根缜密坚实的绳子，可是那些小小的浆果汇集在一起，就化成了只锐利无比的舌头，生生地把它给咬断了。

金井的男人中，有个比女人采浆果还要灵巧的人，他就是王一五。看看他那双手吧，手形秀气不说，那十指修长柔韧得连女人的手都自愧弗如。王一五不爱种地，但他是个农民，不种也得去种，他下田时脸上就总是挂着霜。农闲时，他喜欢把装着碎布头的包袱打开，用它们拼衣裳。他家没有缝纫机，一切都是手工操作。他飞针走线时气定神闲，什么事情也惊扰不了他。他做的衣裳，大约有上百件了吧，没一件是人能穿得了的，全都是小衣裳，只有巴掌那么大，看来只有精灵鬼怪才能穿得。他老婆牛桂丽见他爱鼓捣这玩意儿，常把破了的衣裳和袜子扔给他，让他补，王一五就仿佛是受了羞辱似的，急赤白脸地将它们撇开，好像人穿的东西都是俗物，沾染不得。他也因此招来老婆一顿连着一顿的骂。他们有个儿子，十一岁了，可看上去只有七八岁那般大，瘦削枯黄得像棵秋天的狗尾巴草，人们都叫他"豆芽"。别的男孩拎一篮土豆能一路疾行，豆芽提着半篮就趔趔趄趄、气喘吁吁了。别的男孩敢下河摸鱼上树掏鸟窝，他却连自家养的狗都怕。王一五爱做小衣服，豆芽则喜欢用铅笔画画。他爱画花鸟虫鱼、房屋河流，他从来不画人，说是世上的人都是丑的，不能入画。他画了画，喜欢拈着它四处走，那样子就像举着一个招魂牌。所以牛桂丽骂她男人时，常把豆芽也捎带上，称他们是一大一小两个瘪了的猪尿脬。王一五和豆芽都喜欢采浆果，看他们进了林中如鱼得水的样子，金井人就不无挖苦地称他们是一双花蝴蝶。

不秋收了而去采浆果，王一五和豆芽开心极了，他们第一天就采了半瓦盆的牙各答和一大茶缸的都柿，所以他们家拿到的钱最多，快六十块呢，牛桂丽终于发现这爷儿俩的缺点在这时候成了优点，特意割了把韭菜，兑上些虾皮，包了顿饺子犒劳他们。

涂抹着金井秋天的，是一场接着一场的霜。初霜来时，山上的树叶会微微泛黄。而第二场、第三场霜降临后，树叶就有红的了。这时节你就可以秋收了。最先收的，是那些不禁霜的蔬菜，比如西葫芦、茄子、倭瓜和萝卜。接下来是土豆。最后呢，是比较禁霜的大头菜和白菜。其中土豆种植的面积最广，每家都要收获二三十麻袋，它们会被下到地窖里，成为漫漫长冬中人畜共用的主要食品。所以单单是起土豆，每户都要用上四五天的时间。一般来说，收完秋后，大地会上一场大冻，蓝天的颜色也会旧下去，变得灰蓝了。清冷的风把林中的落叶吹得狂舞的时候，雪花也就纷纷扬扬地来了，它们掩埋了秋日最后的绚丽，拉开了苍茫的长冬帷幕。

卡车就是收浆果的人的家，他吃住都在那里。卡车上不仅有煤油炉和锅碗瓢盆，挂面、罐头、调料也是应有尽有。他支起煤油炉美滋滋地为自己操持晚饭的时候，采浆果的人也就三三两两地回来了。他将收来的浆果分门别类地倒进坛子里，然后将钱一五一十地付给大家。这时节晚霞在西边的天际灿灿燃烧着，好像天也在生火做着晚饭。人们拿了钱，心满意足地回家了。收浆果的人吃过饭，会把炊具归置好，抽过几颗烟后，就钻进驾驶室睡了。

三天下来，金井人和收浆果的人混熟了，男人们晚饭后也就凑过来和他聊天。那人不吝惜自己的烟，挨个给大家发上一支。他们抽着烟，在瑟瑟秋风中讲着关乎男女之事的笑话，快乐得如同过年。

大家出于好奇，免不得要问那人，花这么多钱收这晚秋的浆果给谁？那人说："这浆果可都是绿色食品！现如今有钱有势的人，睡小姐要'绿色'的，得是雏儿；吃果子自然也他妈的要'绿色'的了！"

金井人就糊涂了，小姐要是绿色的，那不成了妖怪吗？而且浆果不是红的，就是蓝的，怎么能说是绿色的呢？未成熟的青果才是绿色的呢。

大鲁二鲁是金井人中唯一还在秋收的人。他们是一对双胞胎兄妹，大鲁是男的，二鲁是女的。他们已是中年人了。他们的父母，也就是老鲁夫妇，是一对表兄妹，这使得他们生出的孩子言语木讷，思维迟钝，严重智障。大鲁二鲁自幼跟着老鲁夫妇学做各种农活，所以他们十几岁时，就是家中的主要劳力了。也许是男女有别的缘故，虽说他们是双胞胎，但大鲁二鲁在相貌上却并不完全一样。大鲁浓眉大眼，二鲁则细眉细眼的；但他们的鼻子和嘴巴长得很相像，鼻子是扁的，嘴巴很宽，他们爱笑，永远合不拢嘴的样子，使嘴巴显得更大了。二鲁的唇角还有颗痣，她常常用小拇指抠它，好像它是只苍蝇，要把它拂走才是。可是这样的"苍蝇"无论如何是轰不走的。

老鲁夫妇几年前先后去世了。他们临终留给这对兄妹的遗言就两条：第一，不许睡在一起；第二，春天播完种，别忘了秋天下了霜就秋收。大鲁二鲁牢牢记住了这两点。他们不像其他人家喜欢用日历，金井的山峦，在他们眼里就是一个巨大的日历。翻动这日历的，就是风霜雨雪。当暖风让这日历透出隐隐的绿色时，他们就去播种了，而当秋霜将这日历点染得一派绚丽时，他们准时地去秋收了。

金井有个老女人，她男人在她三十岁时就瘫倒在炕上了，她既要侍候男人和当时只有六岁的女孩，又要独自种植大片的土地，她自此白了头发，人们就不叫她的本名了，而叫她"苍苍婆"。苍苍婆不像别的女人遭了难后终日以泪洗面、唉声叹气，她的头发全白了之后，她的心也仿佛一下子跟着变得光明了，她爱说爱笑了，学会了抽烟喝酒。有一个薄雾的傍晚，喝多了酒的她披散着白发在村中游走，撞见她的人都以为看到了鬼。女人们那都不喜欢她，谁都知道她男人是个废物了，她们怕缺乏滋润的苍苍婆会偷她们男人身上的雨露。但苍苍婆并没有窃取男人身上雨露的意思，她大约也是不缺乏雨露的，她是金井的农妇中唯一热爱大雾和雨水的人。雨雾天气中别人都死气沉沉的，她却兴味盎然地在雾中雨中穿行，有时还放声歌唱着。她从不用雨衣，任雨水把她打湿，好像她是一条鱼，与水有着天然的亲缘关系。三十年过去了，苍苍婆的女儿已经嫁到乡里去了，她的男人却依然躺在炕上靠着苍苍婆的服侍而活着。人们都说苍苍婆心眼好，换作别的女人，少侍候他几天，他也就一命呜呼了，谁又会追究她的责任呢？苍苍婆彻底老了，以前她只是白着头发，脸颊却是饱满光洁的，如今她的脸颊塌陷了，眼角的皱纹密密麻麻的，嘴也微微瘪了，但她的眼睛，却没有老年人的那种混浊，依然那么明亮，清澈逼人，好像她的眼底浸着一汪泪，使她的眼睛永远湿润而明净。

苍苍婆平素爱逗大鲁二鲁，她常说的一句话是："大鲁二鲁一个被窝睡吧，生出个小鲁，让苍苍婆当羊乖乖搂着！"

大鲁正颜厉色地回答："爸妈死前嘱咐了，大鲁二鲁是不能睡在一块儿的！"大鲁从不称自己为"我"，而是"大鲁"；二鲁也是这样，她朝别人家借农具，不说"我要借镐"，而是说"二鲁借把镐"。他们强调着自己的姓名，似乎是在提醒金井的人，不要漠视他们的存在。而事实上他们的名与姓被大家叫颠倒了，他们的户口上明明报的是"鲁大""鲁二"，老鲁夫妇包括其他人却都叫他们"大鲁""二鲁"，叫顺嘴了，他们也就在不经意间把姓给挪到名字的尾巴上了——那也就成了名，致使他们好像没姓了似的。

苍苍婆只要见着二鲁，就把目光放在她的肚子上，仔仔细细地打量一番，末了总要叹口气，说："你这肚子里还真是没有小鲁啊。"听上去分外惋惜的样子。在她眼中，大鲁二鲁是这村中最可爱的人，老鲁夫妇丢给金井的，不是一对弱智的孤儿，而是两只美丽温和的鸟。她想大鲁不会娶上媳妇，二鲁也不可能嫁出去，他们索性一处睡算了，大不了就生出个小鲁来，金井不又多了只快乐的小鸟吗？

二鲁见苍苍婆盯着她的肚子看，就说："二鲁没饿着！"二鲁笑着，笑得格外的明媚。

苍苍婆说："我是想看里面有没有小鲁！"

二鲁似懂非懂地说："只有大鲁二鲁，没有小鲁！"

金井人常把这些话当作田间地头的笑谈和晚饭后的闲聊。这样的话题对男人来说是饭后的一支烟，而对女人来说是渴极时的一杯凉茶。

采了三天浆果的苍苍婆终于想到该叫大鲁二鲁也去挣点现钱，这样的好事把他们落下了，叫她心里不忍。苍苍婆就在这天晚饭后摇摇晃晃地去大鲁二鲁家了。

大鲁二鲁收了一天的萝卜，趁着天还有微微的亮光，将它们一筐筐地下到菜窖里。

满嘴酒气的苍苍婆亢奋地叫道："大鲁二鲁，别秋收了，采浆果去吧，能拿现钱！大鲁过年时就能买新鞋穿了，二鲁也能买件花衣裳了！"

大鲁二鲁没有日历，所以他们常常错过一些节日，比如端午节和中秋节。但春节是不会从他们眼皮底下溜掉的，因为除夕的早晨便有鞭炮声响起，入夜时家家门前又都有点燃的冰灯。他们过年不像别人家，瓜果糖茶都要买些，而且人人都穿着簇新的衣裳。他们永远都穿着旧衣裳，只不过晚上时包一顿饺子吃而已。当然，他们也会冻上两座冰灯，一左一右地摆在门口，让它们充当暗夜的一双眼睛。

大鲁说："苍苍婆，爸妈死前告诉大鲁了，下了霜就秋收，大鲁都点了头了！"

二鲁也说："春天撒了种，秋天就得收庄稼，二鲁也记着呢！"

苍苍婆说："你们真是一对傻瓜，这天响晴响晴着呢，晚个十天八天秋收，你种到土里的东西也不能长翅膀飞了；可你要是不采浆果，就得不到现钱，等你们收完秋去采，收浆果的人早就走了，你们一分钱也挣不到！"

大鲁二鲁不为所动，在他们看来，秋收才是天经地义的事。他们喂了两头猪、四只鹅和十几只鸡，家畜们一个冬天吃的东西全靠这些秋菜，这不像植物生长的季节，你把它们撒出去放养，它们总能找到吃的。冬天的金井，永远被厚厚的积雪覆盖着，雪粒就是再像白米的话，也不能当粮食吃啊。

没有劝动大鲁二鲁，苍苍婆只能摇头叹息。以前她不认为他们傻，这一刻她认定他们的脑袋里灌了猪屎，实在是臭！

苍苍婆离开大鲁二鲁家时，抬头看了一下天，她发现星星出来了，一个个跟刚出壳的鸡雏似的，毛茸茸、黄莹莹的，新鲜而可爱极了，看来明天又是一个大晴天。苍苍婆认定星星都有点化尘世当中愚钝的人的神力，她就求助于一颗最亮的星星，指点着它说："今晚给大鲁二鲁开开窍吧。"说完，她才略觉心安，想着明天又可有钱揣进口袋，不由得哼起了小曲。或许是酒的作用，或许是年纪大了腿脚不那么灵便了，走着走着，苍苍婆忽然跌倒在地。她本来能立刻就爬起来的，可她躺倒后，发现夜空中镶嵌的星星就像一床蓝底黄花的缎子被盖在她身上，令她无比陶醉，她就索性多躺了一会儿，然后缓缓爬起来，朝家走去。想着家中暗淡的灯影下，有一个几近骷髅的老男人的脸等着她擦拭，苍苍婆的泪水就像一群奔着光明而来的飞蛾，扑了她一脸。

天刚亮，曹大平夫妇就提着竹篮出了家门。他们昨天发现了一片隐藏在河谷转弯处的山丁子，显然那里无人涉足，树上垂吊的果子比别的地带的要多得多，他们想独享这片果实，所以早早就出发了。他们快接近河谷时频频回头张望，生怕有人跟上他们。人没跟上他们，倒是他们家的狗跟来了。曹大平停住，回头呵斥狗："滚回家看门去！"那狗脸皮薄，挨了骂后一缩头，夹着尾巴回家了。

太阳出来了，阳光充满了活力，它从树梢穿下来，一直照到地面的落叶和枯草，好像它的光芒能刺透泥土，使它们能像种子一样埋到土里去。如果阳光变成了种子，大约人间一年四季都是春天了。

曹大平夫妇的心情跟阳光一样明朗。他们边采山丁子边计划卖浆果的钱的用途。男人说要买一个电动刮胡刀，他的胡子长得快，每周都要刮两三次。用人工的刮胡刀常常失手，弄得下巴上旧的伤痕未去又添新痕。女人笑着说："你的胡子要是麦子就好了，那样我给你买个金子的刮胡刀也值得！"曹大平"呸"了女人一口，说："我的脸要是能长出麦子的话，也轮不到你做我老婆了，我起码要找个比你嫩十岁的！"女人说："你找个比你小四十岁的多好，连带着把她的奶娘也收了房！"他们互相打趣着，男人又说要买一坛黄酒和一顶山羊绒帽子，女人的主意变得快，刚说完要买花头巾，想着家里的菜刀钝得磨不出锋刃了，就说买菜刀，一想到菜刀还能对付着使，又想添一条毛料裤子了。说来说去，他们想买的东西足可以开个杂货店了。两个人就嘲笑自己不切实际的支出，说到底还是钱好啊，钱多了，可以随心所欲买东西，他们羡慕那个收浆果的人，他是多么有钱啊。

曹大平说："他收的浆果可能是给当官的送礼，没听他说吗，有钱有势的人喜欢吃这个！"

女人说："也没准是给他相好的收的呢，他在外出车，挣钱挣多了，不花心才怪呢！赶上那个女人得意这口，他能不舍得花钱吗？"女人说完，又灵感袭来似的"哎哟"叫了一声，说："兴许那女人都'有了'，怀孕的人最爱吃它了，你记不记得我怀咱家老二时，一捧一捧地吃浆果也吃不够！"

他们边说边采着山丁子，不知不觉中，太阳已经遨游到中天了。这岸的果实已经采尽，他们就着咸菜疙瘩分别啃了个凉馒头，打算渡过青鱼河，对岸有一片茂密的透着隐隐红光的山丁子树，说明挂在枝头的果实仍然可观。

青鱼河不是流经金井唯一的河流，但它却是最宽的。这河水流急，深不可测，因而很少有人在夏秋之时到对岸采浆果。一般来说，青鱼河被寒风冻僵了之后，才会有人拉着爬犁从它身上走过，去柳树丛中拾捡干枯的枝条当柴烧。

曹大平夫妇决定涉水渡河，也是想把还有富余的竹篮给装满了。他们折下一根山丁子的枝干，一方面用它当拐棍，一方面用它来试探水的深度。虽然天已经凉了，但他们还是脱下外裤和绒裤，把它们搭在肩头，光着腿下河。他们怕把裤子打湿了，秋日的阳光一时半会儿又晒不干它。曹大平左手提着树枝在前，他老婆右手挎着竹篮在后，男人的右手和女人的左手十指相扣地紧紧地攥在一起，他们侧身而行，以削弱水流的强度。

河水凉得他们直打寒战，好像它是刚由冰块融化开来的水流。但见河床上阳光飘舞，可是他们却感觉不到温暖之气，想来秋日的阳光早已没了火力了。开始他们还能忍受得住，随着河心的临近，水涨到他们腰际了，水流的冲击力加强了，他们有些站不稳，但他们咬着牙，互相鼓励，坚持着，虽然他们不敢张望对岸的果实，但他们知道它离他们越来越近了。曹大平挂着的树枝，被河水吞吃得越来越多，裸露在水面上的，只有筷子那么长了。突然，曹大平的腿抽筋了，他栽歪了一下身子，水花就扬起巴掌，劈头盖脸地朝他打来，他呻吟着，惊恐地看着白花花的水欢笑着从脖颈下跃过。幸而曹大平的女人比他高半头，又健硕，她紧紧地拉住丈夫不撒手，尽管她也栽歪了身子，而且挎着的竹篮像个顽皮的孩子似的，趁机从她胳膊肘那儿溜走了。

装着果实的竹篮最初跌入水中时，它自身的重量使它充当了石头的角色，沉入了水底。但是很快，水流掏空了那些落花般的果实，竹篮又浮出水面。它被激流推动着，像个小脚女人，摇摇摆摆地向下游去了。曹大平夫妇的衣衫也被水打湿了，他们赶紧向回返，相互搀扶着哆哆嗦嗦地回到岸边。上岸后，曹大平才发现搭在肩头的裤子不见了，他想一定是他在水中挣扎时，裤子充当了叛徒，从他肩头跳下来逃跑了。女人把自己的外裤分给他穿，而她自己，只得穿那条紫红色的绒裤了。他们坐在河滩上，一个接着一个地打着寒战，想着青鱼河要真的是一条大青鱼就好了，他们会从家里拿来斧头，把它砍得血肉横飞、断肢解体。女人想着不但没有渡过河去，而且一上午的成果付诸东流，忍不住哭了。曹大平一开始忍着，但他想起今天不但赚不到一分钱，而且装干粮的竹篮和自己的裤子也被河水卷走了，倍觉凄凉，他也跟着落下泪来。他们很委屈地离开河岸，踉踉跄跄地朝家走去。

曹大平一回去就发烧了，他的女人忧愁地在灶间把风干的姜捣碎，为他煮姜汤时，那条遭到呵斥的狗满怀怜爱地凑过来，用它湿漉漉的舌头舔着主人滚烫的脸颊，曹大平又一次落泪了，他觉得自己捡了一条命。他憎恨青鱼河，憎恨河对岸的果实，憎恨手中握着大把大把钱的收浆果的人，他对狗说："我就是没有炸药包，要不给你绑上，你把那卡车给我引爆了，把那些盛浆果的坛子炸他妈个稀里哗啦的！"狗没有迎合他的话，仍然舔着他的脸，倒是蹲在灶前续柴火的他的妻子，听了这话后满面凄苦地笑了。

晴朗已经持续了一周，收浆果的人带来的那些空坛子，有五只已经是满的了。他花了二十元钱，在李占前家捉了只活鸡宰了，用煤油炉炖了整整一个下午，满村子都飘拂着鸡汤的香味，弄得那些饥肠辘辘的采浆果归来的人口水涟涟。这人倒也不贪嘴，让姓张的尝口汤，给姓李的分条腿，又撕给姓王的一只翅膀，很快，一只鸡就没了踪影。那些尝了鸡肉却没有尽兴的人，回家后看着鸡鸭鹅狗时难免露出觊觎的眼神，吓得家畜们不敢靠近主人，唯恐刀落在自己的脖子上。

苍苍婆爱采的浆果，只是都柿。在她眼中，能让人醉的果实才有人性。稠李子、山丁子尽管也酸甜可口，却没有享用都柿的那种迷醉感，苍苍婆就觉得这样的果实太贫乏了。

都柿确实奇怪，你若是吃上一捧两捧也没什么，但若是吃上一海碗，目光就会发飘，腿也软了。据说当年森调队员勘察森林，看到那一片片碧蓝饱满的果实，吃起来甜中带酸，酸中又透着甜，十分解渴，就大把大把地往嘴里扔，结果吃得一个个醉倒在地，险些成了狼口中的食物。七八月间，都柿熟了的时候，外地收购它的人就来了，收它都是为了酿酒。不过那价格低极了，四五毛钱一斤，你顶着烈日的烘烤和蚊虫的叮咬，一天中采了满满一桶，不过挣个十块八块的。

苍苍婆因为贪吃都柿，醉过已不知多少次了。她年轻的时候，那时她男人还生龙活虎着，有一回她进山采都柿，回来时篮子却是空的，而她自己的嘴唇，却已被这浆果染成黑紫色，好像她的唇上落着只紫蝴蝶。她见了人只是痴痴地笑，你无论问她什么话，她只是拖着长腔软绵绵地说"美——啊——"，她是把自己的肚子当作篮子，将都柿全都采到那里去了。她的肚子也因此成了酒窖，从口腔散发出浓郁的酒香气。苍苍婆的男人嫌她醉成这样给自己丢人，很少让她去采都柿。但你又怎么能管得住她呢？有一年的八月，金井接连下了几场雨，雨水会催发菌类植物的生长，苍苍婆对她男人说，她要去采木耳，男人就让她去了。可是她早晨出去，黄昏了也没回来。她男人心焦了，约了两个男人，提着马灯进山找她。天黑了，月亮起来了，除了猫头鹰之外，林中的鸟儿也歇息了。他们左一声右一声地呼唤她的名字，可就是没有回应。最后还是苍苍婆的男人醒悟过来，她别是打着采木耳的旗号，又偷偷吃都柿去了，因而无声无息地醉在了山里。于是他们开始在生长着都柿秧的地方寻找她。后半夜时，果然在一片茂盛的都柿丛中发现了她。月光照映着她，给她酣睡的脸涂上一层宁静安详的白光。她背囊里只有一小捧湿漉漉颤巍巍的黑木耳，嘴唇已然被都柿染得一派青紫。她的衣裳还被扯开了一道口子，没有穿背心的她露出一只乳房，那乳房在月光下就像开在她胸脯上的一朵白色芍药花，简直要把她的男人气疯了。他把她踢醒，骂她是孤魂野鬼托生的，干脆永远睡在山里算了。她被背回家，第二天彻底清醒后，还纳闷自己好端端的衣裳怎么被撕裂了一道口子？难道风喜欢她的乳房，撕开了它？她满怀狐疑地补衣裳的时候，从那条豁口中抖搂出几根毛发，是黑色的，有些硬，她男人认出那是黑熊的毛发。看来她醉倒之后，黑熊光顾过她，但没舍得吃她，只是轻轻给她的衣裳留下一道赤痕。一般的女人会为此后怕不已，可苍苍婆却笑着说："黑熊见了我的奶子都不肯吃一口，看来它是没什么趣味的！"但事实上，据那些知情而饶舌的女人讲，苍苍婆是个性欲高亢的女人，这也就是当她的男人瘫倒之后，女人们严加防范她勾引自家男人的一个缘由。她们私下诋毁苍苍婆，说她男人身上的精血过早被苍苍婆给吸干了，她遭了报应，所以才会正值好年华时守活寡。每当苍苍婆喝多了酒四处游荡，口中哼着小曲的时候，女人们就幸灾乐祸地说，瞧，她这是想男人了，老天让最馋的猫沾不到腥，真是长眼！

苍苍婆就在金井女人们的敌意目光下一直走向了垂暮之年。看着已经失去水分而逐渐变得像一条风干了的鱼的她，女人们看待她的目光变得温和了。

开始的几天，苍苍婆还像规规矩矩的小学生一样，在林中认认真真地采上一天的都柿，黄昏时一本正经地将它交给收浆果的人，换来几十块钱。可是接下来的日子，当她独自在林中垂下老迈的腰，手指触及皱纹累累的已经蔫软的都柿的时候，她的心凄凉了，想着果实老了还有人寻觅，女人老了却是无人问津。她尝了一粒都柿，真是甜极了，这甜让她更觉凄凉，想着老果子甘美异常，而老女人就像一条干涸的河流，再无人涉足了，苍苍婆就很想喝上一碗酒，抑制一下满腔的悲凉。山上没酒，她自然把采来的都柿当酒吃，竟一发而不可收，吃空了盛都柿的盆子。苍苍婆意犹未尽，索性直接把刚采到手里的果实丢进嘴里。秋天的阳光雪亮而干爽，像是一把刚晾晒好的麻线，无处不在地缠绕着她，让她有纳鞋底的欲望。苍苍婆在林中穿行的时候，一些干枯的树叶就被摇晃下来了，它们有的落到她的头上，有的则滑过她的肩头，回归大地。苍苍婆披散着的干涩而苍白的头发上，就有了火红的鹅掌形的榛树叶，心形的金黄色的杨树叶，当然更多的，是那些像针一样细而短小的松树的针叶。它们簇拥在苍苍婆的头上，像是一群色彩明丽的鸟落在了雪野上。

这天晚上苍苍婆是紫着嘴唇回到金井的，一看她那逍遥的步态，人们就知道她犯了年轻时的老毛病了。她将空盆子当草帽一样提着，并且不时晃悠两下，像个调皮的少女。她的气力不比从前了，所以即使她哼着小曲，人们也听不清是什么，跟蚊子哼哼没什么两样。她刚进村子，就碰见了拉着手推车从田地归来的大鲁二鲁，车上堆着七八麻袋的土豆。大鲁肩上挎着绳子在前拉，二鲁则在车尾推车。他们的脸被泥土和汗水弄成了花脸。

大鲁二鲁见了苍苍婆，停下车来，等着一贯爱跟他们说话的苍苍婆问他们话，也顺便歇口气。

苍苍婆晃晃悠悠地走过来，她先是用手中的空盆打了一下装满了土豆的麻袋，骂："都是你们不懂事，你们就那么俊啊，非让大鲁二鲁把你们从土里起出来，要不他们进山采浆果，能挣多少钱啊！"接着，她又用空盆打了一下大鲁的胳膊，骂："死心眼，就知道笑！"大鲁确实笑着，笑得就像刚从乌云中钻出来的太阳。二鲁不等苍苍婆吆喝她，主动从车尾走到苍苍婆面前，苍苍婆依旧用空盆打了一下二鲁，打在她的肚子上，嚷着："我算是抱不上小鲁了！"二鲁笑得更欢了。

苍苍婆就在大鲁二鲁的笑声中叹息着走开了。她没有回家，而是去了收浆果的地方。她看着那辆卡车，说它是只铁鸟。收浆果的人跟她已经熟了，他逗提着空盆子的苍苍婆："你采的果子哪儿去了呀，是不是都让狐狸给偷吃了？"苍苍婆哈哈笑了，她不无得意地用左手的二拇指点着自己的鼻尖说："让这只老狐狸给吃了！"

牛桂丽正领着豆芽等着给浆果估价，她说苍苍婆："你又偷吃都柿了？醉了吧？"

苍苍婆绷着脸说："我采的我吃了，怎么是偷？"

豆芽插话说："人家说你过去吃醉了都柿，差点没让熊给舔了，你不怕死？"

苍苍婆啐了一口唾沫说："我还怕死？我乐意死，可我死不了！我想着死后变成个小人，到时你爸给鬼精灵做的那些小衣裳就能派上用场了！"

豆芽嘻嘻笑了，说："苍苍婆要是能穿上我爸做的那些小衣裳，我用巴掌就能托着你了！"

苍苍婆对豆芽说："人长得不大，心眼倒是不少！"

牛桂丽最忌讳别人说豆芽长得小，苍苍婆的话令她不快，她说："人小人大有什么，人活着，身上的零件都管用就行呗！"

牛桂丽这是影射苍苍婆那不中用的男人呢。苍苍婆听出了弦外之音，但她故作糊涂着，问收浆果的人，哪几个坛子还空着？那人笑着说："苍苍婆，牙各答和山丁子都收足了，就等您的都柿呢！您看来是不缺钱用啊，全都自己享受了！"

这时候又有三个采浆果的人回来了。一个说撞见蛇了。一个说看见了一种从未见过的鸟，它发出的叫声像小孩子的哭声。另一个嘟囔着倒霉，眼皮被蚊子叮肿了不说，半新的裤子还被树枝划了道口子。可是当他们拿了钱后，谁也不发牢骚了，他们带着喜悦回家，走前都满怀同情地看着一无所获、佝偻着腰渐行渐远的苍苍婆。收浆果的人为了安慰她，曾丢给她一张十元钞票，让她买酒，苍苍婆捡起钞票，运足一口气，又把它吹回地上，苍苍婆说："钱是什么，不就是一张落叶吗？蚂蚁合伙举过落叶，这样的叶子它们没见过，留着给蚂蚁们举着玩，当遮阳伞使吧！"说完，她就一摇一摆地走了。

"这个苍苍婆，倒清高！"收浆果的人看着她苍老的背影说。

牛桂丽吩咐豆芽把那十块钱捡起来还给收浆果的人，她以为他会顺水推舟地送给豆芽。谁知豆芽举着钱还给主人时，那人竟接了过去，揣进口袋，就像一个旅人揣上一张煎饼一样自然。牛桂丽扯着豆芽回家时就有些不快，她嫌豆芽没有叫那人一声"叔叔"，没有冲人家笑，十块钱自然就不会送他了。牛桂丽一旦把责任归于豆芽身上，对他的火气也就一路升级，到了家门口时，朝他的屁股狠狠踢了几脚，骂他："蠢猪！"豆芽不禁踢，他倒在地上，像球一样滚了两下，滚出一串屁来，牛桂丽听到屁声气上加气，她说："你还说饿呢，肚子瘪的人怎么有屁放呢，我看你就别吃晚饭了！"

苍苍婆连着四天空手而归了。想必她进山时还是下决心要采回都柿的，她不忘了带盆子，可她回来时盆子仍是空的，可见她禁不住诱惑，又让自己的肚子充当了都柿的容器了。中止了浆果采摘的，除了苍苍婆，还有曹大平夫妇。曹大平一直病在炕上，他发烧时胡话连篇，一会儿说家里的炕洞里钻进了一只绿眼睛的狼，一会儿又说星星掉下来，砸漏了他家的屋顶。他清醒的时候，就一瓢接一瓢地喝水，喝完水总要骂一句"小妈养的青鱼河"，复又虚弱地倒在炕上昏睡。曹大平的女人唉声叹气的，男人的病像一只无形的手，拖住了她的腿。她既不能采浆果，又不能去秋收，只能守着他。

大鲁二鲁刨完了土豆，又砍了白菜和大头菜，把它们运回来，腌了两缸酸菜和一缸咸菜，然后把余下的菜下到窖里。之后，他们把遗落在地里的菜帮也捡起来，装进麻袋，拉回家堆在仓房旁，作为猪饲料。最后，他们踏着更浓重的霜，去了大草甸子，夏天时大鲁打了一些猪草，早已晾干了，他们用绳子把猪草背回来。干草在他们背上散发着一股淡淡的香气，让他们觉得背着的不是草，而是戴着花环的小女孩。

就在大鲁二鲁扛回猪草的那个夜晚，天空悄然凝聚了一团又一团的乌云，星星和月亮全然不见了。乌云越聚越多，夜色浓重，气温骤降，雪花就像一位端庄、美艳、率性的公主，没有跟任何人打招呼，就乘着冬天的雪橇来了。金井人没人注意到下雪了，因为雪是在夜里来的，在森林河谷中奔波了一天的采浆果的人，都沉浸在梦乡中了。

雪越下越大，到了清晨，雪深几近两尺。当金井的主妇们推开家门抱柴生火时，发现世界已改变了颜色。雪没有停的意思，仍然漫天飘舞着。女人们慌慌张张进屋喊起了丈夫，又吆喝起了孩子，他们纷纷奔到窗前，看着苍茫的大地，一个个目瞪口呆。

金井人一年的收获，就这么掩埋在大雪之下了。大地彻底地封冻了。

人们脸上满是凄苦的表情。有的女人甚至扑倒在雪地上哭了起来，哭他们的土豆、白菜和红红的萝卜，好端端的就被冬天给糟践了。他们冬天吃什么？他们的牲畜和家禽吃什么？他们觉得上了收浆果的人的当，纷纷走出家门，不约而同地朝卡车停放地走去。哪里还有什么卡车的影子，它早已不见了，村路上连个车辙都没留下，可见他是在雪花到来前就走了。想着卡车上那些装载着浆果的坛子，金井人恨不能戳瞎自己的眼睛。他们认定这辆卡车是魔鬼变的。

卡车曾经停留的地方聚集的人越来越多，王一五一家也来了。豆芽跟在父母身后，手里捏着一张纸，纸上画着一个年轻的女人，她披散着长发，有着狐狸一样秀丽的脸庞，唇角漾着笑意，眼睛明亮极了，所有在场的人都认出那是年轻时的苍苍婆。豆芽并没有见过那时的苍苍婆，那时他还没出生呢，可他却逼真地画出了旧时光中的苍苍婆，让所有见着这画片的人都大吃一惊。这个声称人都是丑的、绝不能让人入画的孩子，终于画了一个人。大人们默不作声地垂立在风雪中，在他们眼里，豆芽提着的就是一幅女人青春的遗像。

只有苍苍婆没有来到卡车平素停靠的地方。不是她没出家门，她出来了，到大鲁二鲁家去了。她站在他们的院门前，隔着白桦木栅栏，望着这户唯一收获了庄稼的人家，想着这个冬天只有他们家是殷实的，她的心中先是涌起一股苍凉，接着是羡慕，最后便是弥漫开来的温暖和欣慰。

二鲁推开屋门，她出来抱柴火了。大鲁也出来了，尽管雪仍在下，他还是拿起扫帚清理积雪了。他们抬头眺望着远处金井的山峦，看着昨天还是花花绿绿的日历，今天就突然变成了白的，他们相视而笑了。

苍苍婆注意到，二鲁的脖颈上有一圈火红的东西。虽然离着很远，无法仔细辨别，但她知道那一定是串野刺莓。金井的女孩，最喜爱穿这样的项链来戴。野刺莓多生长在田间的高岗上，它们春天开花，夏季结果。到了秋天，它的果实就风干了，像是一粒粒火红的珠子。看来在秋收的间隙，大鲁二鲁也采了浆果。只不过他们只采了很少的一种，并且为它们做了最美的镶嵌。

2004 年

罗索河瘟疫

接生婆把埋葬死狗的任务交给领条是想试探一下他是否还记得去河边的路。

领条用一条绳子拖着死狗，在母亲的嘱咐下出了家门。他觉得这条狗很重，他就像拉着一块石头似的，一边走一边回头看自家的烟囱是否冒烟了，母亲若此时还不生火，那么他埋完狗回来肯定就吃不上晚饭。不到傍晚时他就饿了，现在太阳还没落山他就觉得肚子瘪瘪的，仿佛胃被蝗虫掏空了似的，他想今晚要吃五碗饭，他家的饭碗太小了。为了这，他不明白母亲让他用小碗是想让他勤快些还是不想让他长胖。

去河边的路始终明朗地横在领条的脚下。其实那是河边的一条长堤，堤坎两侧平缓的坡上长满了青草，坎下的沙地上还簇生着河柳、艾蒿、荆棘以及密密地缠住这些植物的藤蔓，矢车菊和绒线花被高于它们的野草所覆盖，就像被缝在棉衣中的宝石一样。领条拖了一会儿就累得气短了，他停下来抹抹头上的汗，感受着罗索河的湿润，大河那边的山峦和原野显得十分广阔，因广阔而又呈现出缥缈。"这就是河边的路。"领条自言自语着，"我就把你埋在河边。"他把目光放在死狗身上，看着它僵硬的像木棍一样的四肢。几小时前，它的身体还是热的，虽然那时它已是奄奄一息。它死时领条难过得躲在鸡舍后面哭了一场，等他哭够了，那个退休后做了接生婆的母亲让他把死狗拖出去埋了。"你能把它弄到河边埋掉吗？"说话的老女人的嘴里沤出一股劣质的烟草味，那种怀疑的口气令领条不满。自从一场意外的病使他无法去学校上课以来，领条一直没有走出离家门稍远的地方，可憎的老女人只让他在菜园、猪栏和狗窝旁边溜达，而且这个老女人的大儿子，那个年轻的、脸上长满粉刺的酒鬼常常在游手好闲回来之后醉醺醺地骂领条："傻子，你过来脱掉我的鞋子。"领条觉得这话格外刺耳，但他病后的确眼神恍惚，脑子里总是出现空白，许多事情他都给忘记了。但是去河边的路他没有忘记，他想只要一走出家门，朝最潮湿的地方走去，就一定会到达河边。只是病后第一次被允许去河边就与一条死狗同行，他有些心酸。

堤坎上很少见到行人，偶尔碰见一两个散步的，见一个泪涟涟的男孩子拖着一条死狗朝河边走，便都明白那是瘟狗，就捂着鼻子远远地走开。领条知道人们惧怕瘟疫，虽然现在这瘟疫只对动物产生攻击性，但在罗索镇这个夏天里，多数的人都因为动物家禽大批地死去而感到惶恐。先是鸡瘟，之后是猪瘟和狗瘟，这些瘟疫仿佛把人变成了孕妇，不断地给人带来阵阵恶心。河边因为掩埋了太多的死猪死狗，而招来了众多的乌鸦和鹰，腐肉的气味在大河两岸横冲直撞。

领条下了堤坎，想穿过荆棘走向沙滩。沙滩上没有人影，但是并不见乌鸦和鹰的影子。可能沙滩的寂静是虚假的。领条得出这个结论后就停下脚步，观察着沙滩的情况。夕阳像刚蒸好的一锅玉米饭一样金光闪闪热气腾腾地将它的余晖折射到河水和两岸的林地上，使得眼前的景色有声有色的。领条再一次回头看了看死狗，现在它身上的毛皮已有被拖烂的地方了，这一段俯首帖耳的路途使它面目皆非。领条想，它若活着，怎会这么受人摆布呢。他的眼前浮现出狗活着时的种种可人的姿态，他心里叹息着它的寿命太短了。"我再也帮不了你什么了。"领条对死狗说，"我马上就要把你埋掉了。"

　　罗索河的水声只有在汛期时才大一些。在这个夏天里因为持续干旱，所以并不存在往年都有的汛期。也正因为少雨，各种瘟疫才十分活跃。河水很清澈，但十分寒冷，水下生长着水草，由于年代太久，已经呈现出古铜色了。领条很小的时候到这条河游过水，他曾被凉得抽了筋儿，差点被卷到漩涡里送命。居民们都认为这条河水太缠人，所以都告诫孩子们不要到河边去玩。

　　领条在荆棘中站了一刻，觉得腿有些麻木，而沙滩上又没有什么动静，就打算着去埋葬它了。他拉好绳头运足一口气，准备着一鼓作气走到沙滩上。然而，就在此时，他听到了一阵脚步声从河的上游传来，脚步声慌慌张张的，好像玻璃被车轮碾碎的那种声音。声音非常杂乱，最后领条听出那不只是单纯的脚步声，还有别的声音掺杂其中。他胆战心惊地等待着什么场面在他眼前出现，因为声音是像滚雪球一样隆隆地朝他在的方向传来的。他放下绳头，做着随时应变危险的准备。他发现有一个人正气喘吁吁地推着辆破旧的自行车沿河岸跑来，跑到领条所注视的正前方时他停下来，把车子扔在沙滩上，然后又扔下一件上衣，就匆匆忙忙地离开现场，顺着河滩上了堤坎。领条吃惊地发现那人竟是自己的酒鬼哥哥！他不明白他为什么要把自行车和衣服扔在沙滩上，这个啬鬼不知是在作践谁的东西呢。领条觉得十分好奇，他发现哥哥走远以后，就默不作声地沉着气将死狗拉到沙滩上，他看着那辆破旧的自行车和那件浅灰色的上衣，就像看着一堆遗物一样心中充满哀伤。这些不是哥哥的东西，这混账是偷了谁的东西被人发现了跑到这里来销赃？领条叹息了一声对死狗说："他越来越不像话了，接生婆把他惯坏了。"说完，领条咋了一下舌头，他左右四顾，发现真的就他一个人在这里，才放下心来，他不能让母亲听见他唤她为"接生婆"，虽然他心里天天这么叫她。

领条为自己没有带铁锹而心生懊悔。"我只能给你用手扒个坑了。"领条用手拍了拍死狗的脑袋，然后蹲下身，选择了一块地方，先把鹅卵石捡干净，然后才伸出十指去挖沙子。沙子虽然很柔软，但由于要用手指坚持不懈地挖下去，所以他很快就觉得十指生疼，指甲里塞满沙子，胀乎乎地肿着。若在往年，尤其是在沙滩上，哪怕是一匹马走过，蹄窝里很快就会渗出水来，成为纯粹的水洼，可现在，沙子已经被掏了许多，面前的坑足有脸盆那么大了，却还不见一滴水渗出。但的确是越往下挖湿度就越大，而且凉意也变得浓厚起来，等到他把沙坑扩展到澡盆那样大时，他的手指已经被抠破了，血同沙子粘在一起，有一股特殊的咸腥味道，仿佛再挖下去就可以看到一块鱼塘。"这么大的地方够你用了。"领条说着，把死狗抱起，慢慢地放在坑里，"这里很凉快，你待在里面吧。"领条望着狗，心想这是最后一次看它了，眼泪就落了下来。他一边把沙子往坑里扬，一边低声哭泣。等到他把狗平安地埋葬完时，天色已经晚了。"夏天的晚上怎么来得这么早？"领条有些糊涂，他不知自己在沙滩上逗留了多久，他看看天，夕阳早已不见了，罗索河上那层被夕阳镀成金色的光晕幻灭了。这么说，晚饭的时刻已经过去了。领条觉得很累，他从沙滩步上堤坎，沿着来路回去，脑子里一片混沌。

接生婆为领条顺利回到家里而感到满意，她原以为他是无法走到河边的，但从他手上沾满的沙子来看他是到达了河边的，他把狗埋葬了，说明他并不傻得厉害。"也许他的智力正在恢复。"接生婆想着，便很舒心地把饭桌放好，将一盆汤和一锅饭摆上去，领条洗过手后磁铁似的吸在饭桌旁，足足吃了一刻钟的时间，直吃得舌头发麻，无法再塞进一颗米为止。接生婆无言地收拾碗筷，在厨房里叮叮当当地清洗餐具。领条坐在椅子上，觉得身上太热，汗水把衣裳都粘住了，尤其是脊梁那儿，粘得痒乎乎的，他便把衣裳脱下来，光着上身。窗外的景色灰暗了，风却没有起来，领条觉得睡觉还为时过早，所以就到院子里乘凉。院子的墙根下面还蜷着一只狗，它同样染上了瘟疫，对于食物它已没有任何兴趣，任何生人的来访它都无动于衷。它瘦了许多，而且正在脱落毛发，这使它的身体看上去破烂不堪的。领条俯下身用手碰了碰它的脑袋，"你不打算活了？你得吃点什么才是。"

酒鬼别利跟跟跄跄地回家了，领条闻到了一股刺鼻的酒精味，他便躲到鸡舍旁边。别利迈着忽短忽长、歪歪扭扭的步子晃到屋门前，他舌头僵硬地咕噜着："领条，你，给我，出，出来，脱，脱掉，我，的鞋……"

"王八别利！"领条在暗处骂着，但没敢把声音放大。

这时领条听见接生婆出来迎接她的大儿子了，"别利，你怎么又喝得里倒歪斜的？"

"我是，是个，不倒翁，没，没事。"别利说，"我，去了，狗肉馆，喝了半斤，八两……"

"我的儿，你非要学你那死鬼的爹，活活地喝死不可吗？"接生婆声音喑哑地说，"妈就你这么一个中用的儿子，你要体恤我哇。"

"你，别，老是，嘟嘟，囔囔的……"别利大概搡了一把自己的母亲，领条听见接生婆"哎哟"的一声叫唤，跟着便是被刺痛的一句"混账！"，领条听了十分解气。可恨的接生婆，总是喋喋不休地说别利是她唯一中用的儿子，这不明明是在指领条是个无用的孩子吗？可自己今天已经独自去河边埋葬了一条死狗，如果瘟疫在入秋前猖狂不减以往，那么，他也许有第二次机会去河边埋葬死狗，因为墙根下的这条也日薄西山了。

领条在黑夜中站了许久，猛然间意识到该是睡觉的时候了，便抬头看了看天。满天的繁星把他吓了一跳，他慌得手足无措。"星星出了这么多，一定是夜深了。"领条对自己说着，觉得自己的觉在今夜不会够睡了，就急得头脑发胀，鼻子痒痒的，里面仿佛有虫子在手舞足蹈，他知道自己又要流鼻血了。接生婆曾经说他流鼻血是因为长大了，这并不是什么毛病，高温的天气和热性食物也可诱发鼻血，没什么可怕的，可领条仍然觉得恐怖。"也许我就要死了。"领条想着，"酒鬼别利会像拖死狗一样把我弄到河边埋了。"

领条忧戚地想着，心事重重地擦着鼻血回屋了。接生婆的屋子黑着灯，看来她已经熟睡了，"她为什么不喊我回来？她是个魔鬼妖婆。"领条用手指点了一下自己母亲的屋门，然后回到他和别利共住的屋子里。屋子里灯还未熄，十五瓦的灯泡发出黄疸病患者的那种灰黄光晕，屋子的空气坏透了。别利的臭脚搭在炕沿上，紫的，好像酒都喝到脚心上了，此时他已把呼噜打到了高潮。领条非常不情愿和别利睡在一铺炕上，但现在他别无选择，因为家里的房屋还不够宽绰。领条放下自己的被子，把灯拉灭，黑暗中搓了搓脚丫就钻进被窝睡了。

早晨对于领条来说是最没精神的时辰，他醒来时别利的铺位已经空了，这个懒虫很少起这么早。接生婆正在她的屋子里给一个孕妇检查胎儿发育的情况，领条觑了一下屋里，见一张白生生的肚子像一大块面团似的隆在炕上，他的心里隐隐觉得恶心。接生婆从医院妇产科退休后，就一直忙于接生，只要在街上碰见了大肚子的女人，她就像找到了什么宝贝似的把人家领回家中，用她的医学知识和多年的临床经验跟孕妇交朋友，结果她总能赢得别人的信任，分娩时孕妇不去医院，而打发自家的男人来请她去接生，因为她态度温和，又从未出过差错，所以她的生意一直不错。

领条在院子中看了一会儿狗，然后就回屋喝一碗米汤，早餐他总是没有胃口。这时母亲已经给那个孕妇检查完毕，孕妇正当着领条的面大模大样地系裤带。几乎所有的女人当了孕妇后都掩埋了羞涩，这使领条觉得男人真是作恶多端，因为他们在弄大了女人肚子的同时，也弄大了她们的心。大胆的女人越来越多了，所以女人也就越来越不像女人了。

接生婆送走孕妇后对领条说："昨天中午公路管理站的站长被人杀了,是被堵在自家的屋里杀掉的,有人说这是仇杀,也有人说是图财害命。"接生婆觉得这些话领条不一定能听懂,后面的话才是至关重要的,所以她加强语气说："白天时你一个人在家也要闩起大门。"

"不会有人杀我的。"领条比画着说,"我没得罪过谁,也没有钱,不会有人要杀我的。"

"领条——"接生婆大喜过望地叫道,"你的脑筋好使起来了,老天!"

"他还能好起来?看他那副傻样吧。"别利面色红润地走进院子,大言不惭地接上了话茬。

"别利,你怎么一天三顿都要喝?"接生婆痛心疾首地说,"这样下去哪个女人会跟了你?"

"爱跟不跟,女人都是贱种!"别利脸上的粉刺疙疙瘩瘩地动着,倒八字眉显出一种刁蛮和狠毒。

"听说昨天杀了人。"接生婆说,"你在外可不要闯祸。"

"我知道了,我不会去杀人。"别利不自然地说着,心情显得很烦躁,他一路踢着什么东西回屋睡觉了。

临近傍晚的时候接生婆从外面带回了两条消息:罗索镇所有的狗肉馆全部被封了,因为许多人吃了狗肉后中毒了,医院里躺了不少滴盐水瓶的人,据说这些狗肉馆的主人夜半时到河边去挖死狗,稍加处理后就把它们熬成肉汤卖出去,食品卫生监督部门的人因为受贿而听之任之;那个杀人的罪犯已经基本认定是阿里,因为在杀人现场发现了阿里的指纹和头发,而且重要的是罗索河岸边扔着阿里的自行车和衣裳，他一定是杀人后畏罪自尽了。目前，公安局的人正划船在罗索河上打捞阿里的尸体。接生婆絮絮叨叨地叙说完这两条消息后，就以前所未有的语重心长的语气对别利说："你和阿里是酒肉朋友，整天厮守在一起，公安局的人肯定向你调查出事的那天你看没看见阿里，你得有个准备。"

"我已经有一周没有见到阿里了。"别利慢吞吞地说。

"那就好。"接生婆放心地说。

"四天以前阿里来过，别利和他在一起抽烟来着，别利还对阿里说'得弄点钱花花'。"领条说。

别利恼羞成怒地拧着领条的耳朵说："你怎么能胡说八道？"

"我说的是真话，阿里那天来过，他还别着一把刀，我蹲在地上时抬头望见了他的裤腰，刀就别在裤腰上，我看见了刀尖，非常亮的刀尖。"

"傻子！"别利踢了领条一脚，"你是个傻子！"

领条被别利重重地踢了以后惯性地朝后面趔趄了两步，但他很快平衡住了自己，他握紧拳头，咬牙切齿地扑到别利面前，当胸就是一拳，别利像被雷电劈了一样地痉挛了一下，但他很快反应过来，拳脚相加地与领条扭打在一起，直打得两败俱伤：别利擦伤了脸，而领条的鼻子出了血，他们才气喘吁吁地住手。在两兄弟斗架的时候，接生婆一直袖手旁观，她很吃惊领条竟有这么大的力气，以致把别利脸上的粉刺都抓破了，联想起领条独自去河边埋葬了死狗，接生婆觉得智慧又要在领条身上回归了，所以她很满意地对领条说："你打得不孬。"

天持续地热着，没有一星半点的雨降临，道路上尘土飞扬，罗索镇旱得口干舌燥，屋檐和场院泛着疲倦的青光，菜园中的辣椒和柿子被晒得提早红了，呈现出一副浓厚的醉态。接生婆站在热气腾腾的厨房里汗水淋漓地煮胎盘，尽管她说他吃了对身体有好处，可领条依然毫不动心，因为他觉得就是人肉，和吃人没什么两样。所以他一闻到煮胎盘的气味就觉得恶心。他情愿和院子中的病狗在一起。瘟疫在入秋前不可能止息了，狗有气无力地苟延残喘，耳朵和尾巴霜打一般地耷拉着。领条只能每隔几小时用勺子喂它一些米汤。

打捞阿里尸体的人员在罗索河上一无所获。除了岸上遗弃的阿里的东西外，现在不能断定阿里真的投河死了。公安局对作案现场进行了进一步勘查，又发现了其他人的脚印，所以他们怀疑是两人作案，而绝非一人。据死者家属介绍，家里高低柜的钱盒里有一万一千元的现金，是刚从银行里取出来用来购买摩托车的，现在钱不见了，显而易见这是图财害命。也许受害者从银行出来后被凶手盯了梢，他们打探好钱的主人住在哪一座房屋后，就下毒手了。如果罗索河中有阿里的尸体，那一定是因为分赃不均，一方害死了另一方，造成了自杀的假象。所以，更大的凶手现在还逍遥法外呢。

别利整天早出晚归，他逛遍了罗索镇所有的酒馆，吃喝得脸上的粉刺快有他的眼睛大了，那张脸看上去就更显坎坷。接生婆大概已对别利失去了信心，所以她不再教诲他。别利幼时就是个好吃懒做的，十九岁时因为恋爱不成功便沾上了烟酒，从那时起他难得有几天清醒的时刻，领条这些年受够了别利酒后对他的谩骂和污辱。

领条的饭量减少了，他总是想起那天去河边埋葬死狗的情景。

别利把一辆自行车和一件衣裳丢在了沙滩上，而这些是阿里的东西，这意味着什么呢？是别利杀了阿里？领条越想越恐怖，他与别利同室时几乎很难入睡了。他想象着别利用手把阿里的脖子扼住，然后用力将他窒息，再将阿里像扔死狗一样抛进河水的情景。别利为了什么？他缺钱用吗？他饿了肚子吗？

接生婆发现领条食欲不振后担忧地问他："你是不是肚里长虫子了？"

领条听后摇摇头，问她："阿里若是活着，会判他死罪吗？"

"如果他杀了人，当然要判死罪。"接生婆回答。

"如果别人又杀了人，比如说杀死了阿里，这个人也会判死罪吗？"

"杀人偿命，当然是判死罪。"接生婆大惑不解地问，"你怎么琢磨杀人的事？"

"因为阿里还没捞出来。"领条说。

"天太旱，罗索河水很静，尸体卡在哪一处就很难出来，等到打雷的时候，尸体就会被击出来浮在水面上。"接生婆温和地揉搓着领条的头发说，"你不要去想了。"

领条彻夜难眠。他躺在炕上，想到阿里就对别利产生刻骨的憎恨，他恨不能起来把睡得四仰八叉的别利掀到地上去喂蟑螂。但一想到别利被抓去杀头，又莫名地忧伤和同情起来，所以他一会儿火冒三丈，一会儿又泪水涟涟，他的头因为思虑过度而阵发性疼痛。"为什么要我看见这些？"领条反复地对自己说这句话。

案情在天气持续干燥的单调情况下变得复杂起来。最重要的破案线索像一条眼镜蛇一样锐利地爬到领条家。那是正午才过的时候，领条和接生婆正守着已经很难呼吸的狗进行最后的拯救。猛然听见大门外一阵骚乱，有一辆车停了下来，车上走下三个人，两男一女，全都穿戴着配有领章和帽徽的制服，领条明白他们是为了寻求正义来的。他们一进院子后就找别利，接生婆战战兢兢地把别利从炕上摇醒，别利睡眼惺忪地光着脚出来先入为主地说："是找我了解阿里的情况吗？"

"是的，希望你能给我们提供一些线索。"其中一个短胖的男人说，"出事的那天你见到阿里了吗？"

"没有，那天我一直在狗肉馆喝酒。"别利说。

"是一个人吗？"

"是。"

"哪一家狗肉馆？"

"好再来。"

"那么，出事的前几天你见到他了吗？"

"见到了，阿里正要……"

"等等，什么时间？"

"大约五天前的晚上，六点多钟吧……我见到他时他正要来我家找我。"

"他找你有事吗？"

"他说他想复婚。"

"他是征求你的意见？"

"我想是吧，因为我被女人骗过，所以阿里说要复婚，我就没有心思和他说话，后来他就走了，再后来就出了杀人案。"别利沉着地叙说完一个故事，直听得领条目瞪口呆，他想，别利比河对岸的狐狸还要狡猾啊。公安局的人又问了关于阿里平时的一些日常琐事，然后就像急着要去打扫战场一样合上记录本起身要走了。当他们走到大门门口的时候，领条忽然喊住他们，出人意料地说："有人在河边扔了阿里的自行车和衣裳，我看见了。"

"是吗？"他们像看月食一样专注地打量着领条，问："你是怎么看见的？"

"我去河边埋死狗。"领条说。

"他是个傻子，千万别听他胡说。"接生婆说，"他十一岁时得了一场肺炎，一场高烧使他丧失了智力。"

"对，他是个白痴，从未说过真话，他已经好几年不上学了，平常连门都不出。"别利也跟着添油加醋。

领条听后急得不知所措，他只是干瞪着眼睛，半句半句地说着："可是……可是……"

公安局的人无奈地笑笑，拍着领条的脑壳说："你还很关心罗索镇呢。"说完，他们走出了领条家的大门，领条在后面低低地骂着："猪脑袋。"

公安局的人走后接生婆放心地回屋了，晚上她要给一个产妇去接生，所以要睡上几个小时养足精神。别利把领条拉到鸡舍旁边恶狠狠地问："那天你究竟看见什么了？"

"我看见你把自行车和衣裳扔在了河边。"

"你胡说，你什么也没看见！"

"可我看见了，扔东西的人就是你！"

"记住，你什么也没看见，否则我会杀了你！"别利把领条的头示威性地塞进鸡窝，"你什么也没看见！"

领条费力地把脑袋从鸡窝拔出来后别利已经不见了。领条发现狗已经死了，他难过了好一阵，就到仓房里把上次拖死狗用的那条绳子找来，拴在狗的脖子上，然后拉起绳子一五一十地朝河边走。他出了家门后不久就上了堤坎，土腥味在空中弥漫。领条觉得死去的动物格外的沉重，他累得头昏脑涨的。路上他只遇见一个老头，前方的景色显得十分空旷。当他到达河边时，不觉又是傍晚的时光了，夕照辉映在水面上，罗索河看上去就像淤着一河床黏稠的黄油似的。领条依然像上次一样用十指为死狗挖坑，这并不是因为他又忘记带铁锹了，而是觉得这条狗应该跟上一条的待遇一样。他挖好坑后小心翼翼地把死狗放进去，颤抖着声音说："这里很凉快，你待在里面吧。"他像上次一样一边往坑里培土一边流泪，最后他看不见狗的形容了，他知道他已经埋葬了它。

葬完狗后领条没有马上离开河边，他想起了别利，一种永生的耻辱感压抑得他喘不过气来。"我什么也没看见！"领条自言自语着，"我什么也没看见！"他接近了罗索河。

罗索河很静，他没有看见打捞尸体的小船，对岸的山影像箩筐一样散露着这个季节的缕缕绿色，领条十分惶感。他哭泣着走进河水，"我看见了，可我什么也没看见！"他朝河水中央走去，他的头渐渐地被河水吞没，这时河面上的夕照已经变得浊黄，有几片云半掩着夕阳。

领条在晚饭时没有回来，接生婆便和别利到河边去找，因为他们发现死狗不见了。他们寻到河边时已是黑夜，罗索河盛开着平板而柔和的月光，两岸寂静无声，全无人影，他们便认为领条并不在河边，就反身回家。下半夜的时候，天忽然阴起来，乌云浓重，一阵狂风过后，雷声隆隆响起，窗棂被震得哗啦啦地怪叫，暴雨愤怒地鞭打着罗索镇，雨一直下到天将明时才止息。接生婆从产妇家拿着血淋淋的胎盘回来时，路上布满了水洼，她的鞋子湿透了，她疲惫地推开屋门，发现领条的铺仍是空的，就叹息了一声，心中有一种不祥的感觉。天亮时，有人在暴涨的急流喧哗的罗索河岸边发现了阿里肿胀的尸体，跟着，一个打鱼人在罗索河下游也发现一具尸体，那是领条。

事情过去了一段时光了，罗索河水已经在初冬时结上了一层银色的白冰。别利与接生婆相安无事地过了一段平静时光，可是有一天傍晚，接生婆忽然来到别利的房间，她把别利弄醒后声嘶力竭地说："我想透亮了，是你杀了阿里和领条，领条是因为你死的。"

瞌睡浓重的别利根本没在意她说些什么，只是迷迷糊糊地要求接生婆："屋子太凉了，明天给炉子生起火来。"

"领条一定是因为你才死的，我可怜的孩子。"接生婆忽然揪住别利的头发说，"你得为他偿命。"

别利睁大眼睛，他看见了昏黄的灯光下母亲绝望的眼神，他还看见了她手里握着一把匕首，仿佛要为他动大手术似的。母亲的身上除了眼睛和匕首明亮外，其他部分都显黯淡。

"我没杀领条。"别利说，"他是我弟。"

"可他是为你死的，我想得透透亮亮的了。"接生婆一字一顿地对别利说，"我能生你，也能灭你。"

别利点点头，匕首就贪婪地从他的胸间深入到心脏部位了，她的医学经验帮助她找到了最恰当的位置。事情干利索后，接生婆把别利的尸体背到罗索河边，一路上她歇了好几次，儿子毕竟是成人了，他的确很重。到河边后她用石头敲开一方冰面，就像扔一只青蛙一样把别利塞进去，她舒了口长气。

别利死后的第二天接生婆用了一天时间典当了房屋和家具，她将得到的钱和多年的积蓄寄给老家年迈的母亲。从邮局出来后，她觉得一点负担都没有了，她空空荡荡、轻轻盈盈、飘飘洒洒，她一生从未有过这种轻松和愉悦。她一个人慢慢地朝罗索河方向走，一路上她遇见不少故人，大家都夸她气色很好，她神情怡然。她走到河边后将那把束缚房屋多年的钥匙扔在岸上，然后用石头敲开一方冰面，一头栽进去。

第二年开春时人们在融化的罗索河中发现了别利和他母亲的尸体，大家议论纷纷。医院的产房空前地热闹起来。忍受着分娩痛苦的孕妇看着刑场一样的产房和医生冷漠的脸庞，全都想起那个给予无数孕妇以温情帮助的接生婆，见过她的人回忆她的音容笑貌，没见过她的就回味那些故事，她们怀念她。

1991 年

鱼　骨

他们说这条江在几十年前是用麻绳捕鱼的。他们说这话的时候，眼睛里闪烁着陶醉的光辉。

漠那小镇的人们一到冬天就谈论起关于这条江的故事。风雪像铠甲一样包围了镇子的时候，无论从哪一个角度去望大地，都给人一种白茫茫的感觉。而逼人的寒冷也像瘟疫一样弥漫了整个小镇。

也记不得是哪一天了，总之是有那么一天，漠那小镇最敏感的女人旗旗大婶忽然向全镇的人宣告了一条重要的消息：镇长成山家门前晃着一堆鱼骨。其中有一根鱼脊骨像大拇指那般粗。它们是鲜鱼的鱼骨，鱼骨上缠着带着红色腥味的血丝。

于是，镇子上男女老少就像去赶着看一场露天电影似的，纷纷走出自家的门院带着惊喜和疑惑去看那一堆鱼骨。

那真的是一堆鱼骨，旗旗大婶没有说错。它们很生动地躺在一片白雪地上，极北的太阳很冷清地照出它们象牙般的肤色。

"嗬呀，这么漂亮的鱼骨，一定是条二三十斤的大鱼！"旗旗大婶在人群中感慨着，然后把目光投在我的身上说，"外乡人，你没有见过这样的鱼骨吧？"

"这么粗的我见过，但这么漂亮的没见过。"

"就是，你们看，这鱼骨是没有下过锅的。"旗旗大婶像一头母熊似的笨拙地挤出人群，蹲在那一堆鱼骨旁，把那块最粗的拣在手中，嗬呀呀地大叫着，好像是意外拾到一块狗头金似的，潮红的双颊不由得微微抖动起来，"是用刀剔下来的，这条小细纹就是刀痕。这么嫩，我的天哪，多少年没有见过这么好的鱼骨了！我说，我们这条江开了怀了！"

"是啊，这条江开了怀了！"有人跟着说。

漠那小镇的人们把这条江看得跟女人一样亲切。这条江在几十年前，可以很随意地用麻绳系起一张网，撒在江中，然后鱼就像爬满了篱笆的葫芦似的钻了一网。起网时鱼尾翻卷，鳞光闪烁，那真是让人百思不厌的美好时光。

可是几十年后，这条江就像女人过了青春期，再也生不出来孩子了。江水不似往昔那般喧嚣，她平静而沉稳，就像个行将入土的人。而漠那小镇的人们，一到漫漫长冬的时刻，就热切地思恋起她的过去。

人们议论了一番，兴致就蓬勃起来了。大家纷纷回家，准备着捕鱼的工具。旗旗大婶很慷慨地把那块最精彩的鱼骨送给我了。那么鲜嫩，那么凉爽，那么美丽的一块鱼骨。

傍晚，天气骤然冷起来。白蒙蒙的江面上弥漫着无边的寒气。旗旗大婶凿好了第一口冰眼，将一张插三的大网甩进江底。

平素寂静的江面霎时活跃起来了。远远近近的都是人影。近处的人影像被风摇摆的黑橡树，而远处的人影则模模糊糊的像夜空中的云彩。

旗旗大婶的鬓角出了许多汗，蒙蒙的湿气很快把她露在围巾外的头发裹上一层白霜。她还没吃晚饭，她已经打算让旗旗回镇子给她取点吃的。

旗旗是个十岁的女孩，是旗旗大婶在三十五岁还不能生孩子时抱养的。她聪颖而又美丽，一双乌溜溜的眼睛总是像星星一样闪个不休。旗旗大婶常常说旗旗的眼睛晃得她直头晕。

旗旗在生火盆。她已经把小碎样子架在里面，再往缝隙间塞桦树皮。她穿着一件枣红色的棉袄，圆咕隆咚的，更显出她的可爱来。

旗旗大婶走上前划着了火柴，火盆像触了电似的猛地抖动了一下，接着，红红的火苗就蹿了起来。旗旗伸出手去烤火，整个脸被映得通红。

"妈妈，你看开花袄爷爷。"旗旗指着十几米外的人影说。

"外乡人，你看看，人一来了精神，病也就没了，那老开花袄病了两三年，不也出来了吗？"

我一到漠那小镇就听说过"开花袄"这个人物。如今旗旗大婶又提起他来，倒有一种非见他不可的欲望了。

"你别去看他，他这人一辈子见着两种东西眼睛要放绿光：一种是鱼，一种是女人！"

旗旗大婶刚一说完，旗旗就嘻嘻地笑了。我问旗旗为什么笑，旗旗趴在我的肩头说："开花袄爷爷爱睡女人，一辈子睡了好几大炕。"

"旗旗，你在跟人家说什么？"

"我在向她要那块鱼骨呢。"旗旗冲我乖巧地眨了眨眼睛。

"你马上就要有一块更漂亮的鱼骨了，你怎么还要？"

"那块鱼骨好像是透明的。"旗旗又说。

"你马上也会有一块更透明的！"旗旗大婶从手腕上解下钥匙，把它挂到旗旗的脖子上，"去回镇子拿点吃的来。"旗旗大婶在旗旗的耳朵边吩咐了一会儿，旗旗点点头，就走了。

天色越来越昏暗，寒冷越发像刀子一样地逼人了。江面上到处是青凛凛的冰堆，冰眼上用于控网的木杆子黑黝黝地探入江中，只露出一米左右的端头。

旗旗大婶握着冰钎，开始凿第二口冰眼了。她边干边跟我说她多少年没这么痛快地干过活了，不然怎么会养下这一身的肥肉？她那口气和动作，好像一定要在这次捕鱼中刮掉几斤肉，变得苗条一点不可。可我却觉得，旗旗大婶胖起来才更有风度。我把这种想法告诉她，她弯着腰惊天动地大笑了一通，那笑声仿佛要把松枝上的雪团都震下来。"老天爷，我还有风度？我这辈子连个孩子都生不出来——够风度的了！"

我知道，旗旗大婶年轻时因为生不出孩子，她男人就像甩一条老狗似的把她扔了。所以，旗旗大婶这十几年一直是独居。

"那么你男人现在到哪儿去了？"

"十几年了，连个消息也没有。不想他是说瞎话，想他又让人气得慌。听人说，女人生不出孩子来，多半怪男人！那时我气得真想跟老开花袄睡几宿，看看能不能怀上！"

"那你怎么没那样做呢？"

"开花袄年纪太大，不是养孩子的年龄了。别的男人呢，有媳妇的有媳妇，没媳妇的都盯着花姑娘看，我也不能做损人的事。"

旗旗大婶说的时候毫无怨恨之情。我想那是痛苦埋得太深，就把它看得平淡了。

旗旗送来了晚饭。旗旗大婶分一半给我，然后就顾自坐在冰堆上，围着火盆吃起来。

这一宿我们都要守在江面上。一般的鱼汛期，要接连几天不合眼。每隔半小时就要起一次网，那种紧张感和幸福感，就像打了一场漂亮的伏击战。

一个小时过去后，旗旗大婶打算起第一片网了。起网前，她先让旗旗远远地走开。因为旗旗的外号叫"猫咪"。镇里的人都忌讳捕鱼时带上这样的孩子。

"旗旗，你先到江岸上玩一会儿。"

"江岸上有什么好玩的？我要看起网。"

"你到那里拿两根树枝来。"

"拿树枝做什么呢？"

"起网用。"

"起网要用树枝呀？"旗旗惊叫了一声，就欢呼着去拿树枝了。旗旗长这么大，还是第一次赶上捕鱼。

旗旗大婶冲我笑笑，把棉巴掌脱掉，抽出冰眼中的木杆，然后解下网头。借着火盆的猩红的火苗，我见旗旗大婶的脸紫红得像鸡冠花。

"这网头很轻，好像是……"旗旗大婶顾自说着，蹲在冰眼前熟练地拽起网来。

银白的渔网从黑沉沉的江水中被提出来了。一出水面，它们就变成了一块大花布。网上有的地方恰恰被火光照着，就成了一片霞光；有的地方隐在夜色中，就变成了灰蓝。旗旗大婶沉默着，我沉默着，寒风也冷峭地沉默着，只有火盆热烈地响着，那些贪婪的火舌活跃地舔着夜色。

整片网起出来了，没有一条鱼。旗旗大婶一屁股坐在冰上，阴郁地抽起烟来。旗旗大婶抽烟抽得很凶。

"你骗我！"旗旗看到网已经起出来了，就把两根树枝扔在江上，哭着跑了。

"旗旗，回来！"我起身去撵。

"别管她，让她跑吧。这只小猫咪，在这儿会把鱼吓跑的。"

旗旗大婶掐灭了烟，又把网抖搂着下到江里。我担心着旗旗，便起身去寻。

开花袄佝偻着背，正被旗旗驱使着起网。旗旗见了我，竟理都不理，那神情，分明是说我和旗旗大婶合伙骗了她。

"旗旗，要逮不着大的，你可有个啥看头？"开花袄说她。

"逮条小鱼也行，逮不着也行！"旗旗带着哭腔执拗地说。

结果，这一网比旗旗大婶要幸运一些，有一条筷子般长的狗鱼撞上了网。漠那小镇的人戏称狗鱼是穿花裙子的，因为它的身上全是斑斓的花纹。

"我有了一条穿花裙子的鱼了！"旗旗提着鱼，在江面上跑着，呼喊着。

开花袄今年八十岁了，年轻时一直是淘金汉。解放后，他在合作社里喂牲口，闲时出去打鱼，是远近闻名的捕鱼能手。人们说他的金子多得可以再建一个漠那小镇。从六十岁开始，一听说没儿没女的老太婆没人要了，他就把她背回家。这样，一共背了七个老太婆，他为她们送了终，然后把她们埋葬在一片坟地上，竖起木碑。我倒觉得开花袄有些侠义之举。

开花袄见了我，就问城里的女人都像我这样单薄吗。我摇摇头，他就笑着说："漠那小镇的女人才叫女人。"

"你是说她们胖，是吧？"

"不光是胖。"开花袄诡秘地笑了。夜色中他的笑声显得很凄厉，有点像猫头鹰叫。

"听说你的金子足足可以再建个漠那小镇。"

"那是鬼话，我有什么金子。"

"可你给七个老太婆送了终。"

"只要我有口气，没人要的老太婆我仍要去背。"

"你背她们有什么用呢？"

"女人不能孤零零地一个人死。"开花袄坐在江上，捅了捅火盆。火盆腾起一束璀璨的火星，烟花似的闪耀。

"是女人把我带到这世上的，不能亏待了她们。"

旗旗展览够了那条狗鱼，兴高采烈地回来了。开花袄跟我们说，这条江现在没开怀，旗旗大婶的判断错了。

"旗旗大婶是最精明的人，怎么会说错呢？"

"我熟悉这条江就像熟悉女人一样，这不是鱼汛。"

"可那堆鱼骨怎么说呢？"

"那鱼骨是鲜的不错，可那不是这条江的。"

"你怎么知道？"

"我说了，熟悉这条江我就跟熟悉女人一样。"开花袄说。

"那你为什么还要守在这里？"

"因为这是我最后一次守江了。"

开花袄说得够庄严的。我不知道他这一辈子守过多少次江了，但我想他每次的守江历史一定是辉煌的。

我走上江岸，把皮袄裹紧，站在黑沉沉的柳毛丛中。此时的漠那小镇，在风雪中静静地沉睡了。镇子中听不见狗吠，所有的房屋都融在蒙蒙的夜色中，成为自然的一部分。而这条冰封的大江，却渔火点点，人影绰绰，全然一幅原始村落的平和的生活图画。

旗旗大婶起了三片网，都空，她忽然怀疑起那一堆鱼骨来。旗旗终究还是孩子，现在早就跟旗旗大婶说个不休了。旗旗大婶让她回家睡觉，她说什么也不肯。她说她长这么大了，还没有得着像我这块这么漂亮的鱼骨。

后半夜是最难挨的时光。寒冷、饥饿、疲乏同时袭来。我觉得双腿已经冻得麻木不堪，真想带着旗旗回镇子了。夜空中的繁星好像离我们这般的近，又那般的远。

开花袄喝了一瓶白酒，坐在江上对着火盆唱起沙哑的歌子。歌词大意是讲一个女人思夫的情绪。那歌子虽然很低沉，但却饱含着一种深沉的韵味。旗旗便又跟我说："开花袄爷爷不光爱睡女人，还爱唱歌子呀？"

我笑笑，不知该如何对旗旗讲。后来旗旗大婶对她说："是人就爱唱歌子。"

"那你为什么不爱唱呢？"

旗旗大婶不出声了。我见她的眼睛湿润了。她使袄袖子抹了一下眼角，然后深情地唱起一支歌来：

> 在冰封的河流上，
> 跑着我心爱的雪橇。
> 雪橇上有我的粮食
> 和取暖的干草，
> 还有一个
> 美丽的姑娘，夕阳下
> 抱着我的小娃娃
> ……

旗旗大婶唱完就哭了，哭完又笑了，笑过之后就找开花袄要酒喝去了。我和旗旗抱在一块儿，痴迷地望着朦胧的漠那小镇和远方的大山。

如果让我说出对生命的认识的话，那么我会说漠那小镇是个有生命的地方。

凌晨四点多钟，旗旗大婶已经起了十二片网了。冰面上扔着几条杂鱼。这些杂鱼初出江水时还活着，可只要过了几分钟，就黯然死去，冻成一个硬条。

天有些灰蒙蒙了，灿烂的群星也显得不那么灿烂。江面上泼墨似的摊着一堆堆火盆燃尽的残渣，而寒气把每个人的脸都弄得又红又粗的，像是松树皮。

旗旗大婶守了一夜，虽然哈欠连天，但精神却很饱满。她说这几斤杂鱼可以美美地吃它一顿了。于是她又讲起这条江的过去。她说每次鱼汛到时，捕上来的鱼摆满了江面，家家都要套上狗爬犁才能把鱼装回去。旗旗便冻得嘶嘶哈哈地从牙缝中挤着话问："那时怎么不生我呢？"

"那时就是生不下来嘛。"旗旗大婶把旗旗抱在怀中，摩挲着她的脸蛋，问："旗旗以后还来守江吗？"

"还来。"

"守江好吗？"

"守江真有意思。"旗旗哭了，"就是逮不着一条大鱼，我没有好看的鱼骨——我的脚都冻得不敢站了。"

"旗旗，你的脚怎么了？"

"我的脚是冻坏了。我开始是冷，我就踩脚，后来脚就暖和点了，我又坐在江上。再过一会儿，我的脚就扎针一样的疼，疼过就不疼了，也不觉冷了。"

"哎哟，那一准是冻坏了。旗旗，你为什么不早说？"

"我看你在起网，我怕你让我回去。"

"那你冻坏了脚，怎么不该回去？"我插言道。

"我第一次守江，连一夜都守不了，那多丢人哪。开花袄爷爷都八十岁了，还站着哪。"

旗旗的哭声更响了。

旗旗大婶和我赶紧为旗旗扒下棉靴，然后用雪给旗旗搓脚。旗旗呆呆地看着自己的脚，一手搭在我的肩头，一手搭在旗旗大婶的肩头，说："等天亮了再让我回镇子，我就可以说是守了一夜了。"

江面上残灭的渔火忽明忽灭。而远方大山的轮廓却渐渐澄澈起来。八点左右，在东边天出现一团毛茸茸的太阳，被寒气包裹着的像堆羽毛的太阳。漠那小镇的上空升起了一绺绺迷茫的炊烟。

这时，镇长成山突然出现在江面上。他像巡逻兵似的从南走到北，又从北走到南，然后把江面上所有捕鱼的人召集在一起，庄重地宣布了一桩秘密。

那堆鱼骨是他故意摆在那儿的。因为他们接到了一个任务：要把这山林中的一头大黑熊活活捉住。他们已经多年不做这样的事了，他担心他们胜任不了猎熊的工作。所以，就试探着摆出鱼骨，看他们是否还像几十年前一样的敏感而有耐力。

跟着，他点了猎熊人员名单。旗旗大婶是第一位，开花袄也在其列。

江面上的网都起了出来。漠那小镇的人们无言地走回被朝霞映照的镇子里……

冬天总是寒冷，漠那小镇又下了一场铺天盖地的大雪。旗旗大婶他们准备了三天，决定在第四天早晨出发去猎熊了。

旗旗的脚冻坏了，伤口正在溃烂，夜里常常痒得睡不着觉。旗旗大婶让我从旅店搬出来住在她家里，好照顾一下旗旗，等着她猎熊回来。

旗旗大婶要出发的前一晚，是个灰蒙蒙的时刻，我正要到园子中解手，忽然发现一个男人瞪着鹰一样的眼睛盯着我，我急忙喊来旗旗大婶。旗旗大婶口中还塞着饭，她见了那男人，竟吓得魂不附体了，"你是鬼吧？啊？你成鬼了吧？"

"我不是鬼，是人！我对不起你。我又和一个女人过日子了，我才知道，生不出孩子不是你的错。"

那男人蹲在地上，头埋得很低很低。他的鬓角还冒出一股股的汗气。我知道，这是旗旗大婶走了十多年的男人回来了。

"你这不要脸的，你还回来?！"旗旗大婶骂着，抄起一根桦木杆，就像打一条死狗似的狠狠地打了他一下，那男人没动，但是泪水却出来了。我见他的脸苍老褶皱得像晒干了的蘑菇。

那男人说着"我错了，我该杀"，然后就站起来跟跟跄跄地往外跑。旗旗大婶愣了一下，跟着又拼命地追上他，哭着说："你要是再想回这个家的话，你就去给我们旗旗弄一个漂亮的鱼骨吧，要透明的鱼骨！"

那男人像块石头一样沉默着。突然，他痉挛地扩张开双臂，紧紧地把旗旗大婶抱进怀里。而旗旗大婶则像一只刚被关进笼子中的老虎一样，不停地抓那男人的胸，不停地哭，不停地喊。

顷刻，男人慢慢地轻轻地放开旗旗大婶，向落日的地方去了。他的弯曲的腿在雪地上面支成一个圆拱形，极北的傍晚的寒气在往来穿梭，他就好像跨着一个灰蒙蒙的太阳在行走。

旗旗大婶站在绵延无尽的雪地上，揉着红肿的眼睛，冲着他渐渐远去的背影高声地告诉他："你不要去江里捕鱼，江里的鱼都跑到河里去了！成山镇长有个漂亮的鱼骨就是从河里弄来的！你去河里吧！弄到了鱼骨你就回来！"

第二天早晨，旗旗大婶他们带着粮食和干草，坐着雪橇去猎熊了。

1988 年

旧土地

　　同这个地方所有到了她这般年龄的老人一样，她家大门口的柞木障子前也摆放着一口棺材。这口棺材刚打好三天，紫红油漆还未干透，五月明媚的阳光投在它身上，泛着油油的亮色。此时，一只黑褐色、红脑门的山雀正调皮地落到棺盖上，东瞅瞅，西望望，蹦蹦跳跳地把未干的油漆踩得爪印遍布，顺眼一看，俨然是一幅绝好的松枝图。

　　没有人去理会这只鸟。因为空寂的夹在高高的桦子中的小路很少有人行走，五月的风又是这样的温存柔媚，鸟儿当然要自得其乐地耍个欢快了。

　　过了一会儿，在柞木障子里面的菜园里，在新翻过的土地上，又一群麻雀纷纷落上了。啄啊，刨啊，吃进新鲜的虫，抿得嘴巴上黑黑的、湿湿的。唯有低洼处的几垄地没有翻，因为垄沟里淤有雪水，阳光还未及时把它烘干。浊黄的水一波不起，歪着张病态的脸，恹恹地昏睡着。

也是在此时，蹲在菜园中那个矮矮趴趴的草房，几乎是跟着那扇破破旧旧的门艰难的一开而摇了一下，檐上顷刻抖下一抹尘埃，雾似的飞扬，把开门的老女人罩得个严严实实。

老女人觑眼看了一下太阳，并不理会尘埃的扑打，一脚跨出门外手扶门框，侧身召唤："鸡儿、鸡儿、鸡儿——咕儿、咕儿、咕儿——"

随着她急切尖厉而错落有致的吆喝，她脑后的疙瘩鬏跟拨浪鼓似的一摆一摆，那些被圈了一冬而变得有些呆头呆脑的鸡也探着脚相跟着溜到门口。

老女人换一只手把住门框，腾出另一只手就近去拿靠在门后墙边的大斧，用它顶住门，倒着走了两步，从兜里掏出一把谷子，一边慢慢地撒，一边继续召唤："鸡儿、鸡儿、鸡儿——咕儿、咕儿、咕儿——"

一只禁不住阳光和谷子诱惑的芦花鸡勾了三次爪子，终于蹦出门槛，撅着屁股跑得好急，于是，第二只、第三只、第四只……统统咕咕咕咯咯咯地跑了出来。白的黄的黑的，斑杂的色彩杂糅在一起，泼墨似的旋转、流动。一忽儿，色彩凝聚了，鸡们全部望着被刨得不剩一粒谷子的湿地，停止了争抢和厮搏，一个个涨红了脸昂起头，望着久违的蓝天。

又是芦花鸡最先伶俐地反应过来，蹿过破漏的、参差不齐的障子，飞也似的跑到菜园，惊得麻雀四起，喳喳地闹，相拥着逃出菜园，向着朗朗的晴天飞去。

唯有棺盖上的那只小淘气仍然任性地跳来跳去，爪儿被踩得红鲜鲜，嘴也被抿得红鲜鲜。老女人出了院门，陡然看见，心底一悸，愤愤然地从障子上折一截干枝，边扑打边咒骂："血祖奶奶的！"

于是，那只山雀完成了它的惊人之作，也意气洋洋地向着朗朗晴天飞去了。

老女人翕着嘴唇，嘴唇上起了一层白皮，那是春风吹的；她的眼泪疙瘩扑嗒扑嗒地直往下掉。哟！这生灵莫不是天爷派来的？让它告诉我棺材莫要刷色，无儿无女的，犯了天理哪！可刚才自己是骂了它"血祖奶奶的"！哟哎！

没开春的时候，老女人就常常梦见她死去的丈夫赶着驴车一次一次地站在门口等她。他胸前戴着大红花，脸上漾着喜悦的微笑，一遍一遍地召唤她的乳名："青儿上轿，青儿上轿。"她梦见丈夫的驴车上缀满了鲜花，花一色的白，白得缥缈、缠绵、迷蒙，让人觉得浑身发冷。迷信说，驴是鱼。那么，丈夫是想她，接她回阴曹地府了。因为那时她也觉得身子骨不中了，寒风一击，必得卧炕三天，且总是咳，咳出血丝，恐不是好兆。为此，她请了两个木匠，把攒好的料子提前做好，以备不测。

打棺材的头一天，她特地宰了一只老母鸡，整整炖了一个上午，又特地狠狠心买了几瓶罐头，打了两斤老白干，好好地犒劳了一番木匠。一会儿端茶，一会儿敬烟，她满心欢喜得像待嫁的新娘摆弄嫁妆。人生一世，弄到最后，最终的归宿不就是它吗？他们把棺材的表面刨得光光的，露出十分漂亮的水纹，啧啧夸赞她的"房子"："住着又宽敞，又亮堂，能翻它九十九个身！"

"可不要翻身，一辈子窝憋着，就托生不了了。"

老女人最忌讳别人说"翻身"的事。听已埋在地下多年的老辈人讲，有一个身材又瘦又短的人死了，入殓的时候可能是棺材抖动了一下，死尸便被翻了过来。这个人的鬼魂便时常托梦给人，说他喘不过气，有东西压着他。直到人家按梦中之说开了棺，果然见其翻了身，一个个全傻了眼。待又把他翻过来后，鬼魂便不再来纠缠人了。

老女人听这样的事还是年轻的时候。她很害怕，因为那时她已死了丈夫。她怕丈夫"翻了身"，所以有那么几天她总是提早睡觉，希望他托梦给她。而每天她都是安然无恙地睡到鸡鸣日出，没有一点梦的影子，她才终于心安了。

老女人年轻时个头就不高，老了更显矮了些，她真的怕"翻身"，所以絮絮叨叨、哭哭啼啼地小闹了一阵子，直到人家说："到时告诉抬棺的人轻轻慢慢地放，保证不叫你'翻身'！"她才孩子一般地破涕为笑。

棺材打好，按风俗说是不该刷油的，因为老女人无儿无女，老了连个打灵灵幡的人都没有。不像别人家，孙男孙女的一大帮，披麻戴孝，声泪俱下，前呼后拥地哭作一团，让人们啧啧着说一句："死了死了也有福啊。"老女人是决然比不得的。可是，一口偌大的棺材，白瘆瘆地往那儿一放，也着实令人心酸、胆寒。更何况连木匠也劝："刷上油吧，哪有那么多说道，坐棺可都是坐红的。再说，你不是有个干儿子吗？"

老女人暗地一想，也便应承。可这油漆还未干透，就被鸟儿糟蹋成这等样子，她怎么能不多思，怎么能不酸楚呢？

太阳升得更高了。阳光也更加强烈、更加刺眼了。草房后面连着菜园的那个馒头形状的山上，飞来了许多许多的鸟。松树皮已开始发艮，针叶也拱出芝麻粒大的嫩芽。一切迹象都证明着：春天来到了！

春天，是的，暖暖的，她喜欢，她饲养的家禽可以在院子里生息了。她可以打开她的茅草房的窗户，把墙壁的灰尘透透地扫一遍。她可以采它一抱达子香花，把它们分插到几个罐头瓶里，让柜子、窗台、桌子也亮出几分生气。她可以把丈夫开垦的菜园重新挖一遍，滤上肥，打垄、播种，再最后过一个殷殷实实的年份。

她把鸡撒出来了，把鹅放出来了，把猪圈修好了。除几垄湿地外，菜园她也翻过了。还有棺材，也端端地打好了，她可以一边过着安安生生的日子，一边静静地等待死神扼住她咽喉的最后时刻。

这样一想，她觉得心情畅快多了。她暂时忘却了鸟儿是否是天神派来的，她从仓房里拽出几片起了毛的油毡纸，把它们苫在棺盖上，压上碎砖头，然后，她一边踏着碎步往屋走，一边轻轻地断断续续地哼起她年轻的时候哄孩子的歌谣：

天上有颗金豆豆，

地上有个胖宝宝。

吃着百家饭，

穿着百衲衣。

熊来了不舔你，

狼来了不掏你。

多吃多睡呀，

长大了给妈捶捶腰……

太阳正当空中，正午了。一阵鸡鸣狗吠，茅草房上的泥烟囱飘出了白白的炊烟。

傍晚。西边天斜阳一抹，淡淡的粉红，纱一般轻柔，像是太阳临睡前脱下的衣袍。村西头的驴叫得一声比一声急，猪在圈中"嗯嗯"地拱着槽子唤食。老女人握着镰刀，背着一大捆红柳条，一拐一拐地沿着山路上山了。

山间小路上碎石遍布，坑坑坎坎的，几条筷子般粗的山泉汩汩地流，时而汇聚，时而散开，梦一般的轻柔、舒缓。山路两侧是比较平缓的松树林，松树林里埋葬着这个村子所有死去的人。老女人捋了把汗，不自觉地向那两座坟相倚的地方望去。

坟一大一小。小的是她丈夫的，大的是儿子的。在这个世界上，他们是她唯一的两个亲人了。然而两个亲人都先走了。她不为丈夫的死过分痛惜，因为他死在她之前了，这正是她所希望的。因为她觉得她生来就是为了服侍丈夫的，她若先死，他可怎么办呢？然而儿子，哟，一想起儿子她就揪心：儿子是绝不该早死的呀，虎虎生生的一个人，就好端端地死了，她难过。她每次经过这里，都忍不住这样想，这样看。直看得眼皮发涩，她才疲乏地木然地拖着双腿默默地回家。

此时，她觉得一阵晕眩，眼前蓝幽幽的一片。蓝幽幽之中，只见一个人满脸含笑，牵着毛驴，柔声细语地召唤："青儿上轿，青儿上轿。"她迷离恍惚地要往前走，可还没等挪出一步，就见眼前蹿出一条"大黄狗"，"大黄狗"扑上来，急急地说："街长找你，在大门口，还有一个不认识的呢。"

老女人糊糊涂涂地揉了一下眼睛，才幡然醒悟：扑上来的不是大黄狗，而是村里的一个顽童。他显然是奉了命来唤她的。可那人，那驴，那声音呢？怎么全都不见了呢？她茫然地晃晃脑袋，轻轻地"哦"了一声，飘飘然地跟着孩子走了。

窄窄的巷子，悠长而泥泞，上面散有草屑和牲口屎。她尽管放着胆子糊糊涂涂地走。鞋湿透了，泥浆子顺着脚脖流进鞋窠，又凉又湿，直钻脚心。她远远地望见她家的大门口聚着一堆鸡，鸡在等待主人开门。街长和那个陌生人正对着棺材评头品足。

开大门。开屋门。鸡呀鹅呀人呀的一起挤。

街长三十多岁，圆圆的脸，毛嘟嘟的眼睛，只是脖子上有一堆肉疙瘩——淋巴炎留下的产物。他笑吟吟地介绍："大妈，这是铁路施工队的，找您落实个事儿。"老女人答应着，点点头。

"我们修铁路要经过这里，您的房子和菜园都得占。"陌生的男人温和地冲她抱歉一笑。

"占房子？占地？"这是她做梦也想不到的，"啥时候打的谱？"

街长和那陌生人同时都笑了，"不是早就说修铁路吗？快到这儿了，您没听说？"

听说？除了这个茅草房和菜园，她几乎很少去哪里。每月领一次粮，去一次商店买些杂七杂八的。由日月星辰和风霜雨雪的变化感受年份和季节的更替，此外，还有些什么呢？

"不能绕过去吗？"她干涸的眼睛里闪出一线光亮。

"大娘，不能啊，铁路必须经过这里。您的前面是住宅区，后面是山，不行啊。"

陌生人的口气依然温和，态度依然恭顺。老女人眼睛里那一线光亮也灭了。

"街上给您安排了新房子，砖的，可宽敞呢。拾掇拾掇，我就叫人帮您搬过去吧。"

街长欠起屁股，笑着作结束语。

老女人觉得几十年的平静生活发生巨大的裂变了。离开这间房子和土地，这太可怕了，这太不能让人相信了。已经要被黄土掩埋的人了，还图希什么呢？不就是想守着一生一世生活过的土地，守着丈夫留下的这个家业，把它厮守到最后吗？

修铁路，修的是什么铁路呢？修起铁路就闹哄哄，谁也别想清静。而且，一修铁路，盲流会更多，村里的人会更杂，到大林子来"刨金子"的会翻了天。钱都挣红眼啦。老女人憎恨这些，厌恶这些。她觉得那些盲流全不是安分守己的人。谁像她丈夫，那时是自愿报名响应开发大兴安岭的号召来的。如今哪，什么也说不准哟。

搬？不能搬啊。那前前后后的园子可是丈夫一镐一铲地起早贪黑刨出来的。那间茅草房，也是夫妻俩合着力撑盖起来的，所有的东西都得保持着丈夫生前的原样，不然，她以后怎么有脸见他呢？就不信，那铁路拐个弯就过不去了？况且，说归说，啥年啥月修到这儿，还难说着呢。若真有那时，她也恐怕……她想。

她想透了，依然抱柴点火，做起晚饭。吃过饭，圈好鸡，她敞开屋门，悠悠地看了一会儿天。待月亮东升的时刻，她已把砍来的柳条摊开，坐在草垫子上修补障子了。这一夜，她睡得很踏实，她没有梦见丈夫赶着驴车来接她。

七天以后的一个早晨。太阳公公喝多了酒，醉着红红的脸出山了。满山的松树都吐出了绿丝，嫩嫩的，娇娇的，散发着淡淡的香气。山犹如披上了一件轻柔的绿纱，显得恬静而秀气。除老女人家外，其他家的烟囱都飘出了炊烟。

茅草房锁着。大门锁着。院子里乱糟糟地堆了小山似的桦子。还有院门口的棺材，也用草垫子裹得严严实实。

人走了，长久地走了吗？走到哪儿去了呢？然而，你若细心瞅一瞅园子就会发现，她不会走远，不会长久，她还会回来。园子里打了几条匀匀的垄，里面已经种上了豌豆。一畦平展展的像筛子滤过的细土上，也已经种了菠菜。兴许是怕鸡刨吧，上面还均匀地横着一排柳条。当街长吃过早饭，领着几个人来帮着搬家的时候，看到的就是这幅情景。

此时的老女人，正挽着个包袱，悠悠地走在山道上。阳光明晃晃地投向她，刺得她睁不开眼。她的脚步急急的，仿佛有什么怪兽在追踪她。她心里又是恐惧又是气愤。恐惧的是失去那个茅草房和土地，气愤的是街长这么不讲情面，三番五次地来动员她，还说今儿一早就搬。搬？让你们去看看吧，我不在家，谁敢动我一点东西？我把桦子堆它一院子，任你进去也难！不管怎么着，俺家的丈夫和儿子还是为公死的，总该有点良心吧？

她为此躲避出去。她认识一个同她年龄相仿的老女人，她们是去年在县城里卖都柿时结识的，她去过她家，她也来过她家，相距不过二十里，两三个钟头的光景就会到。

山道上潮润润的，她的鞋帮上沾了点点湿泥，鸟儿叽叽喳喳地吵得真欢。树丛里的达子香花开得如火似霞。她觉得心好像变得年轻了。

"青儿，拿草！"

"哎！"她一甩长辫，咯咯地笑，露出两个甜甜的酒窝，递给站在梯子上的丈夫一捆草。

"好看吗？"

"好窝窝哟。"她笑岔了气，蹲在地上。

梯子撤下来了，丈夫跳下来了，散发着干草芬芳的草窝窝盖起来了。她远离江南水乡，奔波到此，终于有了一个自己的家了。她兴高采烈地唱：

哟哎

太阳进了屋哟

呃嗬！

娘子起了床哪

哟嗬

……

"没羞没臊！"丈夫笑骂。

"愿意愿意！"她孩子气地叫闹。

多甜哟，她不忍回忆。丈夫留给了她一个窝，就一头扎进密林子里，同伐木人住着大帐篷，很少回来了。她每天都可以看见运木材的拖拉机轰隆隆地拖着原木往山下走，拖下山又被人抬到拖车上，拖车把木头拉走了，拉出了这片森林。她知道这里面有丈夫的功劳，她心里自豪。那年春天，他回家住了一个星期，起早贪黑地硬是刨出了一片地，帮她种上各种小菜；再后来，他就死了。

他死得太突然，太意外。那是数九严寒，他去往拖拉机上挂原木，由于距离差得太远，他招呼拖拉机手向后倒一倒。那正是一段缓坡，路面很滑，有薄冰，拖拉机下倒挟来的强大气流把原木打得直滚，他跟跄着躲闪不及，被打趴在距离木头一米远的地方，这时，闪着凛凛寒光的履带龇着白厉厉的牙齿，凶猛地朝他咬去……

开追悼会。放哀乐。致悼词。她恍恍惚惚中就把他送走了。她生下了他们唯一的一个孩子。她有一种朦朦胧胧的感觉：丈夫先走了，他在人间没有遭到什么罪，她尽了妻子的分了，他可以安心地躺在那儿睡。年纪轻轻，带着一个遗腹子，她离群寡居，落落寞寞地打发着日子。不管谁怎样劝她改嫁，她都丝毫不动心。她要守着茅草房，守着房前屋后的土地，默默地回忆丈夫过活。这种深深的苦楚和绵邈的情思哪一个人能理解呢？

太阳热烘烘的，把她的脸晒得像经过秋霜的红柿子。年轻时那两个深深甜甜的酒窝，已经化作两条肉沟，嘴一抿，潮湿湿的，她不知道自己什么时候流的泪。俯视山下，有房子和土地的影子了。地方到了，她的心一阵轻松。然而，马上就发现了一大变化：两条乌黑锃亮的钢轨，明明从这里伸进大山了。她的心又是一沉。

老女人的干儿子家。他叫田福，二十一岁，初中毕业，又瘦又矮，脸色苍白，头发焦黄，如一堆乱草。眼睛不大，眼白却多，给人一种不健康、不精神的感觉。正因如此，算命先生才说让他认一个命硬的女人当干妈。选来选去，田福他娘就想到了老女人身上：

她克死了丈夫和孩子，她命最硬哟，于是，拎了两瓶水果罐头，登门一拜，事就成了。田福认了干妈之后并没有见得怎么精神，仍显得阳气不足，病病歪歪，一副活不起的样子。知内情的人说这孩子上初中时看上了一个女孩子，有天他偷偷领着女孩子去采高粱果，回来的路上被他娘撞见了。他当时正扯着女孩子的手，他吓呆了。他娘恨得把他打得皮开肉绽。后来女孩子家因此搬出了村子，他的"病"就更重了，常常心烦，出言不逊。许多涎脸的后生偷骂他是"多情的种"。

他坐在地上编蝈笼。叉着腿，顺着眼，谁也不理。

"知道你干妈哪儿去了吗？"街长又一次问。

这回，他终于抬起头，梗梗脖子，嘴有点歪了，嘟噜噜地说："干妈湿妈还是亲妈，都不是妈，都没人爱我，都欺负我。"他竟然呜呜地哭了起来。

很好的月色。很好的时刻。坐在院子中，同时搓着大盆中的豆角子，老女人同她讲着儿子："生下来红鲜鲜的一块肉，皱皱巴巴的，活像个猪崽，可他却能哭呀，哭得你的心那股味儿……"两个老女人同时用袖子蹭了一下眼角。

"三四岁才招人稀罕呢，你去挑水，他拽着桶梁跟着走，直吵吵'妈妈我挑，妈妈你放下'。上学总考第一，作业本上没个叉，我一腰疼，他就轻轻地给捶一阵子。咳。"

"那怎么就会……"

"怪那场山火哟。有个缺德鬼，扔个烟头就招了大灾，那是秋天，草干树干，又刮着风，烧毁了好大一片林子，疼死个人。本不该他去救火的，可他硬是挤在高年级的学生中去了，他就……浑身黑着，焦着，辨不出个模样，可怜——"

两人对着月光垂泪，啜泣，嗯嗯啊啊。之后，又彼此安慰着。听得见细碎的剥豆的声音：咔吧咔吧、咔吧咔吧……

"两个人都是为着林子死的。公家总会记着的。念着旧情，也不会撵你走哇。"

"我想也是。"老女人吐出一口长气，深情地望了一下月亮。

又是一个七天以后。那是傍晚。当她赶回村子的时候，天已经灰蒙蒙的了。路上没有行人，让人感到村子已经死了。她的心怦怦地跳得厉害，腿有些发软。当她心急火燎地走到属于她的那一处天地的时候，她怔了。

茅草房不见了。桦子不见了。障子不见了。大门不见了。一个空荡荡的地方。一个干干净净的地方。只有麻雀在跳，跳得高兴。

什么都没有了。龙卷风卷的？大水冲的？她不敢相信。她按着"怦怦"跳得异常的心，瘫在地上，嘴唇乌青，眼睛发灰，双手扎进泥土，咳出一口鲜红的血。

"大妈，回来了？"街长扯着一个两三岁的孩子慢慢向她走来。暮色苍茫，老女人的脸铁青。她腾地缩回手，卫士一般地站起来，挺起胸，"回来了！是回家来了。"她的眼泪终于涌了出来。

"大妈，别伤心。新房比这还好，锅灶都搭好了，东西也全都搬走了，连个木棍都不少。也有前后园子，现在种啥都赶趟。过不了一个星期，铁路就修到这儿了！"

"铁路？铁……路……？"她喃喃自语。

"大妈，您走这么多天，到哪儿去了？"

"到哪儿？"

"您肯定累了，我领您回新家去吧。"

老女人一步一回头地跟着街长走了。

新家果然收拾得井然有序。连鸡窝猪圈都已搭好。院子打扫得干干净净没有一根草刺，桦子垛整整齐齐。那口棺材，也摆放在大门口，上面还罩着草垫子。

"把它，我就求你让我把棺材放回去吧，我的家……在那儿……"老女人哭诉着，嗓子喑哑，声音呼呼的像拉风匣，"你不抬，我就不如死了。"

没有办法，为了安慰老女人，街长贪黑找来几个年轻力壮的小伙子，把棺材又重新抬回了那里。老女人的眉头舒展了。街长安心了。夜多沉静，多甜美。

第二天早晨，人们发现棺材上的油纸和草垫没了。一口偌大的红棺材在阳光的映照下熠熠闪光。家家都在忙着春种，没有人去理会它。直到有人到老女人家去借犁杖，才发现未锁的屋子空无一人。细心的人打开棺材一看，果然就见她躺在里面。她睡得很安详，姿势十分端正，好像预备着接受什么检阅。

葬礼依照乡俗举行了。抬棺的人按照木匠的嘱咐，轻轻慢慢地走，小心谨慎地看着脚下的路。入土的时候人人都敛声屏气，待看到棺材平稳地落入坑里，才放心地嘘了一口长气。在松树林里，又多了一座新坟。三座坟毗连着，显得那么亲密无间。

关于老女人的丧事，有一事可以提及：田福作为干儿子浑身披孝，歪歪斜斜地打着灵灵幡，一路哭得像个泪人，不停地呼唤"亭啊，亭啊"。人们都说他舍不得干妈走，让棺材"停"下来。可也有人说，他喜欢过的那个女孩子叫"亭亭"，他是在哭她。说法不一，孰是孰非，谁能判定呢？

然而有一件事可以得到肯定，那就是人们眼见的事实是老女人死后半个月，她那片消失了茅草房的旧土地上，横过了两条钢轨。这钢轨是从远方笔直地伸来，又从这里伸向另外一个更遥远、更曲折、更古老、更荒僻的大山的。

1986 年

苦　婆

她是个傻婆子，疯婆子，我们都愿意这么说她。

"香子，昨天晚上哭得猫叫似的可不是你？"

"什么'香子'，还柜子呢，我叫香艳！"我没有好气地脸红脖子粗地嚷嚷，"昨天晚上，那不是我哭，爱管闲事的磨叨婆子。"

苦婆呈灰白色的干巴嘴唇，哆嗦了足有个七下八下的，之后，颤颤巍巍地说："真不知福哇。早先……"

"'早先吃没吃，喝没喝，穿没穿，成天的打仗，你们真是不知足哇'，这话我都背下来了。好话说三遍——"

我见苦婆太阳穴上的青筋抽搐了一下，干涩的眼睛里好像有水珠在打闪儿，我怕她落泪，所以没敢把"狗都不稀听"说出来。苦婆摇着一头斑白、稀少而凌乱的头发，挎着个竹篮子，独自嘟嘟囔囔、慢吞吞地向南去了。

也记不清哪一天起，天就蓝蓝的了，风也柔柔的了。你看，现在，草儿长得一巴掌高了，那些野花，粉的啦，黄的啦，蓝的啦，疯疯傻傻地开了一甸子，直冲着太阳憨笑。

我自然也觉得自己跟这些小花一样，迎着春风暖洋洋、香喷喷的了。天多么好，太阳的脸上一点点污也没有，白生生的，明媚媚的，才不像我淘气后挨了打，哭得脏脏的花花脸呢。唉，我真不愿意上学，上学要老老实实坐在椅子上，要把手背着，规规矩矩的，连点小动作都不让搞，我可真憋闷。我们刚上一年级，我是班里唯一的独生子女，家里好吃的好玩的多得很！你想想，上课哪有吃的瘾玩的瘾大呢？所以，我上课常常趁老师不注意的时候吃糖、花生、爆米花……昨天当我看着老师背过身子往黑板写字时，就飞快地把一粒糖球拍进嘴里。可谁料老师回过头来取粉笔就发现了。发现了又告诉家长了呢。家长听后就要揍一顿呢。揍一顿就被邻居的苦婆给听到了呢。听到了就要烦心地叨叨一出呢。真真的不合适，仅仅是为了吃一粒糖球嘛。

我决心逃学。我是只小鸟呀，那个四四方方的教室真跟个铁笼子一样，我可不愿意再圈到里面。鸟一圈起来，翅膀软了，就不会飞了，我得到大草甸子里去，到田野里去，那里有天有地，有山有水，比图画还美呢。

我背着书包，跟条抢肉骨头的小狗一样，厮厮搏搏地冲撞着巷子里要下田的老爷爷们，"呵呵呵"地笑着跑了。身后，还不断回响着他们的嗔怪声。

苦婆已经进了草甸子，我远远地见她像一只老了的灰兔，在绿地上不活跃地动着。

要说起苦婆的故事，可真得讲上个三天五天的哪。

她今年八十多岁了，孙子孙女的一大帮。论辈分，她是最高的了。谁不知道，去年秋天，她的孙子媳妇又生下个七斤的男娃娃，她当上了曾祖母，四世同堂，福分是不小呀。可苦婆似乎是有福不会享，吃馍馍吃久了，总要用菜叶熬一次粥喝。倒也怪，一见着这样的饭，苦婆的胃口就像块大海绵似的，能吃好多好多，直吃得青黄褶皱的脸皮漫上了不均匀的红晕，鼻尖尖和额上也沁了一层细汗，才不情愿地撂下碗筷，像母鸡咯咯蛋一样地打着哑嗝，去把剩下的菜粥拾在她的缺了好几个豁的老海碗里，预备着下顿吃。

有一次，我在大门口玩皮球，玩累了，就掏出饼子吃，吃得牙痛了，就赌气地把它们全扔了。苦婆见着，一迭声地叹："香子，香子，真能糟践，早先……"

她孩子一般天真地睁圆那双乞求你相信她的眼睛，跟我说，七十多年前的一个七八月份的日子，大雨足足尖着嗓子吼叫了半月，长江的肚子胀破了，两岸的田野失去绿色，仿佛世界都是水了。农民饿得无力哭泣，烟囱也不冒烟了，仅仅两千文就卖掉了一个女孩子。

"两千文多贵呀！"我说。

"那是铜钱子，一文才顶一分呀。"苦婆使劲地顿着脑袋，用瘦骨嶙峋的手捶了一下干瘪的胸。

"那你咋没饿死呢？"

"吃野菜，树叶子，还有一些些的米。"

"还有米吃，是白米吗？"

苦婆没搭理我的话，自顾自又低低地说，她爹爹怎么带了人抢米，又怎么怎么被处死的。

"你爹那么胆大，那么能耐？"

"派留学时上过东洋，知道的事比碾盘上的米粒粒还多呢。他还教过我认字，咳咳。"

她一伤心眼热，就总疑心睫毛沾上了天上燕子拉下的屎蛋蛋。可在我看来，她已没了睫毛。我表示很大怀疑地笑了。苦婆惶惶地摁了摁鼻子，不吱声了。

那天晚上，我把苦婆爹爹留过东洋、抢过米的事跟爸爸说了。

"想不到苦婆的爹还是个'胡子'！"爸说。

"你怎么知道他长胡子？长胡子的人才好抢米吗？"我问。

家里人都笑了。

他们说，苦婆的爹当了胡子，没有修行好，苦婆才过了一辈子苦日子。一稍稍过了点好日子，才像蚂蚁掉进了热锅似的受不住，只有穷折腾的份。他们还说，苦婆就是这种命，你别看她七老八十的了，穷活命穷活命哪，苦婆能过百岁的。不遭完人间所有的苦处，她是不会死的。

她遭的苦处多吗？

"香子，你又不去上学，你真是个不知好歹的孩子。"苦婆一转身就发现了我。

我"呵呵"地笑着，歪着脑袋哼哼唧唧地唱："燕子来了，草绿了，天公公的脸儿红堂堂。"

"你就知道傻'呵呵'，一口露风的牙。"苦婆笑了。

我见她没有想继续再说我，所以也很友好地靠近她，问她采野菜干什么，并且学她平时自顾自说话时的神态，讨她开心，"这顿饭该吃点小米子了吧？要焖的，搁点豆子。"

"是该做点吃啦。点火点火，淘米淘米去呀。"

苦婆就好自己这样一问一答。也许就因为这个，村子里的人才说苦婆神经不正常，癫癫狂狂的。

苦婆的篮子里装了许多的野菜啦：鸭子嘴、老三芹、水芹菜、梗已经发紫的婆婆丁。

她说她要熬野菜汤喝，问我想不想吃。

"苦不溜丢的，谁稀吃呀。"我说。

"你这孩子大了不会有大造化的。"她说。

"造化什么呀?！"我知道这话不太顺耳，所以生气地把本来采好了、想放到她篮子里的野菜，又故意远远地扔掉。

这个上午，我过得真够开心。我总好与苦婆搭话，将她惹恼，从中取得快活。她呢，除了采菜，也还给我讲了一些我以为是瞎编乱造的故事：什么她祖父是清末的一个官啦，不容朝政被罢了呀；什么她爹爹死后她娘过不下去，卖了她几千文给一个铁匠当媳妇，她才十四岁，遭了多少多少的罪呀，而她娘自己也成了烟花女子，活活熬死了；什么抗日战争时她的打铁的男人怎样怎样上前线了，她领着俩孩子四处逃难，那男人据说是死了而至今尸首未见；什么抗美援朝时她的二儿子上了前线，死的时候她在家里梦见房子坍了面墙，她醒来后就闹心闹得直挠炕土，把手指抓挠得像根烂胡萝卜。

"那年春天，风就跟嘎牙子鱼的嘴一样拉人，你苦婆生了第二胎孩子，自己剪的脐带，连拿碗水的些些劲儿也没了。"

"生孩子是很苦很苦的吗？"我充满了好奇。

"很疼很疼的呀。你妈生你也一样，你不好好上学，咋对得起她怀你一回呢？"

"磨叨婆子，又往这儿扯。"我在心里嘀咕着，背着书包先往家里跑了，因为是中午的时候了，学生该放学了，我也该快些往回赶。苦婆挎个篮子，一点一点地在后面挪着步。我蹦着转过身，对她说："苦婆婆，你不要告诉我家呀——我逃学的事。"

她没答，也没有任何表情。

北方的夏天与春天就像一对孪生姐妹，让你不好把它们分辨出来。反正，这些天，小狗是热得不愿意撒野了，草甸子上的草又长了几指，而且甸子上的第一茬花已经谢了。我想，这就是夏天了吧。

逃学的事爸爸和妈妈还是知道了，挨了揍，滋味真不好受。我总怀疑是苦婆婆告诉的家里，所以就特别恨她。

苦婆采了许许多多的野菜，苦了一房盖。她跟人说："心里不踏实，许是又闹灾荒呢。"

饭桌上，儿媳若掉了粒米粒，她就会变了脸色，阴着，摆下筷子，走开。直到儿媳捡了米粒，无可奈何地赔了不是，她才把憋了一肚子的气放出一点。她那第四代的小孙子自然是家中的佼佼者，每次吃饭，他都要伸出胖乎乎的小手去抓弄饭碗呀、菜盘呀的。苦婆见着，一定要用竹筷狠狠地敲一下孩子的手，并且加上一句："孩子不能惯，自小要养成吃苦习惯。"

一家人被弄得郁郁寡欢，尤其是孙子媳妇，这样几次之后，干脆抱着孩子回娘家了。

一天晚饭后，我正在门口跳皮筋，忽然听到一阵悲哀的号啕声。听得清楚，那是苦婆儿媳的声音。我跑进去，见苦婆倒在炕上，全身抽着，脸色灰突突的，双目死闭。我以为苦婆就要死了。

可是一阵捶打之后，八十多岁的她竟然又奇迹般地活过来了。苦婆是被气休克的。原因很简单，她的儿媳将房盖上的野菜统统收起，一股脑地扔进炀猪食的锅里。她就气得昏天昏地，久久地说不出一句话来。

自此，再也没有人敢去惹她。家里人都想，她一辈子是挨饿挨怕了，就由着她吧。同时，苦婆的精神也渐渐支撑不起来，她总显得没精打采的，干巴巴的就像被晒过的野菜，没有一点光泽。我觉得她可怜，因为她似乎连自言自语的习惯也没有了，这免不了叫人害怕。怨恨她的心理反倒一丝没有了。

"香子，饿的滋味，猫抓心似的。十多岁挨饿，二十多岁也挨饿，兵荒马乱的。解放解放了呢，六〇年的饿挨得也不轻。"

苦婆见着我，话竟多了起来。她的眼皮耷拉着，抽抽巴巴的，有许许多多的皱纹，就像贝壳的纹路。她佝着身子，说完就咳嗽一声，充满希望地看我一眼。阳光照着她，强烈的光线使她晕眩得直晃脑袋。

傍晚，天凉了，蚊子多了，谈天的人围成个圈子，讲东讲西的。空中回响着远方的蛙鸣和近处井台摇水的单调的"嘎吱嘎吱"声，辽远而深绵。就在这种时刻，我听他们讲苦婆。

"她真能活，八十岁，牙没掉，耳不聋眼不花。"

"嗯，吃苦吃的。等着吧，她活着，日子还会苦的——苦巴精。"

我不解，根据一个老婆婆的遭遇，人们就会判断将来生活的好坏。在他们看来，苦婆似乎是一只不祥之鸟，飞到哪里都会引起一阵恐慌。似乎她的满身都刺满了"穷"字。

甸子上的二荏花开过又谢了。草儿又茂盛了一些。泡子里的水又暖了些，鸭子和鹅凫水时得意极了。大黄牛和小羊羔在日出日落时骄傲地行进在村道上。

苦婆像个乞讨的，蹒跚在村子的每一条巷子中，发现谁家的门前扔了其实价值不大，而在她看来却是过家之本的东西，总要拾起来，捶开人家的屋门，说一番人们都听得惯熟了的道理：要时刻记着过去的日子，不要好了伤疤忘了疼，糟践东西罪可不小啦……每次她教训人家，人家大多数在嘲笑着听她讲完走出之后，随之又把东西扔了出来，极少有真心诚意地受了感动而自责的。

这时，我发现了苦婆的一大变化，她在门前放了一个木墩，每天没事就坐上去，呆呆地望太阳，望天空，望燕子。我跟家里人学，他们都说：苦婆怕是要死了，人在弥留之际是看什么都看不够的。

会吗？若真的，苦婆望望太阳和天空就看出了自己的一辈子了吗？

那该是暮夏时节的一个清晨了。天湛蓝湛蓝的，太阳刚要出山。田野还在阳光未完全照临时显现着浓重而纯朴的绿。我在被窝里被一阵惊天动地的恸哭声惊醒。跑出来一看，见苦婆家老老少少哭作一团。原来，苦婆死了，这次是真的死了。我觉得身上很冷：一个人就这样悄没声死了吗？

是真的。清晨，她依然是早早地起了，放出了鸡，赶出了鸭子，喂了遍猪，就坐在门前的木墩上望天。这时，她家新养的小花狗叼着一块馒头得意扬扬地出大门，要找一处清静地方把它消灭掉。苦婆一低头就恰恰看见了，看见了就心疼得直哆嗦：多白多白的馍馍呀……她使出浑身的劲儿，不顾一切地扑向小狗和馒头，她就再也没有起来。她在早晨睡了。

村里的一个老先生说，苦婆在不久前的一天去他那里求借了纸、墨、笔，说家里人要画"符"，给生日时辰在鬼节的重孙子压惊。他借给她了，她跟读书人一样说了句文绉绉的话："多谢先生，感恩不尽。"

听后，所有参加葬礼的人都觉得很蹊跷。

苦婆死后第四天，当家里人细细清点她的遗物时，发现她的枕下放着一张八开的纸。洁白的纸上写着蝇头般大的毛笔字。那毛笔字不很规范，但却写得很纤巧：

祖父李德义罢官屈死

父亲李昭隆抢米而死

母亲李氏沦落风尘病死

丈夫翁振龙抗战而死（尸首未见）

小儿翁国保抗美援朝而死

翁氏李灵芝八十八寿终

这显然是她留给后代的一张简明"家谱"。这是苦婆写的吗？苦婆会认字、写字吗？就那个爱自言自语的、爱吃菜粥的苦婆婆吗？那个翁氏是她自己，翁氏有那么一个好听的名字——李灵芝，也是苦婆吗？苦婆是不是神仙，她怎么知道"八十八寿终"？她那手字是老天赐予的吧？

人们说，苦婆死了，她的苦日子就该结束了。村子里将来的日子肯定错不了，因为苦巴精熬干了油了。我很伤心听到这些话，我倒真心实意希望日子过得坏一点，苦一点。然而，那个秋天，确是个少有的殷殷实实的丰年。以后呢——我不知道。可我却开始正正经经地上学了，并且也像苦婆一样，常常挎着竹篮到大草甸子去采野菜。也常在晚饭过后，任小风吹拂，端坐在苦婆坐过的木墩上，痴迷地望着北方那望也望不穿的天空。

1986 年

支　客

支客悄悄地穿衣、下地，把镰刀掖在腰间，搚上背囊，又郑重地晃了晃军用水壶，听见"咣咣"的水满的声音，才放心地斜挎在肩上。

他轻轻地带上屋门，在昏暗的灶台上摸来火柴，小心翼翼地放进兜里，而后，挺了挺身，嘘着气拉开房门，走到外面。

鸡还没叫。村子静悄悄的。银灰的天上露出了微微的曙色。天字下那莽莽阔阔的大山，像一个个熟睡的婴儿，被浓重的雾裹在温实的褓褓中。近处的菜园、障子和房屋，也被缠在湿漉漉的晨雾中，缥缥纱纱，纱纱缥缥，扑朔迷离地变幻着，几欲把这陈旧而零乱的村子变为九天仙境。

支客飘飘然、陶陶然地穿行在大雾中。

出了村子，是一片平坦的大草甸子。这片大草甸子是牛羊和牧童的乐园。草流青滴翠，六月的阳光把它们的叶片扯宽了，把它们的脸抹得油光可鉴。而此时，他却看不到这番美景，雾气密密匀匀地涌动在上面，只觉甸了上隐隐泛着一片青光。

这大雾的天哟！

支客有些怅惘，他从背囊中翻出毛巾，钐草般地在草尖上抢了几下，摁在脸上，猛觉一股甜甜的、爽爽的凉意打进心里，他自得畅快，像是饮了什么圣泉灵水，精神顿时为之一爽。刚才的那怅惘，也仿佛化为迷迷沌沌的一团雾，被这阳光般清冽的露水照散了。

支客跨大步，昂然走下草甸子，从草甸子一直穿到山脚下，然后，他留恋般地回头望了一眼村子和草甸子，嘴唇嚅了嚅，终于又毅然地转过身，消失在大山深处。

支客要到蛇山去。

提起蛇山，远近十里八乡的人们，哪一个会不胆战心慌呢——

一个老汉追撵一只山兔，误上此山，被蛇咬了，踉跄着下得山来，便成了阴曹地府的册中人；

两个顽童放学了无事可做，奔在大山里玩，走了两三个小时，见得一座山就在眼前兀着，秀丽无比。山上，溢过来野草莓那醉人的香味。他们上山了，被蛇咬了，很快哭喊着下来，也成了狱中小鬼。

如果历数其事，恐怕光腚的娃娃也会道出个一二三四来。这些事流传了多少年，已经不知道了。总之，打支客扎进这个村子，就听到了关于蛇山的传说。

那时的支客正是个血气方刚的汉子，他暗暗寻访此事，越发觉得神秘。而这些事确属其然吗？支客不太相信。就说学生，那时的村子一定没有学校。几户人家，荒村野甸一般，落寞自不必说，哪处会有教书的先生？显然传说中有些掺假。

然而，谁又会不相信呢？众口铄金，可不是一家之言哪。支客一想起蛇山，心里就疙疙瘩瘩的不舒服。为什么？连他自己都说不准，只是觉得憋闷。蛇山，妈的蛇山！他大半辈子不知这样骂过多少次了。

然而，他还是在迟暮之年，定下心性闯蛇山了。关于蛇山，曾有过这样一个传说：

山神爷寻访大兴安岭时，在一处驿站下榻。猛然，他听到一首非常清丽婉转的女子唱的歌谣，这歌谣是从一座山上荡漾过来的。山神爷带了人循声而去，见是一座孤山。他便觉得诡异，大兴安岭的山都是绵亘相连的，这山为何如此特殊？

山神爷询问此事。山上顷刻又飘下一曲，仍然是小女子在唱，唱的大意是：

她很年轻，很弱小，分山时没有赶上步子，被落在后边。跑到这儿的时候，众山已经把她挤开，说她瘦骨伶仃，还是自生自灭了吧。她无可奈何，就立在此处，暗自思量，能自生，就要自存。自灭？那断然不行。于是，她忍着与众山分离的苦痛，挺在这里了。不承想山神爷寻访深山，她就贸然以清歌一曲，倾诉愁肠。山神爷听罢，勃然大怒，大手一挥，呼呼的八面来风旋即就把孤山周围的山变得草木萧条。而孤山从此变得体态丰盈，藏珠掖宝，集众山之精英，光彩照人。

据说，山神爷怜贫之心甚切，又将能治百病的仙草置于此山，命其栽培。后来，有人说孤山女子日益骄横，目中无人，山神爷痛悔至极，就将此山变为蛇山，亲自宣旨：

此山多毒蛇。勿进！切切！！

有人说曾看见过这样的神旨，是黄表纸的，上面印着墨字。据说有几家曾珍藏着"神旨"，以求山神爷赐降吉祥。

可支客却从未见到过。

为了屋里人，他来了。他会死在蛇山吗？谁来给他安葬呢？也唱哀歌吗？

森林是远离居民区的另一个世界。这个世界是宏大壮阔、绚丽无比的。这世界里有着许许多多的动物同他一样生活着。獐、狍、兔子、黑熊以及狼，穿梭在这片祖先为它们编织成的大摇篮中，艰难地繁衍着后代。白骨零乱的群兽曾经搏斗过的地方，不还依然浸润着血腥气吗？

支客觉得自己想远了，想残酷了。人真是个感情异常的怪物，有时你自己都把握不住自己。比如说对这森林的感情，支客就很矛盾。恨，还是爱？说不清楚。也许二者兼而有之。这种矛盾的心情就如同他既恨又爱他周围的村民一样。

太阳眨着金黄的睫毛，扑闪闪地睁开了眼睛。啊，沉睡一宿之后，她休息好了，此时，正对着天宇这面宝蓝色的圆镜子，悠然地往腮上抹着胭脂。一会儿，她打扮好了，款款地动了动身子，终于袅袅婷婷地披着金缕玉衣，光彩照人地站了起来。天边由金黄变为粉红，由粉红又变为火红，太阳终于升起来了，森林像着了火，红通通一片。支客觉得自己也变得红通通的了。他摸了一把脸，很热，淌着汗，气喘得也不匀。唉，老了，就如同一棵没有枝丫的朽木一般，一阵雷击，便会结束了一生。他，迎得住蛇山这一场严峻的"雷击"吗？

他茫然四顾，希望有人回答他。然而树木花草都醉在光华的晨光里，没有谁去理会他。他艰难地哑然一笑，继续赶路。

村子又开始了新的一天。牧童将牛和羊赶进草甸子了。露珠被阳光的纤手给弹落了，雾气稀稀朗朗的，草甸子露出了它典雅质丽的面孔。甸子上的小黄花一片一片的，玲珑乖巧地打着朵，羞涩极了。

牧童在甸子上大喊："支客爷爷！"

没有回声。他又喊了一声，鸟紧凑地啾了一声。牧童四下巡视，并不见支客爷爷，只道是有别事，就径自回家了。

每天早晨，牧童都能在这儿碰到打草的支客爷爷。他愿意跟支客爷爷说话，愿意听他讲磕磕巴巴的故事。在他眼里，支客爷爷就是一个大而丰富的世界，这世界里有着许许多多的鲜为人知的事情。他很想了解这个世界，因为村子太小、太小了。

从记事起，他就知道支客。村子里死了人，他是个大主事的。正因为这，多少年来人们把他的名字都淡忘了，总是唤他为"大支客"——葬礼的主持者。他也就顺其自然地应了这名，而且跟人谈天的时候，也称自己为"支客"。

据说支客刚到村子的时候只是一人。人长得挺黑，膀阔腰圆，拎着个小鸡一样轻的行李卷，谋生计来了。他平常很少讲话，眼睛总是眯缝着，一副心事重重的样子。他极能吃苦，打草、种地、倒套子，浑身似乎蓄着使不完的劲儿。干了两年，他走了，揣着一些钱。仅过了三天，他又回来了，神色很不好，一个人吃醉了酒，唱了半宿送葬的歌谣。又过了几年，他出了村子，不过十天，就领回一个女人。

这个女人就是古丽娃。她是鄂伦春人，那时是带着一身病来到这个村子的。支客告诉村子里的人说，这是他讨来的老婆。古丽娃高高的颧骨，眉毛很细，很弯，像月牙儿嵌在眉心两侧。她的嘴唇很厚，没有血色，眼睛空旷失神，仿佛是一片沙漠。人们都觉得奇怪，支客怎么会娶这样一个病病恹恹的女人？久而久之，大家也琢磨不出个究竟，便也罢了。无常的事在被人们所熟识之后，显得司空见惯，便也成为平常了。村里人都知道，古丽娃不能生育，她常年待在家里，若家里来了客人，她就有些木然地唱起一支歌：

嗬——哎——哟——

别赌了……

衣没了

牛没了

房没了

嗬——哟——

别赌了……

人们都觉得蹊跷。便问她："赌什么呀？"

"赌房子，赌地，赌牛羊，红眼了，就赌老婆呀！"

她又那么恐慌地絮絮叨叨地唱。人们不解地笑，背地都戏称她为"歌手"。

"歌手"编了许许多多的辛酸歌子，都是与赌博有关的。开始人们好凑个热闹打趣她唱，后来听烦了，也就不再理她。人们都说她神经不太正常。她常常一个人唉声叹气，常常皱着眉躺在炕上，用瘦骨嶙峋的双手抚摸着肚子，自言自语："起包了，又起包了，又黄又大的包呀，硬硬的包啊。"

她的肚子的确滚了一圈包。人们说那是气憋的。说自见了古丽娃后，就没见她有个笑模样。她这样的人怎么会不起包呢。

为此，人们愈加同情支客。怜惜不幸者，也许是人类的一种美德吧。这怜惜主要渗透在葬礼上。作为支客，每小完一件丧事，他都会得到一些好处。譬如得到几尺孝布，或者几块钱的辛苦费，或者一些残羹冷炙——福根。支客不会嫌弃这些，他会大方地接受它们，并不作谢，默然而去。

支客磕巴，平常说话七折八扭的，断断续续的像打点滴。奇怪的是一旦死尸入殓，他手持一碗清水，用大拇指和二拇指捻着水珠，往棺材里的每一处洒着，唱着葬歌的时候，他的情绪就火苗子浇了油一般地蹿上来，干哑的嗓子变得浑厚而清晰，嘴也不再磕巴，而是激情满怀地流利地唱：

　　开眼光哪，

　　看八方；

　　开嘴光哪，

　　吃四方；

　　开耳光哪，

　　听八方；

　　……

就这样一直唱下去，直至"开脚光，走四方"为止。唱毕，他碗里的水几欲洒尽，而他眼里的泪也充溢不止了。这实在是神奇，一个结巴，一到这种时刻，竟如此从从容容地言如流水，畅通无阻。奇怪！

似乎有些扯远了，还是看现实吧。

牧童因为早上未见到支客爷爷，吃了早饭便来他家里寻。他见古丽娃奶奶坐在炕上，脸色焦黄，下巴尖瘦得可怕。她的胸前贴着一个大大的"符"，她正埋下头扒着看。见了牧童，她忙用被子罩住自己，哆嗦着嘴唇，打摆子一般地颤抖着。

"支客爷爷呢？"

"打——草——去——了。"

"没有，草甸子上没有。支客爷爷没去打草。"牧童挠了挠光头，颇为认真地说。

"天没亮就走了，看刀在院不？"

牧童跑到院子，见钐刀端端地挂在院墙上，就飞似的回了屋子，急促地嚷："钐刀在那儿，支客爷爷是没去打草嘛。"

古丽娃大惊失色。她的眼睛猛然间变得灰蒙蒙的。许久，许久，她才喃喃地断肠般地吐出这四个字："上，蛇，山，了……"

牧童吓得浑身一悸，就像一块突然被扔进油锅的精肉，身子缩着，脸色变得灰突突的。他觉得自己一下子失去了一个大而丰富的世界，失去了一片遐想的乐园，他哭了，呜呜地跑出屋子，满村子叫嚷："支客爷爷上蛇山了！"

上蛇山了！！

全村人闻讯聚在一起，大放悲声，觉得支客是定死无疑了。

支客走了两个小时了。他有些饿，头昏眼花的。他从背囊中抠出一个馒头，大口地咽着。

太阳升得高了，森林里的雾气丝毫不见了，一片白晃晃的光在林中闪着，恍若腊月间莹莹的飞雪。他吃下馒头，又拧开壶盖，喝了几口水，坐在一棵老松树下憩息。他眯缝起眼，觉得眼前的阳光忽然变得五彩斑斓，五彩斑斓得让人心魂游荡——

他是汉族人，是一个采金者的后代。他至今不知道他的母亲安葬在哪里。只是听人说，他父亲看上了一个被巫婆称为"狐仙"的女人。父亲跟她过了一段日子，领她到了金矿。筛金的人全都变得疏懒，再也无心筛出金来。人们说这是她放的"臭素"，专门迷惑人的。后来，她生下了一个孩子，再后来，她就被巫婆纠集起来的人给活活烧死了。

人们说如果这样的人不烧死，就会祸患无穷。

据说母亲被烧死后，支客的父亲把她的骨灰带到很远很远的一个地方埋了。埋在哪里，似乎成了一个永久的秘密了。

从此，支客的父亲不再筛金。他僻居乡间，干起了唱葬歌的营生。一唱起葬歌，他就精神大振。仿佛从这葬歌里汲取了什么东西似的。支客现在仍然记得父亲唱葬歌时那悲壮的情景，记得父亲那双没有泪水的、清澈而冷峻的眼睛。

十八岁时，他父亲去世了。留给他的最后一句话是，将来要到支客现在住的村子去安家。

父亲去世后，置办丧葬和寿材花去了不小的一笔钱。他被迫借债，而这债又多难还啊。利滚利，几欲把他拖垮。

在他山穷水尽的时候，善良的古丽娃投入了他的怀抱。但是他的债并没有因此而还得彻底，于是，他赌博了。

赌出了衣服，赌出了箱子、柜子，赌出了古丽娃的嫁妆——一只母羊和五岁的犍牛，越赌越有瘾，越输越要赌，他赌出了房子，最后，又赌出了古丽娃。

古丽娃被赌出后，他按照父亲的遗嘱来到了这个村子。过了两年，他挣了一些钱，拿去赎古丽娃，可人家嫌这太少。他回了村子，痛苦万分。他又拼命地干，终于凑够了钱，待他又去赎她时，她已成了一具木乃伊似的人。她颜色枯槁，瘦若败草，眼睛无神，痴痴地整日地唱：

嗬——哎——哟——

别赌了……

衣没了

牛没了

房没了

嗬——哟——

别赌了……

这就是人们所看到和熟识的古丽娃。她恨支客，一辈子都恨着他。他真混，他真不像个男人，他把她卖了。可她当时是冒着不许与汉人通婚的大逆之名跟他的。她只图他善良、能干，同情他的遭遇。可结果呢？

121

支客落下泪来。自从赎回了古丽娃后，他每每想起，便要涕泪零落。那泪流得多了，也就淡如清水。四十多年来，他每时每刻都在想着向古丽娃赎罪的问题。他终究思考不明白他的父辈和他的日子过得为何如此艰难？

这些天，古丽娃肚子上的包突然全部消散。已经闭经的她，几天出血不止。支客觉得她要死了。他给她贴了"符"，冲南天默念了许久，仍然止不住她的血。而她呢？似乎觉得自己好多了，轻松多了，一遍一遍地唱着歌子，脸色苍白苍白的。

支客想起了蛇山的传说，想起了那种能治百病的仙草。他讲给她听，她不答，只是反反复复地唱："衣没了，牛没了，房没了……"

他痛苦得要死。他想唱葬歌，想唱，他要憋闷死了！

他终于走向蛇山了，他要为她做出唯一的、也许是最后的牺牲。

支客终于又站了起来。他沉稳地迈着步子，蓦然觉得自己年轻了。他朝腿下看看，发现它们并不像他想象中的那样弯曲，倒像是两棵充满了生命力的白桦，他觉得这白桦正顽强地撑着他，把他驮向太阳升起的地方。那太阳升起的地方，有一棵亘古长存的仙草，这仙草像一枝翠绿的柳苗，在深情地召唤他。

村子里，人们聚在一起商议：既然支客已去蛇山，尸首也未必可见，念他在村子里几十年唱葬歌当支客的旧情，就把他的丧事料理了吧。人们同古丽娃商量，她第一次获得了什么满足似的微笑着同意了。忐忑不安的村民们惊愕不已。

大家开始筹备丧事。打棺材、支灵棚、劈柴、烧水、打烧纸、做豆腐，乱成了一锅粥。唯有牧童，坐在大草甸子里，捻着黄花，望着蓝天，呆呆地想。他不相信支客爷爷会死。因为他还没有学会唱葬歌。而且，草甸子上还有好大好大的一片草没有打完，支客爷爷会撂下它们走吗？他恨村子里的人，干吗要打棺材？干吗只是瞎忙？干吗一提起蛇山就想到死？

他为支客爷爷流泪了。他的泪滴进大草甸子里。他觉得眼前一片黄灿灿的，他眼花了，这黄灿灿的花叫他欢喜又叫他难过。他觉得这些花全都光着脑袋跑出了草甸子，满天地飞，满天地舞，漫无边际。他觉得自己也变成了一朵小黄花，也融在那里了。他还看见那小黄花里还有支客爷爷，有古丽娃奶奶，有许许多多的村民。他们你碰碰我，我撞撞你，全都相对不识地傻笑，傻笑！

小黄花全飞了，飞上天了。多可爱而又多瘦弱、孤贫的小黄花呀！牧童躺在草甸子上睡着了。阳光把他的小脸蛋晒得黑红黑红的，泛着油光，像是刚刚捞起的茶蛋。

就像是走进了一个大花园，就像是走进了梦游过无数次的天堂，支客登上蛇山后，被这美丽的景色震慑了。

太阳那么热烈地把银色的线甩了一山，树木花草全都泛着光，痴迷迷、醉悠悠的，像刚被恋人吻过的少女的眼。遒劲的樟子松和挺俊的落叶松的混交林中，丛生着翠绿翠绿的柞木棵子。树棵子下，又有着各色野花火爆爆地盛开。那红的百合，白的芍药，蓝的马莲，黄的金针菜，粉的手掌参，选美一般地露出它们最迷人的微笑。

支客捋着稀拉拉的胡子，坐在地上。他闻到了一股极浓郁的野果子香味。他扒开树棵子，看见一些熟透的高粱果，涨着粉嘟嘟的鹅蛋脸，等着他吻。支客深深地埋下头，长长地吸着那米酒一样的醇香，他的眼睛不由得眯缝起来。

古丽娃可是好吃这野果子的。有的时候采得不多，她就把它系一小把，挂在窗框上，凑去"闻味"。她"闻味"的动作可乖可巧，可憨可爱人哪：跷着脚，仰着身，像在听人家说私房话。那刚熟的果子是红的，通红通红的，上面散布着小黄点点。噢，远远地看，红一堆，像火，像火……红……古丽娃……支客又马上联想到古丽娃不停出血的红色。

他站了起来，他强烈地谴责自己忘了来蛇山的目的。他握着镰刀，仔仔细细地找蛇。他要先把蛇斩尽灭绝，然后再一心一意地找仙草。

草丛一阵抖动，响声窸窸窣窣的。支客吓得倒退几步，愣愣地看，大气不出。一会儿，一只癞蛤蟆笨重地蹦了过来。支客松了一口长气。他这是怎么了？胆子怎么这么丁点丁点了呢？

支客数落着自己，振奋精神，又去寻蛇。然而，这些可憎可恶的蛇们似乎在同他捉迷藏，他没有找到一条。他先是失望，继而有了一丝怨气，后来这怨气越积越大，竟成了一团怒火，他的脸都被气绿了，"蛇，蛇，你出来！"他并不大声，然而却恶狠狠地喊着。

他就像发了疯似的，这儿喊喊，那儿嚷嚷。他挥着胳膊，觉得那两只胳膊太朽太朽了。他要把它们甩下来，不要了！他要长出两条新的有活力的、能高举的胳膊。他迷迷瞪瞪地撞在了一个地方。

这是一个土丘。土丘不大，上面长着几棵高大的蒿草和一层密匝匝的青草。有几朵藕荷色的小花缀在其间。支客用大手抚了一下土丘。

这里怎么会有土丘呢？支客莫名其妙地细细观察，不由生出一念：是坟！

蛇山上怎么会有坟呢？对了，是给山神爷唱歌的小女子吧？

支客匍匐在地，沿着土丘转了一圈，他又有了一个重大发现：木牌，一个发灰的、裂了许多缝的木牌。由于风雨侵蚀，上面的字影影绰绰的。

支客像当年古丽娃闻高粱果一样地凑过去，定睛细瞅，他的心猛地一抽，好像谁迎头给了他一闷棍。那木牌上，不是写着母亲的名字吗？他有些不信，他又看了许久，觉得没错；他还是不信，他"啪"地打了自己一个嘴巴，他感觉到脸颊发烧地疼，他并没有失常，他不是在做梦——这是母亲的坟！

哦，父亲把母亲安葬在这儿了。支客猛然间想起了父亲临终前的那句话，那句让他到这个村子、而当时百思不得其解的话。

记忆的花絮成了一片海。在这片海里，他找到了所有失去的人。他相信，那些所有关于蛇山的危言耸听的传说都是与他父亲有关的。那些神圣的"神旨"，也绝非山神爷所为。

太阳像个进了大蓝澡盆的孩子，快活地扑腾着、跳跃着。支客多想抱住它。他把军用水壶撇了，把镰刀扔了，把背囊弃了，把火柴甩了，他不需要它们。他现在只要轻手利脚走下来，走回去。

夕阳西斜。森林像浸泡在黄酒中，金灿灿的散发出浓郁的香气。晚栖的雀儿急掠在树冠上面，去找寻自己的窝。繁星一般的蚊子又轰地拔地而生，嗡嗡地不甘寂寞地闹着黄昏。

在这迷人的傍晚天光中，支客终于精疲力竭地走进了家乡的大草甸子。

"支客爷爷！"

是牧童！！他光着脊梁，那么兴奋地朝他扑来，"我就知道支客爷爷不会死的！"

支客抱起牧童，大颗大颗的泪洒满了脸。

"村子里给你打了棺材，支了灵棚，后天要发丧。把你的衣服和鞋子都装进棺材了。"

支客像小学生一样专心地听。

"他们就是找不出个支客为爷爷唱丧歌。老婆婆们都害怕了，说早死好了，支客爷爷能给她们发丧。"

牧童只管说。支客不言语，快步朝家走去。

守在灵棚下棺材旁的人们一见了支客，四散而逃，吓破了胆似的惊叫不已。

"鬼！"年轻一辈的人在叫。

"显灵了哇！"老辈人恨不能速死，以便赶在支客还能送走他们之前。

"就是没死，没死嘛！"牧童纠集着几个虎头虎脑的孩子围着支客欢呼雀跃。

古丽娃从屋里出来了。她打扮得容光焕发，喜气盈盈的，像一朵迟开的野百合，对着支客笑。

支客亮开喉咙，唱起葬歌：

> 开眼光哪，
>
> 看八方；
>
> ……

"看八方！"孩子们跟着唱。

夕阳完完全全地坠下山了。村子里飘着小黄花一样的歌子。支客的脸上泪水纵横。唱毕，他对着渐渐围过来的村民，对着村民们背后那祖先的大山，一字一顿地说：

世界上有神。

1986 年

沉睡的大固其固

又是一个冬天。又是一个冬天中日落的时刻。

太阳像个玩累了的孩子，一屁股沉坐到山下去了。云霓以它宏大、壮阔的气势和美丽的姿容，从西南角一直扯到西北角，沸涌了整个西边天。那云霞红中间灰，灰中添粉，缭缭绕绕，宛若升腾在大地的一团火焰。

云霞的上面是灰白惨淡的天，它的下面，则是生长着樟子松林的青黛色山峰，山峰的下面是无际的、一直伸向东方的原野。在原野的起点上，兴起了一座县城。

再往东，山峦便兵分两路地向前延伸着。一路顺东北方向起伏跌宕，一路沿东南方向平缓滑行，一直绵亘十余里，两路兵马才骤然相接在一起。之后，没有动一枪一炮，便又拉开阵势，各抱地势，盘盘困困地向东挺进。

我们要讲的这个小镇，是远离县城十余里，正处在两脉山交接处的葫芦口似的地方。

它的地势比较高，站在这里，可以望见远处的县城。此刻，这幅巨大的云霓画卷，就好像飘拂在小镇脚下的一条方巾。而那座县城，由于受了天色的影响，如同海市蜃楼一般，模模糊糊、忽隐忽现地闪烁着。百户人家的小小山村里，正过着年复一年、日复一日的单调、刻板的傍晚生活。

板夹泥小屋居多，这是小镇诞生的纪念物；北山墙换上砖的房屋有十多座，属于更新中小镇的第二代产物；而独一无二的一幢大红砖房，威风凛凛地挺在那里，是上级为这所小学筹建的。它的原因并不复杂，在一次大暴雨的袭击下，小学校那摇摇欲坠的房子的山墙倒塌了。当时学生们正上课，砸伤了五人，所幸没有死亡的现象发生。县里主管教育的同志不得不把这所学校的校长三番五次递上来的、厚厚一沓的报告郑重打量一遍，不无慷慨地拨款救"灾"。红砖房犹如鹤立鸡群，是小镇人们的唯一骄傲。此刻，在小镇的一条幽僻的深雪巷中，传来了相面人摇铃的声音。

嘎吱嘎吱……铃铃、铃铃铃……大头鞋踩雪的声音和铃声杂糅在一起，向小镇的人们进行着最后的乞求和诱惑。

然而，哪一家的大门也没有再打开。也许是人们对他厌烦了，也许是饥饿的肚皮正在促使人们全力以赴地忙着晚饭，也许是别的什么原因，反正，没有人再把这相面人请进屋来。他也就像笨拙肥胖、浑身乌黑的北极熊一样，慢吞吞地步出小巷，踏上公路，心满意足地拍着腰包下山了。

云霓变暗了，那红颜色在逐渐减淡，而乌青的颜色却浓重了，天也更灰暗了。

媪高娘坐在炕沿上，一遍一遍地摆着扑克，她的孙女楠楠已经等得不耐烦了。

"奶奶，饿死了，我先吃了。"

"嗯，吃吧，去吃吧。"

她仍旧在倒扑克、抽对儿。一绺白发飘到满是皱纹的额头上。

"对圈，嗯，好，有贵人。再抽一张看看。"

她自言自语着，嘴角挂着掩饰不住的笑意，又抽出一张。

"红桃尖，好，好！圈配尖，贵人指路，又是红的，能走通！楠楠，给奶奶端碗饭米！"

媪高娘兴致勃勃地把扑克捋在一起，在炕沿上蹾了又蹾，齐刷刷地装到盒子里。

楠楠答应着，盛了一碗黏黏糊糊的大碴子粥，递给奶奶，又从咸菜缸里拽出一截黄瓜咸菜。

她们就这样开始了晚饭。楠楠吃得很快，她放学时和同学们约好了，今天晚上去刘小娜家看电视。听小娜说，电视上的人可清楚呢，一蹦一蹦的，有的唱歌，有的演戏，还有的说相声。她还说那电视就跟她家装小鸡的纸盒箱子一般大，一通上电就能看见人。

"奶奶，我上小娜家去了。"

"嗯。"

"她家有电视，她让我们都去看。"

"嗯。"

"奶奶，你也跟我去看电视，行吗？"

"嗯。"

"那你就快点吃啊。"

"嗯。"

媪高娘不住地"嗯啊"着，仍然慢条斯理、心不在焉地吃着，她有她的心事。其实，孙女究竟说了些什么，她一点也没听进去。

在太阳还有一竿子高的当儿，她听到了相面人的摇铃声。她叫住了他，把他带进另一家——

那是小镇所有的人都恐怖的魏疯子家。

他是一个专爱捏老鼠的疯子。他年轻时是开小火车的，一次，开到与公路交叉的路口，一辆汽车抢道，两车相撞了。他是遇难人中的唯一幸存者。他从此便疯了，被送去北安治了两次，仍然不见有起色。他的妻子被他亲手杀死了，两个孩子由姥姥家接去抚养，这魏疯子就一个人生活在这里。

他的邻居就是媪高娘。

刚住进这里时，魏疯子倒也安静了许多日。可是有一天，他突然又犯了病，手里拎着两只老鼠，连蹦带跳地跑到院子里，大喊大叫，折腾了一两个小时，一直也没有人敢上前拦住。后来，他咬牙切齿地把老鼠捏得吱吱直叫，而后哈哈大笑地说："啊哈，你再也不能欺负我了，我把你捏死了，捏死了！你这灾星。"

他高高地挥着胳膊，那样子，简直像个因为得了胜而发狂的拳击家。

他就这样一次一次地表演类似的闹剧。只要小镇上一响起这种声音，人们便赶紧关门闭户。年老的人说，这是一种会带来灾难的叫声。只要他一出现，人们便惊弓之鸟似的逃散了。

媪高娘是年轻时就丧了偶的。她的三个儿子都在县城上班，大儿子把女儿楠楠放在这里与奶奶做伴。她开了一个豆腐店，每天卖豆腐的时候，魏疯子都准时地站在门口，伸出手，要上一块。

只有媪高娘敢接近他，他也只听媪高娘的话。

相面人说，疯子是小鬼缠了身。因为出事的岔路口旁边有几座荒坟，那些小鬼就化成老鼠来出气索命了，而疯子又把老鼠捏死了，这样，附在他身上的鬼气就更大了，很需要吃一次还愿肉。不然，疯子就会招惹来所有的老鼠，使这个小镇都遭殃。

温高娘虽不十分相信会有此事，可她的心里仍然是咯咯噔噔的。倘若真的，那这小镇不就变成一个鼠镇了吗？她越想头皮越发麻，心也好像让麻绳给揪起来了，难受得不得了。她"扑通"一声跪在地上，像见了救星，抓住了救命的稻草似的，不停地央求着："先生，老先生，快行行好，使个法吧。我们这老骨头老肉的倒不怕，死也就死了，快爬到黄土边了，可娃娃们多啊，小啊，行行好吧。"

是的，自从小镇诞生的第一天起，这里就约定俗成地成了一个老人与孩子生活的世界。那时，有了劳动能力、能自己挣口饭吃的姑娘和小伙子们，由于没有升学考学之"忧"，都报名就业了，一头扎进了茫茫的大森林，清林、伐树，住在男女之间只隔着一张草席的帆布帐篷里。到了该成家的年龄，他们也就自然而然地结婚、安家、生儿育女，他们开辟了自己生活的新天地，理所当然、不无骄傲地做着诞生地的太岁爷。而孩子们再大一些，就送到小镇上，由父母亲戚抚养，直到上完小学。

多少年来，一直都是这样的。

媪高娘喜欢孩子。由她亲手接到这个世界上的娃娃，算起来能编成一个班了。一想到孩子们将要由于一个疯子而受到连累，嫩嫩的脸蛋将要被老鼠所啃啮，她就心疼得直哆嗦，她怎么能不乞求呢?

相面人也现出很焦急的神色,叹了口气说:"做还愿肉吧。杀一头猪,请来男女老少都吃,就把灾吃没了。"

"灵吗?"媪高娘站了起来,有些疑惑地问。

"心要诚,方可灵啊。"

她依照他的吩咐给了他三十元钱。因为相面人说要由他亲手买布,给魏疯子做个"替身",到了日子,就把它送走。鬼气驱散,疯子也就会好了,小镇也就会得救了。

几十年的生活都是在这片土地上度过的。不管它多么的贫瘠和荒芜,她还是爱这里的一山一水、一草一木,发自内心地爱着。一想到一次还愿肉可以解除还未降临到小镇的弥天大祸,她就是做什么也舍得出来的。此刻,她用整个身心,虔诚地这样想着、做着,为魏疯子,为孩子,为小镇。

这"贵人指路"不是清楚地向她预示了这些吗?她喝着粥,可眼睛却盯在扑克上。她真的把那相面人当作指路的"贵人"了,她感激他,甚至又深深地埋怨自己给人家的钱太少了。

"三十元,太少了。能买一个小镇人的命啊!"她不由又自言自语起来。

"奶奶,你真磨蹭,天都黑了!"楠楠见媪高娘嘟嘟哝哝地自顾自说起话来,不由得生气了。

媪高娘终于听进了孙女的话,她连忙笑吟吟地说:"着什么急,大长的夜。奶奶牙口不好,你就不知道心疼?"

说完,她故意绷起脸。

"那人家电视都要开演了,我都找不着座了。"楠楠好不伤心。

133

这一下倒使媪高娘想起了刘合适家买电视的事。县里修电视塔已经有一年了，而小镇的人们却没有一家买电视机。并非人们手里没钱。这小镇的老人，几乎每一家都多子多女，这些生龙活虎的棒劳力，承包之后，钱票子一把一把地往家里捎。况且老人们夏季种个菜，每天也卖个块儿八角，短不了手上花的。有的人想买，可因为没有人打头，不愿意丢人现眼；也有的人认为买那玩意儿没用，整天闹闹哄哄的，连个清闲劲儿都没了；也有的人想买，可却又舍不得花钱。

媪高娘呢，她是想，钱应该用到当用的地方，不能胡乱花。就说这房子吧，确实是泥坯都掉了，柱脚也朽了，下雨天纸棚直往下漏水。儿子早就说要翻盖一下，她硬是不肯。一则花钱太费了，二则这老屋多少年都这样住了，觉得舒坦、服帖，若换个空荡荡的大房子，只怕连觉都睡不着呢。再说，这做豆腐的人家，用这样的小屋最合适，因为驴拉磨时总要把屎拉到地上，鸡呀、鸭呀的也愿意往屋里钻，显得活活生生的，多好啊。更重要的，是她心里有她的隐秘，常言道：盖房看位。这盖房里可有大道理呢，万一动错了土，惊了神，地没了灵气，人就是活着也不兴旺，整天病病歪歪的，岂不是反福为祸，后悔都来不及的吗？

房不盖，电视也不买，她心里有她的盘算。可刘合适家买电视，她可是一点也没料到的，这太出乎她的意料了。

刘合适是小镇上有名的拉泡屎也要跑回自己家厕所的人。他无论做什么事，总是挖空心思地想占个便宜，哪怕是一丁点的便宜。人们都说，"吃亏"这个词与他向来无缘，他的眼珠一转，就会生出好多道道来。所以，也没有人再记得他的名字叫刘成贵，人们都不约而同地称他为"合适"。年轻的与他平辈的称他为"合适兄弟"，晚辈的孩子都唤他为"合适爷爷"。他听后，不但不恼，反而高兴地对人家点头哈腰地施礼，不无欢喜。

媪高娘对他的印象很坏。

"文化大革命"时，他曾告状说他的邻居——就是现在的小学校长，是苏修特务。证据是：他家每天晚间都发出一种不同寻常的声响，类似电影上发报机发报的声音。这下可苦了那位干巴瘦的校长，他整日被审讯、批斗，他暗自发誓再也不研究什么无线电了，对那些红红绿绿的软线，东一条，西一根，你是无法对他们解释清楚的。

两家子过去本来不错，连院子都是通着的。夏日时各放一个方桌在地中央吃饭，晚饭后，就合拢起一堆青草，烧出团团的浓烟来熏赶蚊子，天南海北地谈个痛快。可是这种日子因此而宣告结束了。老校长进了干校，他的老婆一气之下，虎着脸率领一家子人把大门外的两大垛柈子搬进院子，十万火急地筑起了院子的高墙。

两家相通的平展展的大院子从此便被一垛高过屋脊的柈子给残忍地切成了两半。

刘合适叫苦不迭，这倒不是因为他怜悯老校长一家人，而是犯愁这高高的"大墙"挡住了阳光，他家的院子在上午的时候简直跟牢狱一般。

就是现在，老校长重新走马上任了，那垛柴火也还是坚如磐石，岿然不动。记得有一次老校长提议说要把它拿下一些，嫌这"墙"太高，看着也别扭，好像连新鲜空气都透不过来。这话刚一出口，便被他老婆骂了个狗血喷头："老贱种！好了伤疤忘了疼！"

"墙"西面的刘合适听此言后，第一次感到伤心了，他吸溜着鼻涕，对老伴说："谁知道这都是怎么回事。那时都那么干，我也就随大流，赚了个老积极的名。我可是一心一意地那么想啊，人家要求咱们那么做呀。可现在，又倒了个个儿，我就是神仙也算不出会有今天啊。"

"你总是吃屎也抢不上热乎的！"老伴把鸡食盆狠狠地摔在院子里。

刘合适蒙着头，孩子一般呜呜哭起来。

他买电视了，他有钱，可谁稀罕上他家去看？

媪高娘连忙教训孙女："别上他家去看，有什么看头！在家好生待着，要不帮奶奶挑豆子泡上，明早还要拉磨呢！"

"我不，我去看！你说要跟我去，又变卦了，你糊弄人，我自己去！"楠楠抓过头巾，气鼓鼓地推门跑了。

"真是孩子，真是孩子……"媪高娘无可奈何地摇头叹息着。

天全黑下来了。那条飘在西边天的大红方巾让夜给烧毁了。天上没有月亮，只有星星在鼓着腮帮唱着那永远唱不完、也永远没有人会听懂的歌。楠楠小跑着，她一点也不感到害怕。深雪巷中，回响着嘎吱嘎吱的踏雪声和急促的拉风匣似的喘息声。她感觉到星星在跟着她一同跑，而且星星总也撵不上她，她总是占绝对优势地跑在前面。她得意、高兴，想对着这条幽僻的小巷喊几声，她觉得自己的四肢是那样活泼有力，她的全身心也感到轻松、自由和快活。她一头撞开刘合适家的大门，拼命地挤到前面。立刻，她就被这个与装小鸡的纸盒箱一般大的、能有人说话的、靠电来支配的玩意儿吸引住了。

媪高娘捂了被，凑在十五度的昏黄的电灯泡底下，一边拣豆儿，一边想着还愿肉的事。

她算计着隔一天后就把猪宰了，逢个星期天，招来人一起把它吃完了，也算了却了一桩心事。她觉得越快越好，因为在没有做之前，相面人所讲的耗子精随时都可能引起一场灾祸。如果说开始时她是若信若疑的话，那么现在，她是确信不疑的了。她越想越觉得那个人的话说得对，她的心也就越着急和发慌。这时，又恰巧赶上一只灰溜溜的老鼠从洞中爬出来，给她看见了。她立刻赔着笑脸，道："别生气，别生气。后天就给你送吃的。"

果然，那老鼠噌地蹿回洞里了。她再也没有心思干下活去，便又坐到炕头上诚惶诚恐地摆起扑克来。

电视放完了。一屋子密密麻麻的人潮水般地涌出屋子。刘合适扯着楠楠手，一直把她送到家门口。

楠楠闩好门，蹑手蹑脚地走进屋子，她以为奶奶已经睡了。

"楠楠，回来了。"

媪高娘放下扑克牌，打量着孙女：她的脸蛋红扑扑的，眼睛亮晶晶的，抑制不住的兴奋和喜悦挂在她弯弯的眉梢和含着笑意的嘴角上。她一把抓过奶奶的手说："奶奶，可好呢，电视，什么都有。有养鸡的，有打拳的，还有说外国话的呢！"

"我不爱听，快睡觉吧。"

"奶奶，还有，还有……人和人搂脖亲嘴的呢，就是这样——"说着，楠楠扑到奶奶怀里，双手勾住她的脖子，娇憨地嘬着嘴亲了奶奶一下。

媪高娘笑骂了一句："长大了不是个好东西！"

"那现在我是个好东西!"楠楠毫不示弱地答道。对着这个只有十岁的小乖孙女,媪高娘直笑得流出了眼泪。

楠楠今天一点睡意也没有,她翻来覆去地骨碌着身子,缠着奶奶给她讲个故事听。

"我给你讲个大固其固的故事,可短呢,你保管愿意听。"那是干涩无力的声音。

"那就快点讲吧。"清脆的童音在回答。

"大固其固,就是咱这个地方过去的名,那是……"

"这个地方过去的名?奶奶?"

"是啊,你爸爸可能都不知道呢。"

"它怎么叫'大肚(固)其肚(固)'呢?是它的地方跟大肚皮一般大吗?"

"不是。那是鄂伦春语,它的意思是说有大马哈鱼的地方。"

"嗯,真好听。接着讲啊,奶奶。"

"大马哈鱼鳞黑个大,长在呼玛河里,可烈獗着呢,一生下子,它就死了。"

"你怎么知道的呢?"

"我也听人说啊。你爷爷那时在呼玛河放排,在源头见过许多大马哈鱼死在滩头上,肚子下的鳞片都被沙石磨掉了。"

"那为什么呢?"

"要找到水旺的地方产子啊,没游到,就死了。"

"那它死时一定很难受吧,它没生出子来。"

"谁知道呢。好了,楠楠,不讲了,困了。"

楠楠也不再追问。她睁大眼睛向上望着,她什么也没望见,上面漆黑漆黑的。她便又仰过身子，望窗外，她终于望见了星星，望见了可以消除她恐怖感的亮光，她才敢大胆地打开记忆的闸门，回忆那过去的事……

"钓呀钓，大马哈，长长的竿，弯弯的钩。谁要喝鱼汤，跟我上这儿来。"

魏疯子时常在日落时扛着一根柳条棍，上面挑着从卫生所的垃圾箱里扯来的污秽的纱布，一瘸一拐地往塔头甸子走去。

楠楠和小伙伴总是远远地跟在他的后面，悄悄地看他去做什么。

从小镇往南走去，是一片碧绿的塔头甸子。塔头墩上的青草一撮撮茂盛地生长着，塔墩之间有浅浅的水洼。野鸭子和雀时常把窝做在松软的塔墩上。

魏疯子每次去都是坐在深草丛中，把竿子插在地上，对着碧蓝澄澈的晴空召唤大马哈鱼。一次，他发现了一窝野鸭蛋，他兴高采烈地抱了回来，一路高叫着："大马哈变成蛋了！蛋能抱鸡了！鸡能下大马哈了！"

楠楠他们就跟在后面，一边跑一边吆喝："魏疯子，大傻瓜，坐在草堆钓小鱼，钓不着小鱼碰了蛋，拿回家去煮煮吃！"

他们飞也似的跑，直跑到他的前面，转过身来，倒着走，七嘴八舌地对他说：

"你怎么不去呼玛河钓鱼呢？"

"塔头甸子再往前走就是呼玛河。"

"那里面才有大马哈鱼。"

魏疯子停下了，愣了半晌，忽然哭了起来，"呼玛河不和我好了！呼玛河不和我好了！"喊罢，就抱头狂奔起来。一直回到家中，又拎出两只老鼠，把它们牢牢地攥在手心里，在院子里大嚷大叫。

从那以后，小镇的人们都像惧怕魔鬼似的躲避他。都说他不但疯，而且让鬼迷住了，虽然说谁也没见过鬼。

楠楠奇怪的是魏疯子为什么总捏老鼠。他屋子里的老鼠为什么那么多呢？他现在怎么不钓大马哈鱼去了呢？是冬天的缘故吗？他怎么不常闹了呢？

星星仍然鼓着腮帮在唱。可楠楠一点也没听进去。映衬星星的还是那蓝黑蓝黑的天幕。

她又想起了怀德叔的话。怀德叔是和魏疯子在一个车辆段工作的。去年他来小镇上买秋菜，说魏疯子在出事的那天早晨，曾对他讲，他做了一个梦，梦见许多老鼠围着他的身边转，恐怕要遭灾呢。可不是，那天真的出了事！

楠楠想，可能出事的时候魏疯子一下子就想到老鼠了吧？他现在可能还唯一朦胧地记着那件事。他总捏老鼠，一定是因为老鼠给他带来了灾难；他家鼠多，一定是他发狠把它们都养起来，然后再亲手把它们消灭掉。是这样吗？

她想得不耐烦了，就转过身，睡了。

大固其固的夜，多沉静。风儿不吹，树儿不动，鸟儿不鸣。塞满了雪的大山静穆地立在那里，立在这广漠的苍穹之下。

又是这样的一天过去了。

星期日终于到了。

一大早，媪高娘就请来了杀猪的。十点左右，小屋里就到处都洋溢着煮肉的香气了。她今天像给儿子娶亲一样的高兴，请来了一茬又一茬人，又感激非常地把他们送出去。她觉得孩子们得救了，一个普普通通、平平常常的疯子也该好了，该过正常人的生活了，鬼气消散了，小镇复活了！

是的，太值得了。一头猪，换来了这么大的收获，使得人们都高兴起来，让人觉得多舒心啊！

当她送走了最后一批食肉者后，她忍不住哭了。

收拾了碗碟杯盏之后，天也就要黑了。冬天的夜总是老早就厚着脸皮挨过来，才四点钟，那天就灰蒙蒙的了。火一样的晚霞，渐渐地消散了。

夜来临了。媪高娘极有兴致地泡上豆子，又把豆腐包洗好、晾上，之后，用抹布抽打着结在墙上的那层细密的水珠。

楠楠正在做功课。她要赶在演电视之前把它做完。她闷着头，一声不吭地用铅笔写啊，画啊。

媪高娘做完了活儿，抽出扑克，又摆了起来。

"黑桃四，嗯，有坏事，再抽一张，是钩？！小人！小人要坏事，是不是……"

她心里怦怦直跳，她马上想到了解决的办法。她跳下炕，哆嗦着手取来香，从柜上拿起火柴，风急风火地向外走，匆忙中，竟踢翻了脸盆。

"奶奶，你干啥去？"

"到院子里，别出声。一会儿就回来。"

她推开门，出去了。楠楠觉得奇怪，就追到门口，拉开一条门缝。

媪高娘在与魏疯子的院子相隔的桦子垛前停下了。她把香插在雪地上，划了好几根火柴才把它燃着，然后跪下，嘴里叨咕着什么。寒冷的空气里散发着一股浓烈的香气。

　　看着，看着，楠楠禁不住要笑出声来。她刚要吓唬奶奶一下，猛然望见柴火垛上有一个黑乎乎的东西，她马上认出那是魏疯子。她张开嘴，想告诉奶奶，可就在这时，魏疯子突然哈哈大笑起来，"我要取豆腐了！"

　　接着，一块圆滚滚的木头就被他推了下来，正砸在媪高娘的头部，她什么也没能喊出来，就一下子倒在地上了。

　　她很快就停止了呼吸。而就在她死前的一刹那，她还在内心里深深地祈求着，不要把这灾祸带给孩子、带给小镇，让她一个人顶了吧！

　　楠楠的哭声惊动了左邻右舍。星光下，人们把媪高娘的尸体用草席裹上，停放在院子中。

　　一个阳光分外充足的早晨，带着铃铛的马车把她运到大山脚下，她躺在那里沉睡了。

　　楠楠想起了，那天光顾杀猪吃肉，没有做豆腐。魏疯子是没吃到豆腐，想要跳过来取啊。可她永远也不会明白奶奶为什么要请所有的人来吃肉，又为什么蹲在那里烧香。

　　就在媪高娘出殡后第三天，魏疯子突然失踪了。

　　还是楠楠把他找到的。他冻死在塔头甸子里。他的四周是塔墩上枯黄的败草和塔墩间丰莹的白雪。远远望去，那一个个塔墩宛若一朵朵盛开的黄菊花，而魏疯子，也好像是卧在菊花丛中一样。

　　楠楠要走了，要离开这个小镇了。她和爸爸一起清点奶奶的遗物。他们惊奇地发现，在一个塞满了破棉絮的纸箱中，有两摞扎得紧紧的钱，足足两千元！

两千元，楠楠看呆了！她是留给谁的呢？

同时，人们也在魏疯子的屋子里，发现了另外的纸箱，纸箱里有一窝小鼠。几个鼠洞前，都放有食物。看来，他是让它死而又要它永远存在，以便每时每刻都能发泄他那永远的一梦之"灾"吧?

楠楠没忘了向学校告别，也没忘了向校长告别。奇怪的是，老校长送给楠楠的纪念物是一个故事，而且所讲的这个故事又与媪高娘所讲的一样，都是讲大固其固的，也都讲了大马哈鱼。不过，老校长却否定了媪高娘所讲的大马哈鱼是长在呼玛河的说法，他告诉楠楠，大马哈鱼辗转于三个水域之中，每年秋末，成熟的大马哈鱼从鄂霍次克海成群结队地涌出，冲向黑龙江巨龙般的躯体里，然后转而奔向喧嚣的呼玛河产卵，卵在第二年春变成小鱼，从呼玛河进入黑龙江，再进入鄂霍次克海。

楠楠终于明白了，鄂伦春人为什么把这片土地命名为"大固其固"。

她要求老校长，把那"墙"拆了吧，让他家的孩子也上小娜家去看电视。电视上有许多这里不曾发生过的新鲜事，让她们去看吧。刘合适不会再诬告你了，不会了。他不是亲口对她说，买电视就是为了让大家看吗?

他第一次"吃了亏"，可他也第一次让人感觉到他"合适"了。

又是一个冬天中的一天。又是日落的时刻了。西边天又烧起了一片红红火火的晚霞。

楠楠跟在推着自行车的爸爸身后，慢慢地踱出深雪巷。

自行车在雪地上飞速滑行起来。她把着车把，一直紧紧地把着，眼睛惊喜地盯着冲出葫芦口后那宽阔的草甸和一座一座的山峦。最后，她把视线移到那块变得越来越大的方巾形状的彩霞上，她觉得自己融化在里面了。她觉得奶奶、魏疯子，以及小镇以前所有死去的人，都是那早已死在滩头的鱼，它们的鳞片都被河石磨掉了，可还是难免一死。而它们不屈不挠产下的卵，却在第二年春变成小鱼，游出了狭窄的呼玛河，进入黑龙江，投入鄂霍次克海宽阔的怀抱中去孕育成熟了。

她真的相信自己是这样一条小鱼。

她不想再回头去看小镇。她知道，它现在已经伴着夜色沉睡了。老人们总是贪睡的，而葫芦口似的地方又憋闷，它更要沉睡了。

不过，她又马上否定了自己的看法。因为她想到了小娜，想到了老校长家的女儿。她们不喜欢伴着它一起再沉睡下去，因为她们喜欢唱，喜欢跳，她们身上是那么富有朝气和活力，而且她们更有索取新奇事物时那永远也不会感到满足的目光！

那么，她们也一定会像自己一样，变成一条小鱼，一条游出呼玛河，到鄂霍次克海中成熟后再游回来的小鱼。

对这点，她坚信不疑。

她的前面是更开阔的土地和无尽的大山。她仰望着天上的星星，望着那鼓着腮帮子不停地歌唱的星星。她第一次听懂了她们的歌声，听懂了这首古老、深沉、隽永的歌。

1985 年

在低洼处

一进山，她们三个就分手了。她们谁也没有跟谁打招呼，径自走自己的了。

那时，太阳刚出山，林中的雾被阳光撕碎了，缕缕地散着。树叶变得黄了，小草则变红了，往林中一钻，头上和肩上就落了好些叶子，尤其是那些针叶，扎进头发缝里了。落叶使得脚下的草皮显得更加松软。

秋季采蘑菇，是山里人的习惯。每逢这时，沉寂的大山就拥进了人，来来去去的不断溜。背筐的，提篓的，挎桶的，挽包袱的，应有尽有。

柳子跟两个比她大些的媳妇约好了，也一道来了。

柳子二十五岁，可孩子却六岁了。结婚结得早。娘为了给儿子娶媳妇才把她嫁了出去。她男人有力气，心眼不坏，可就是脾气太暴，不顺心时总好骑着她打。唉，在家乡时，赶上了那场大洪水，把他们的家冲得一干二净。没得办法，听人说林区挣钱多，日子好过，就千里迢迢地来了。

柳子来这儿有三年了。她男人在生产队里干活。赶车、铡草、种地、打石头、倒木头，凡是能有的活儿，他都干。他们没有户口，住的是小趴趴房，可日子总算不紧巴了。他们买议价粮吃，如今有钱就什么都能买。柳子在家带孩子、做饭，喂了口猪，有时也到队里干上几天。他们第一年给各自的家里都寄了二百元。留了些钱，年过得殷殷实实。柳子的脸白了，胖了，眼睛有光彩了。

可是，娘家和婆家又总是来信，今儿这个理由，明儿那个理由，一点一点地抠他们的钱。于是，两口子就打仗。给谁家邮多少，钱分得不匀，就吵。丈夫急眼了，便打，骑着，用毛巾堵住她的嘴，打得她气息奄奄。过后，他们还得干活，挣钱，过日子。家里没了和气。钱成了大灾。就在前几天，柳子的娘家又来信说要蘑菇，因为他们知道这里盛产。柳子把这事一告诉男人，男人就火了，"你家他妈的没个好饼！"

"我自己去采，又不用你！"

"你他妈的是我老婆。我不让你去，你他妈的敢怎么着?！"男人狠狠地揪住她的头发。

是呀，她自家种了点地，该下霜的时候了，豆角没摘，柿子没摘，还有倭瓜。再说，趁着这响晴响晴的天，也该铰些豆角丝晾晾，预备过冬。该做的活儿有的是。可娘要蘑菇，不管娘对她怎样不好，她还是吃她的奶长大的啊。

"我就去半天，半天可行吧?"她凄哀哀地望了一下男人，声音软了，眼泪吧嗒吧嗒地往下掉。

"唉。他妈的，糟心日子！"男人捶了一下桌子，表示默许。

她也就赶紧抹了泪，唤回戏耍的孩子，放桌端饭。

晚上她对男人格外地体贴。早晨天还没亮透，男人就带着饭上工了。她赶紧把猪喂了，嘱咐好孩子看家，背个大筐，约了两个媳妇，匆匆往山上赶了。

她对这山还不熟悉。她来了还只有三年。大山对她来讲是新鲜的。尤其是秋天，山上花花哨哨的，煞是好看。柳子听两个媳妇说低洼处蘑菇多，所以她就一边寻蘑菇，一边找洼地。

林中的雾散了。阳光很好。树林子散发着秋天清爽的气息。蓝天很高，有白莹莹、碎捣捣的云，像一只大蓝碗盛着的豆腐脑。树梢上有南飞的燕子，留恋的叫声很婉转。

柳子背着一个大花筐，还拎了两个包袱皮，她怕碰上蘑菇多的地方，自己家把什少。她穿了一双农田胶鞋，裤脚扎紧，防备虫子往里钻。其实，柳子还是个挺漂亮的媳妇呢。生过孩子，她人显得更新鲜。典型的鹅蛋脸，怪招人稀罕的，还有嘴角边的那两个小酒坑，甜甜的。她的眼睛也很大，不足的是眼白稍多了一些，人家说是她娘怀她的时候吃得不好。那倒是实情。柳子好眯眼，从不会吹胡子瞪眼，所以你平常望去，只能看到那很有神采的黑眼仁。也许柳子很懂得怎样才美，她笑也笑得适度。村里的老婆婆都说她"耐看，受端详"。可就是这张脸，现在却很少有笑影，那两个酒坑也深深地藏着，轻易不抿一下。脸色发黄，而且消瘦。媳妇们在一起的时候都轻轻嘀咕："柳子是不是又有了？"

柳子也很犯难。她家的房子该收拾收拾了，这得需要一笔钱，还有孩子，过两年也该上学了，花钱的日子在后头呢。就说男人吧，干力气活儿总要有个分寸，伤了元气，不大好医。男人又死犟，为了能多挣几个分，啥活儿累干啥。有一次打石头从山上摔了下来，蹭破皮肉，流了好多血，幸亏没伤着骨头。柳子心疼他。她也有些恨自己的爹娘，现在农村日子也好过些了，来封信也不叙叙母女之情，张口就是钱，钱。好像柳子这儿是开银行的。岂不知那钱来得多不易啊。

柳子有些伤心。她不愿意多想。她要快采，多采，中午要赶回家呢，下午好去菜园子。儿子不会喂猪，还得等她回去做午饭呢。

柳子低着头，不辨方向地边想边走着。凡有树墩、草窝，她都要去扒拉扒拉，而她往往要失望。在几个松木墩下，她揪下几个肉墩墩的蘑菇。凡是有木墩的地方，不管多么难去，她也要跑过去，不看看是不死心的。

一阵秋风袭来，树叶纷纷扬扬。林子中像飞卷着群群黄蝴蝶。柳子小心翼翼地穿行着，寻觅着。

突然，她的眼前一亮。

洼地！一片小小的洼地！就在一片松木林中间，好像个盆似的。柳子的心由于激动而跳得快了，她磕磕绊绊地跑过去，冷不防踩在一只大油蘑上，滑倒在地。她的腿让树杈子戳了一下，但她还是咬着牙站起来，忍痛跑向洼地。

洼地长着一层草，草绝大多数红殷殷的，绝少有黄的。秋月艳阳映照着它们，显得格外的新鲜和耀眼。扒开洼地的草，就见有几只鲜嫩嫩的蘑菇隐匿其间。再扒开另一片草，哦，还有！瞧瞧吧：肉色的、厚墩墩的、让人口水直流的蘑菇，跟小星星一样，跟小伞一样，让你不忍去碰，只顾惊喜得有些发傻地愣怔着。太美了。丰富的腐殖质和秋雨催润的东西，是大自然赐予的产物。它们多像一帮光着屁股、活蹦乱跳的娃子呀。柳子醉了。

"柳子——"是她们其中的一个在喊。柳子刚想答应,但她一看那洼地,她犹豫了,嘴唇只是努了一下。

"柳子——"是她们其中的另外一个在喊。嗓门好高,好粗,听得清亮亮的。柳子咬了咬嘴唇。

"柳子——"瞧,她们合起来喊她了,显然以为她没有听到。柳子揪了一把大腿,一屁股坐在地上。几只蚂蚁很快地向她匍匐过来。

柳子不能答应。好容易找到一片洼地,能多采些,她可比不得她们哪。

"你们就骂柳子吧,柳子不是人,没良心,你们骂吧。柳子可是没得办法呀,男人不容许出来,就这半天时间,不容空啊。"柳子在心里狠狠地自责着,脸火辣辣的。

阳光多好。柳子觉得再也没有比今天更好的阳光了。她怯怯地望了一眼太阳,好像害怕太阳看出了她的心思似的。她咬了咬牙,终于站起来,低低地惊叫着打掉裤子上的蚂蚁,放下背筐,小心翼翼地去采蘑菇。

柳子的脸蛋粉嘟嘟的了。长长的睫毛像小燕子的翅膀,一扇一扇的。由于激动,她的胸脯一耸一耸的,腿也有些打战。她每抚弄一下草,每采一个蘑菇,心都忍不住"怦"地一跳。这跳既是激动,又是胆怯和惶惑。她害羞。柳子她成了什么人了呀!小气鬼!她把眼帘垂得低低的,好像怕每片旋转的落叶看出她的心思。

她不停地采啊,摘啊,手轻轻地,悄悄地。渐渐地,她被这些可爱的小精灵惹迷了,她忘却了刚才那些纷繁的思想,竟然小姑娘一般地甜声奶气地唱起家乡的民歌：

> 正月里采花无哟花采，
> 二月间采花花哟正开。
> 三月里桃花红哟四海，
> 四月间葡萄架哟上开……

这蘑菇，真比那花哟还要惹人醉。柳子觉得心一下子轻松了，她好像卸下了一副重担子，那俊秀的小白桦，那伟岸的泛着淡青色光晕的白杨，那挺拔的飘着冉冉绿色胡须的樟子松，都显得那样亲切、壮美，令她激动，钦羡不已。

> 五月里石榴尖哟对尖，
> 六月间芍药赛哟牡丹。
> 七月里谷米造哟酒浆，
> 八月间闻着桂哟花香……

"咔"一声脆响，令柳子一惊。她"呀"了声，捂住嘴，停止歌声。原来是一根枯枝被只淘气的山雀蹦折了。那山雀欢快地叫着，好像在笑话柳子胆小。柳子跟孩子一样对着鸟骂一句："不听话，回去你妈打你屁股！"

鸟飞了。树林归于平静。洼地里的蘑菇已经全部采完，真可谓干净利索。花筐已经装上了一半。柳子很高兴地站起来，背上筐，留恋地望了一眼洼地，继续向密林深处走去。

时间过得好快。你看太阳蹦蹦跶跶地快到中天了，柳子开始觉得身上热了。她把手伸进衣服里，抹着胸前的汗水。她触着了那柔软的、富有弹性的两个小白"馒头"（柳子这样称呼它们），她竟然得意地晃了晃脑袋。哼，咱柳子，生过了孩子，"馒头"照样新鲜，不像别人，垂着，耷拉着，没得活力。柳子以此自豪。

柳子没有尝过爱情的滋味。她男人是花了钱把她"买"来的。结婚前她都不知道男人浑身啥模样，她只是认命。凡娘说的她就服从。当她看到别人家嫁闺女都热热闹闹，小两口甜甜蜜蜜的时候，她就心醉。她回家后也学着别人的样子对丈夫恩爱体贴，可丈夫疲累心烦，总是把她推到一边！

"干他妈啥，臊乎乎的！"

她只好规规矩矩的。她男人比她大七岁，五大三粗的，像头大棕熊。也许是年龄之间的差距，他们谈话总谈不到一处，动不动就弄"拧"。柳子想，可能是婚前都不认识，没感情，婚后又难事一桩连着一桩，把人累得松垮垮的缘故吧？她说不明白。可她还是一心一意地爱丈夫，哪怕他每天都打她。这让她自己都奇怪。

他们两口子打仗从来都是蔫巴巴的，所以局外人都说他俩"过得真和气"。柳子每次听了，又是满足，又是酸楚。

她没有兴致再把那首歌唱完。

风来了。并不强劲的风，把树摇得微微抖颤，针叶犹如黄色的雨丝，多情地亲吻着大地。空气真好，纯净得没有一丝杂质。大山的气息原来竟这般好，比起她的家，要清新明媚得多。柳子漫无目的地只顾走，走。

太阳悄悄地移到中天了。柳子仍在走。她忘记了还有另外两个同伴。她只是看着什么都新鲜，都喜欢，她觉得它们是那般可爱。你看那刺梅果，一个个跟红灯笼似的，鲜艳艳的，果子一抿进嘴，甘甜甘甜。还有都柿，有的还零星地缀在枝头。一碰，皮就破了，手便染上了红色。柳子一会儿吃吃这个，一会儿尝尝那个，忘却了时间的流逝。

就这么走啊，走啊，日头向西滑了。她的筐满了。大桦木墩上长满的白鲜鲜的蘑菇，让她不忍去摘。你远远一看，一个木墩上像开满了白花，很是喜人的。她总算看够了，依依不舍地把它们摘下来。她的包袱派上用场了。

她感觉到累。她的肩膀有些疼。她就悠悠地坐在一个木墩旁，歇息歇息。

柳子眯起眼。觉得自己仿佛是做梦。她自己也说不准梦些啥，可脑子却恍恍惚惚，迷迷怔怔的。

她终于又睁开了眼，望了一下天，这一望非同小可，柳子一下子叫了起来。看哪，日头向西了，啥时候过去了正午？儿子没吃饭，猪还没喂，这……这这！她腾地站起来，抖擞起精神，择路往回去。

可又该往哪儿走呢？前后左右都是山，都是树，辨不清东南西北。她觉得她的四周成了个圆，她自己被圈在里面了。

柳子只觉得脑袋"嗡"的一声，好像本来活得好好的，突然被人锁进了太平间。这太可怕了。她的心绷紧了。她走了几步，想找一找树趟子，然而她失望了。到处是落叶，看不出足迹。这可咋办呢？柳子怔怔地退了几步，忽然一个趔趄栽进坑里。

她毛骨悚然地叫着。原来掉进了一个棺材坑里。棺材已经腐烂，只有个大致的轮廓，有几根骨头横在她面前。她不知所措。她早就听人说过，林子里不时可碰上坟，这些坟都是那些以打猎为生的鄂伦春人的，他们在林子里转，说不上遇到什么就死了。等到别人寻来，简简单单地一埋了事。

柳子的泪"哗"地涌了出来。她不敢放声大哭，只是抽抽噎噎的。既然有人死在这儿，那这儿的环境一定险恶，碰上野兽怎么办？狼？黑瞎子？妈……

她见不远处就有一只"黑瞎子"，它端端地立在那儿，威风凛凛的，神态自若地打量着她。它看见她很久了吗？它是想把她舔了吗？那就来吧。死到临头了！柳子的心彻底地凉了。她的包袱扔了，筐也散了，她只是怔怔地瞅着那"黑瞎子"。她想起了儿子，想起了丈夫，想起了那两个同伴。她多么悔恨呀！她又想起了娘。娘啊，你可知道为了你要的蘑菇，闺女连命都搭上了？她此刻真恨她娘。低洼处，如果不碰到那个低洼处，她们喊她，她一定会答应，她不至于走丢，更不至于落到这种绝境。此时此刻，她又多恨那个低洼处哟！然而更多的是恨自己，进了林子什么都想，野得不知好歹，还唱歌，还疯似的玩，哪像个媳妇样。柳子是个坏女人，是个不安分的坏女人呀！

柳子终于放声大哭了。她想起了那两个同伴。她刚来这儿的时候，自己什么都不懂，干活的事是她们一点一点地教她的。看她衣裳破得露出那些最害羞的部位，她们就把自己穿剩的裤子给她。看她家吃得实在不像样，她们就经常给她家送些好吃的，现在柳子家好过了，不能说没有人家的功劳呀。

柳子觉得自作自受，这是报应呀！她那时就应该把她们都喊来，一起采……然而，说什么都晚了。

"黑瞎子"一动不动。看那架势，好像要把她先吓死，再轻而易举地晃过来把她吃掉，这太残忍了。柳子失神地望着它，在心里默默祈求着：要吃就早下口吧！

怎么回事，这"黑瞎子"这么老实，不发一声，不动一下，莫不是……柳子再细看，恍然大悟！原来是个又粗又黑的树墩子！

这下，她哭得更厉害了。她捧着脸，任泪水透过指缝滴滴答答地落到草叶上。

太阳西斜，天不那么明朗了。柳子漫无目的地穿行着。她的衣裳划破了，手也被刺梅果划得一道道血印，脸上脏脏的。秋天的蚊子可真凶，尤其是傍晚的时刻，它们闹哄哄地围歼她。她的脸上被叮咬了许多处。

柳子只有一个念头，走，向前！不管前面等待的是什么，她都要走，她这样年轻，她不能白白地葬送在这片林子里。

古树参天。夕阳的斜晖把树林染得一片灿烂、辉煌。小鸟栖息枝头，静静地沐浴着夕阳那庄严的洗礼。

柳子不知道走了多久，走了多少路，又走到了哪里。她忽而看见了一条路，这条路通向哪里，她绝不知道。她只是想，沿着它走下去，她就能找到有人烟的地方。她将能找到丈夫和孩子。见了丈夫她一定要跟他说：我们别再吵了，这样吵太没意思了。我们和和气气地谈一次吧，别总为了钱而争闹。也别总家常便饭似的打人了。我们也要和自己的爹娘好好说说，世上什么东西最宝贵，不能再这么活了。

太阳落山了。晚霞很美。森林古朴而静寂。柳子所有的蘑菇都丢了，弃了。她一点都不感到心疼。

她沿着小路直走下去，终于看见了人家，看见了炊烟。她的心感到一阵轻松。她仿佛闻到了家的温暖气息。她加快了步伐。

"婶婶，你找谁家？"一个小男孩举着一穗烤得焦黄的苞米，问柳子。

"找自己家呀。"柳子一看孩子，才知自己来到了陌生的地方。

男孩歪着头，啃了一口苞米，咕噜着说："这个地方叫'绿翠岗子'。"

哦，她正好走反了回家的方向。

这天夜里，森林披上了一层银光，下霜了。

1986 年

乞 巧

一窄溜溜的月牙儿，在天还没黑的时候就出来了。

山妹和姑娘媳妇们用青草把锄擦过，像一群野鸭子一样扑棱棱地哄到水泡子边，脱褂子，扒裤子，叽叽嘎嘎地往身上撩水。

妇女们袒胸露臂，赤条条的，像刚洗过的、从水里捞出的红萝卜。没有风，草叶都仿佛害羞了。一片青幽的石磨蓝的天色，把她们映得更加莹洁丰腴，身上仿佛凝了一层膏脂。

水泡子上的野鸭子倒真让她们给惊飞了。她们更加得意地扭着身子，全都笑了。有人笑得很响，像天公打雷；有人笑得嘻嘻的，好像有人在痒她；有人则笑得不出声，只是抿着嘴。那笑得响的正把水忽啴啴地往身上拍，搓得胸脯咕滋咕滋的像摇风车；那笑得嘻嘻的，正把胳膊伸进泡子里，优雅自得地抚弄着水，轻轻地哼着小调；那笑得不出声的山妹，掌心兜着浅浅的一洼水，碾珍珠一般地，一粒一粒地往脖子上丢，每丢一次，她就嘘一声，仿佛消受不住这愉快似的。

天上月牙儿，大概也被这人间的气氛所感染了吧？它好像在微微摇着身子，想驾着小舟划下来。

"山妹，大点水泼，淹不灭你的！"那个又泼又辣的马英嫂搓完了身子，捋一把青草擦着身。

"山妹可是个没出阁的黄花闺女！"抚弄水的新媳妇仍然嘻嘻地笑，笑得诱人。

周围的女子们也都相跟着笑。劳累一天，满身的汗臭和泥巴经水一洗，就洗出了本色，洗出了清香，仿佛肌肤被琼浆玉液泡过了。山妹听人在说她，就更加不好意思，她弯下腿，用两臂紧紧护住胸部隆起的地方，自个儿觑着眼偷笑。

"还不好意思！你看人家百合，跟你班搭班的，多大方着呀。这又没有男人！"马英嫂把草儿搓揉了，草香润在了身上。

"咋没男人呀？今天是七夕，牛郎可在天上。"新媳妇玩够了水，站起身子，回过头说。

"就是！"

"可不！"

"哎，上面有男人在看我们！"

"看啥，有啥看头！"

"牛郎不是个好玩意儿！"

"织女不该和他结婚，应当把俩孩子讨回来，离婚！"

"啊哈哈！"

"哎哟哟！"

"呃嗬嗬！"

女人，这世界快乐的源泉哟，就这样毫无顾忌地说笑着。山妹也被这气氛打动了，她觉得心里麻酥酥的。她也蹲下身子，像马英嫂一样地揪一把草，往身上搓。她觉得胸前一片透凉，她把草擎到面前，闻到了一股浓浓的黄花香味儿。噢，原来草里夹着黄花儿!

百合搓完身子，朝山妹走来，悄声地说："今晚你上我家玩去吧。"

"不去了。"山妹的兴致被她给弄得一落千丈。

山妹觉得，在百合面前，她显得更加瘦小伶仃。百合长得多美呀，那眼，那眉，那嘴，都跟画上似的，面皮虽不白净，但光滑得很，更令山妹羡慕的是，她体态丰盈，走起路来极富有弹性，她多像十五那丰满美丽的月亮啊。而自己呢，窄窄的肩，横着骨头，身上的肋条历历可数，纤细的瘦腿上的膝盖骨，像一根枯树上长的树节子，凸着，难看极了。她多像天上那弯瘦瘦的月牙儿啊。光线是那么淡，那么弱，她什么时候才能长得如百合一样呢?

"看，两个姑娘咬耳朵呢!"马英嫂开始坐在塔头墩上穿衣裳了。

山妹和百合连忙分开，各找各的衣裳。

水泡子边的草地上，女人们相继穿戴好了，七嘴八舌地谈着晚饭:

"吃糯米才好，黏着，七巧七巧，两口子不吵不叫。"

"我们家吃饺子，三鲜馅，那牛郎织女也不见得吃上。"

"吃啥呀，两口子一年没见，早抱在一起哭得个泪人了。"

她们充分发挥了自己的想象力，好像确有其事似的。天色已晚，她们摸来各自的锄头，扛在肩上，走出草甸子。观赏完这一场精彩沐浴的野鸭子，又满足而得意地叫着飞到水泡子上。

"这帮野鸭子，死不要脸！"

"真是，鬼男人变的。"

女人们骂着，开心地顶着月牙儿往村子里走。

山妹走得很慢，她每天都是这样，希望自己落在别人后面。

山妹十九岁了。她的爸爸是搞美术的，"文化大革命"一开始，就被批判下放了。那时的山妹还很小，并不记事，跟妈妈一起过日子。山妹的妈妈浑身是病，没有一点精神能撑持着过日子，山妹常常吃不饱，在她幼小的心灵中，所渴求的东西便是吃。她爸爸当然没有钱可供给她们。她妈妈那一点点钱，除了买药之外，就所剩无几。后来，她妈妈病死了，她是怎样把嘴唇咬出了血，拉着妈妈的手不让她走哇，可妈妈到底还是走了，她失去了生活的依靠，被姥姥接到村子里来。从此，山妹的命运就和这个小村子紧紧地联系在一起了。

她在这儿上完了小学。初中时，正赶上那个历史性的金秋季节的到来，山妹同许多同学举着火把游行，庆贺胜利。第二年，她爸爸平反了，山妹觉得自己终于有出头之日了。然而，爸爸复职后，得了一笔数目可观的钱，很快地娶了老婆，过安逸日子去了。她成了一只孤雁，爸爸不要她，后妈不要她，她只有偎在这个小山村了。

初中一毕业，她就辍学干活了。不管山妹的老师和她的姥姥怎样说服、劝慰，都动摇不了她的决心。她要用自己弱小的身子在这个世界上站起来，要站起来！

多么艰难呀。山妹一想起这些，心里就幽幽地难过。

刚下地时，她不会使锄，常常在铲草的同时连苗也除掉了。她不会给蔬菜掸药，有一次，她使用敌敌畏时加水加得少，浓度太高，被熏倒了；还有一次，队长让她去种秋白菜，告诉她菜籽在队部的炕上，她只晓得菜籽是小圆粒的，拿去撒上，秋天却长出一片胡萝卜。

山妹多么害羞呀。那一年的七巧节，她和女人们一起去摘黄瓜，有人告诉她，七月七是"乞巧"节，这一天，有的地方要擦净瓶瓶罐罐，有的地方要洗头发，有的地方则用露水来和面。但绝大多数地区，要供上瓜果，祭天"乞巧"。

据说"乞巧"之后，不会飞针走线的妇女便也会了。

山妹在那个七夕夜晚也向天"乞巧"了。她"乞巧"老天能给她一身好农活，会使锄，会耙地，会种菜。果然，她以后慢慢地会了，山妹觉得这是她真心"乞巧"的结果。

以后的两个"乞巧"节，山妹也同样虔诚地对天"乞巧"。现而今，她有了一身的好农活，干活利索、干净，在这些女人当中是出类拔萃的。她的活儿都学到手了，她却总也高兴不起来，今年的七夕，她该"乞巧"什么呢？

月牙儿像个调皮的金发小女孩，一蹦一跳跟着山妹走。要进村子了，马英嫂往家走去，高声地嚷叫："回去热炕头热饭地享受吧！"

像一朵被风吹散的蒲公英，女人们欢笑着各回各的家了。

山妹进了家院，将锄头挂在房檐下，进了屋。外屋地的小板凳上早就坐着山妹的姥姥，她见了山妹，抬了下头，又继续编着蒜辫子，对她说："怎么又这么晚？"

"活儿多。"山妹掀开锅盖，从帘子上抓起一个包子，一口就咬掉小半个。

"也不洗洗，进家就吃。"姥姥又说。

"洗了。"山妹含混不清地呜噜着。

"又在那水泡子？水凉，伤身子骨，说也不听。要不——"

山妹知道姥姥"要不——"的话题，她既不好意思，又有些不安，就赶忙遮掩下去，"姥姥，豆角馅的包子真香。"

"唔，好吃，就多吃。唉，能吃也不长肉，你这个丫头。"

山妹笑笑，又抓起第二个包子。

"今儿我把豆角架全拔了，豆角摘了有多半麻袋，该铰丝晾了。毁了地好栽点秋葱。"

"姥姥，毁了豆角地了？"山妹大吃一惊，好像走着走着夜路，突然迎面撞来个陌生男人。

"对哇，你不愿意？"

"啊，愿……意……"山妹吞吞吐吐的。她放下没吃完的包子，盖上锅盖，踉跄着朝自己的屋子走去。

豆角地毁了，姥姥为什么偏要在七夕毁豆角地呢？"乞巧"的时候，如果不蹲在豆角架下，天是不会看见她的，也不会听到她的话，这可怎么好呢？山妹伤心极了。

姥姥只道是山妹累了，乏了，身子骨不舒服了，就拉开山妹的屋门，说："早歇着吧。"

"我不累。"山妹有些可怜姥姥了。姥姥快七十了，福也没享着，一辈子都在劳动。她唯一的女儿死了，除了眼前这个小外孙女外，她在世界上再没有任何亲人了。山妹顿时生起一股怜爱之情。

"刚才阿满来过。"

"阿满？干啥？"山妹的心禁不住怦怦地跳得异常。

"不知道干啥，见你没回来，就走了。"

阿满是村子里的电工。他人品好，长得挺帅，是村子里姑娘们的偶像。百合就很看中他，经常给他织毛衣，帮他家拆被子，干农活。

山妹呢？自从童年那次在水泡子边相遇后，她的心就再也抹不掉他的影子了。

那时她还小，妈妈刚死，她又刚刚来到这个村子，一切都显得那样无聊和陌生。有一天，山妹一个人沿着村道往下走，在一片田地的尽头望见一片碧绿的大草甸子和草甸子间那个白亮亮的水泡子。她像大花蝴蝶一样地跑过去。草儿茂密，几乎要没了她，草中开满了淡淡的小黄花，小黄花很小，朵不大，却很香。一会儿的工夫，她就采了满满一抱。这时，她才想起该去看看那个晶亮晶亮的大水泡子。她抱着花，采着凸起不平的塔头墩，趔趔趄趄地往前跑。忽然，她听得"嗖"的一声响，没等到反应过来，她的眼前已经飞过来一条鱼。这鱼身子很扁，头尖，胸部凸起，尾巴挺窄，构形很美呢。鱼拼命地跳着。山妹扔下花，一把就把它抓在手里。

"你叫山妹，是新来的，你认识这鱼吗？"那男孩执着钓竿，迎向她来。

山妹有些害怕，她害怕小男孩因为她抓了他的鱼而揍她，所以，她瞪圆了眼睛，恐惧地摇了摇头。

"这鱼叫鲫鱼，做汤，好吃死了。"

山妹抬起头，见阳光下的他只穿一条短裤，他的皮肤黑黝黝的，泛着红铜一样的光泽。

山妹觉得他很美。小男孩摘了钩，把鱼攥在手上，走到泡子边，把它穿到铁丝上。原来铁丝串上已经有三条鱼了。穿好，他又转过身，把鱼给了山妹，"拿回家给你姥姥去吧。你姥姥对俺们可好啦。"

"我不，不要。"

"我再钓，你要吧。等到日头落下山去，鱼才爱咬钩呢。"

"那我的花，我的花都踩烂了。"

山妹低下头，好不沮丧地看着不知什么时候被自己踩得一团糟的花。

"我给你采，你等着。"

小男孩很快地拴上诱饵，把线甩到泡子里。然后满甸子蹦着采黄花儿，只几分钟，已有了一抱。山妹接了，美滋滋地抱着黄花儿，提着鱼回村了。

那简直像个美丽的童话。

这童话在山妹心中不知读过多少遍，加进多少美丽的插曲了。

山妹大了。可她长得并不像自己期望的那样。她瘦瘦的，就像一朵小小的黄花，太普通，太平常了。

她已经十九岁了，她跟女人们一起干活的时候知道了许多属于女人的秘密。她自己还没有像百合那样每月有不自在的然而却是幸福的几天。她姥姥总说这是她瘦的缘故。而且姥姥隔三岔五总要问一问："山妹，来没来？"

一看到山妹摇头，她就会叹着气找出许多事实来说明这不来的原因，"该成天地笑笑，女孩子家家的，哪有不笑的……上次吃饭又吃凉的了……那天下雨挨了淋。"

山妹只是苦苦一笑。她何尝不想笑呢？一到夏天，她和女人们一起在泡子边洗身子，她就快活极了。虽然她的胸平平的，可她还是愿意偷偷地抚弄令她耳热心跳的胸脯。可一想起爸爸，想起被人抛弃的自己，她又悲哀、叹息、忧伤不已。

她总也快乐不起来。而当她不快乐的时候，翻读她内心深处的"童话"，她的心又舒畅了。她永远忘不了那一幕情景。那阳光下红铜色皮肤的男孩，那抱小黄花和那串鱼。

她也曾在内心编织过属于她少女的美妙的梦想：她和他有一座房子，有一片土地，有一个活泼可爱的孩子。她的姥姥垂着白发同那孩子喃喃细语。

可这梦想怎么会实现呢？百合喜欢他，百合比自己漂亮。自己连"那个"还没有来，听说不来"那个"是不能生孩子的。

山妹越想越觉委屈。姥姥见她默不作声，就关了门，又到外屋编蒜辫去了。

山妹站在窗前，望着月牙儿，真想把它摘下来，抱在怀里。月牙儿多么需要温暖啊。

她还想到外面去做"乞巧"，可她又怕姥姥担心。于是，她想了个主意，把窗子轻轻打开，从那儿跳下去，一溜烟儿地顺着村道往下走。

七夕的村夜，多么宁静。田野被夜紧紧地拥抱着，睡得安恬。山妹一直地往下走，她一点都不感到害怕。月牙儿跳到她的前面，像木偶戏中的孙悟空一样翻着筋斗引她走路。她高兴，她想笑，她觉得胸里发痒。

她来到了草甸子，来到了水泡子边。水面发着灰蒙蒙的光，柔和、安详。甸子上溢着黄花草叶的清香，香得淡淡，淡淡的让人心醉。

她慢悠悠地脱衣、脱裤，她赤身裸体地站在泡子边。她并不觉得身上冷，一点也不。她弯下身子，轻轻地撩水，撩到脸上，胸上，背上，腿上……她静静地搓，用一把草叶，搓胸脯，搓得浑身热乎乎的，她觉得胸陡然鼓胀了起来，她更加快地搓。她觉得天地众神都在默默注视她，默默地看她做"乞巧"。她的这种"乞巧"是虔诚的吗？会被接受吗？

她搓着，眼前又闪现出那个她读了千遍万遍的童话。她想象着那个小男孩，想象着自己，想象着她的将来，她的家，她的孩子……

黄花在草叶间眯着杏眼做梦。草叶在她的胸脯上划过一道碧绿的溪流。月牙儿抖抖索索地甩给她一束清辉。

她搓累了，坐在甸子上。她想唱一首歌。她眯着眼向远望去。

一个影子，为她所熟悉的，她童话的主人公，正影影绰绰地向这儿游来，像条小鲫鱼一样快乐地向草甸子游来。

她蓦然站了起来，她没有去抓衣服和裤子。她静静地站在那儿，像根水淋淋、鲜艳的红萝卜，赤条条的，手里捏着一柄印有七巧月牙儿齿痕的草叶，等着他来。

1986 年

165

五羊岭的万花筒

　　小豆盼天热，就像下了大牢的人盼着出狱一样，望眼欲穿的。因为她的拿手好菜，不是别家饭馆作为招牌的炖菜，而是各色凉盘。在她眼里，再好的菜，一炖就萎靡了，要颜色没颜色，要身段没身段的。所以客人若是点了炖菜，掌勺的就是德顺了，她只打下手。她摆给炖菜的，是轻飘廉价的竹木筷子，而她配给花色妖娆的凉盘的筷子呢，却是茁实漂亮的红漆木的。

　　五羊岭的人，都知道小豆做的凉盘是这小城饭馆中的翘楚，伏天一到，那些厌弃了炖菜的人，便迫不及待地来这里了。小豆炝的木耳芹菜，卤的八角花生米，拌的黄瓜拉皮，熏的五香豆腐干，就像一团又一团雨后的云，安抚了他们燥热的胃。当然，客人并不总喜欢吃素的，凉盘中的荤菜，也是必不可少的。小豆熬的水晶猪皮冻，用黄酒和酱油腌制的麻辣生螺片，犹如一双美目，分外撩人。这个时节，冰镇啤酒就雄赳赳地登场了，店里一天走个三五箱啤酒，再平常不过了。

小豆是德顺的女人，而德顺呢，白天是小豆的男人，到了夜晚，他是别的女人的男人。也就是说，德顺的两个女人，一个在太阳里，一个在月亮里。小豆是德顺相好的，本应该掩藏在暗夜中的，可是整天坐在小豆饭馆对面马路牙子上的疯女人，是德顺明媒正娶的，太阳一落山，她就来饭馆等着德顺回家了，所以即便饭馆打烊了，小豆也不可能有个温柔的夜晚。她和德顺偷情，只能是清晨。德顺去早市为饭馆采买时，先拐到小豆家。本该是伴着星星缠绵着做的事儿，要在晨曦中匆匆地明着做，小豆便起了委屈，不止一次动了离开德顺的念头。可是小豆舍得了德顺，却舍不得饭馆，要知道，德顺家的饭馆，就是以她的名字命名的啊。门额处"小豆饭馆"那块匾，在她眼里，就是德顺当着五羊岭的人，无声地下给她的一方婚书。那块匾烫的是金字，德顺说，这样的字，到了晚上，只要有月亮，就会发光，不会被黑暗淹没。这块金字匾，无疑是横在小豆心头的一道栅栏，虽说能在它的庇护下享受安宁，但时间久了，也觉得是个牢。

　　天儿呼哧呼哧地热了，小豆空前地忙碌起来，就有冲出牢笼的感觉了。她不仅把凉盘做得五彩缤纷，自己也打扮得风姿绰约。黑色的皮凉鞋，黑色裹臀的七分裤，犹如一棵花树的根和躯干，在她身上是屹立不变的，变的是那一件件花色斑斓的 V 领无袖衫，今天是紫底白花的，明天是绿底红花的，后天又是黑底黄花的，她好像被施了魔法，一天开一色花儿，生生地攫住了食客的目光。他们啧啧称赞小豆的厨艺时，也要夸夸她不俗的装扮，这让小豆很受用。有时她会趁着那团活气，在给熟客上菜时，故意大声说："哪家男人没人伺候，帮我介绍一个吧！离婚的，死老婆的，只要没有孩子累赘，都行！"

了解小豆的人，知道她这是说给灶房的德顺听的，便打趣她："要是给你找了男人，德顺还不得用马勺敲碎咱的脑壳呀！再说了，你这人不好将就，跟金霞一样挑食儿，五羊岭的男人，有几个对你的味儿呀！"

金霞是小豆饭馆养的一只花猫，除了老鼠，它不吃别的肉。鱼呢，只吃从河里捞出的野生鱼类。有客人知道它的这个习性，见了它，常夹一块养殖的酱鲫鱼，嚷着"我就不信你不沾腥"，在它眼前晃来晃去的。此时的金霞就会支棱着耳朵，竖起胡子，用爪子挠着地面的花砖，愤怒地叫起来。此情此景，总会令小豆不快。因为她觉得客人捉弄金霞，跟捉弄她是没有分别的。

五年前，经媒人介绍，小豆结婚了。她男人懂技术，开了家汽车修配厂，在五羊岭也算是个有钱的主儿。小豆对他哪儿都满意，就是不喜欢他身上的机油味，与他亲昵时，爱蹙鼻子。婚后，男人一入家门，小豆就让他把修车穿的衣服先脱在门外，进屋洗过澡，换上了干净衣服，这才肯让他把脸贴向自己。新婚宴尔，男人顺着小豆，可是半年以后，他开始闹情绪了。因为在修配厂忙了一天，为了放松，他偶尔会约上几个做生意的哥们儿，喝顿酒去。从酒馆回家，浑身发软，只有一个睡的心思，哪有洗澡的力气。小豆再唠叨，他至多把工作服甩在门外，进屋便扑到床上。这样的夜晚，小豆就会赌气地抱起被子，去别的屋子睡。第二天，男人走了，小豆得把他用过的卧具整个地洗一遍，这才心安。次数多了，男人很不高兴，说小豆嫌弃他，小豆呢，则嫌男人不体谅她。这样，他们三天两头就会吵架。吵的次数多了，两个人就生分了，常常各睡各的。一次酒后，小豆的男人把自己睡冷被窝的苦楚说与哥们儿，他们都嘲笑他，说是你娶的女人，又不是画中的，凭什么不让碰？小豆的男人受了怂恿，胆气壮了，有那么两次，他夜半踢开小豆的门，叫着"我就是这个味儿，你嫁给我，就得受着"，强行和她在一起。这样的后果，是小豆不等天明，就得去浴室。她站在莲蓬头下，打着寒战，一冲就是一两个小时。而且，她给自己住的那间小屋，加了门闩。

小豆不仅和男人分居了，还分灶了，虽说他们仍在同一屋檐下。通常的情况下，是小豆先到家，因为她开在南市场的内衣店，生意一天不如一天，所以闭店早。她做好了饭，吃完了，男人才回来。小豆的男人成心气她吧，他不仅不把工作服脱在门外了，而且知道小豆讨厌臭豆腐，竟然买回了一坛，顿顿吃，把家里弄得一股公共厕所的味儿。若是男人比小豆早回家了，他会扒着小豆的窗户，悄悄打量屋子有什么变化。有一天，他发现窗台多了一盆花，是银粉的灯笼花，开得喜气洋洋的。又过了几天，一盆兰草出现了。跟着，月季、米兰和杜鹃，一盆连着一盆地登场，窗台成了花台了。男人明白，这一盆盆花，其实是小豆对付自己的武器。他想缴了这武器，可小豆锁着自己屋子的门。有一天，他正忙着修车，忽然接到一个做家电生意的朋友的电话，朋友吞吞吐吐地提醒他，说小豆老往家电商场旁边的花店跑，一去，就是半个多点儿，别的顾客这时就会吃闭门羹。小豆的男人一听慌神了，因为他爱小豆，已经打算对她妥协了。他让朋友帮自己留意着点，小豆再去，马上给他打电话。有天下午，小豆又去花店了。一刻钟后，她男人接到朋友的电话后火速赶过来，见店门果然反锁着，脸立时就青了。不过他没有砸门，而是哆嗦着手，点了一根烟，候在门外。他抽了四支烟后，花店的门闪烁着开了，小豆抱着一盆半开的紫色鸢尾花走出来。她面色绯红，满眼水色，像是一朵盛开的芙蓉花。见着自家男人，她吓得手一抖，那盆花落下来，正砸在脚面上。小豆的男人颤着声说："小豆呀小豆，你跟我，两根烟的工夫就说够了，跟卖花的，四根烟啊。"小豆踮着脚，疼得龇牙咧嘴的，她辩解着："谁让他身上一股子花香呢，你也知道，我最舍不得的，就是那股味儿。"小豆的男人冷笑了一声，说："那你就跟这个卖花的，天天睡在花房里吧！"

小豆的男人冲进花店，揪住那个男人，想暴打他一顿，把恶气出了。可是还没等他出拳，那人已经筛糠了，他觉得对付一摊烂泥，是不需武力的，于是撩开裤子，将憋下的一泡尿，痛快地撒到他身上。

小豆对气味的怪癖，从此后，就在五羊岭传开了。

离婚后的小豆，非常丧气，她常常到酒馆买醉。她最喜欢去的是德顺饭馆，因为坐在临窗的位子，朝马路对面望去，可以看到德顺疯了的女人。她的身影，在小豆眼里就是一团飘浮在大地的冤魂。小豆想，一定要乐观起来，要不然，与那疯女人做伴儿的，就是自己啦。

德顺的老婆宋翎，是供电所的抄表员。她不漂亮，但因为脾气好，见人总是亲切地打招呼，五羊岭的人都夸她入眼。宋翎的悲剧，是由孩子引起的。她和德顺结婚后，生下一个男孩。孩子六岁时，有一天宋翎做晚饭，扔给他一只花皮球，让他自己在家门外玩耍，等她做好了饭，发现孩子不见了。宋翎和德顺把五羊岭的每一户人家都问到了，也没见着孩子的影儿，于是就去派出所报了案。事后有人回忆，说是那一段五羊岭来了一个戴着蛤蟆镜的外乡人，他开着一辆破旧的面包车，走街串巷的，兜售小孩子玩耍的东西，弹弓呀、小汽车呀、变形金刚呀、橡皮泥呀、彩色风车呀等等，吸引了一拨一拨的孩子。宋翎的孩子失踪后，这个外乡人和他的面包车也不见了。大家猜测那个人以卖东西为幌子，引诱小孩子，是个人贩子。而宋翎事后也回忆起，她炒菜的时候，确实听到过门口有汽车驶过。但她想孩子学会了躲车，也就没在意。事发后，派出所深入社区调查，见过那辆面包车和那个外乡人的五羊岭人，都说没注意过面包车的牌照号，而那个嫌疑人的脸孔，由于被硕大的蛤蟆镜遮挡了半个脸，只能说出他的嘴唇很薄，下巴有点短。德顺和宋翎为了找孩子，差不多走了大半个中国，家底折腾空了，孩子仍音信杳无。两年以后，他们绝望了，停止奔找。回到五羊岭的宋翎，面容憔悴，精神开始恍惚了。她不吃不睡，不言不语，瘦得走路直打晃，德顺便把工作辞了，白天黑夜地守着她。然而德顺的体贴，并没有使宋翎好转，她开始彻夜坐在院子里，捶着胸，不停地说"闷死我了"。德顺带她上街，她一看见戴蛤蟆镜的人，哪怕是熟人，也会尾随着，叫着"我看你往哪儿跑"。她开始砸家里的东西，骂街上那些与她无冤无仇的路人，德顺明白，宋翎疯了。五羊岭的医院看不了精神病，这样，德顺朝亲戚借了钱，带着宋翎去外地看病。半年后，德顺领回来的宋翎，虽然不狂躁了，但仍然是个不正常的人。除了冬天，她会像冬眠的熊一样，安然窝在家里，春夏秋三季，只要是白天，她绝不肯待在屋子里，一定要到街上，这才称意。她坐在街上的时候，时不时地挠着头，一遍遍地说"闷死

171

我了"。德顺没办法，只能跟着坐在街上。德顺的兄弟姐妹，觉得德顺这么陪着宋翎，也不是个长法，就联手帮他盘了家店，雇了个人，开起了德顺饭馆，维持生计。这样，德顺经营生意时，还可以照应宋翎。德顺对宋翎真是好，早晨把她从家里领出来，总是给她穿得干干净净的。她斜挎的花布包里，装着水、纸巾、小儿书和各色小零食。这样，她渴了、擤鼻涕了、无聊了、馋嘴了，都能在包里及时找到需要的东西。中午和晚上，德顺不管多忙，都要端着饭，越过马路，送到宋翎手中。听到打雷了，他会立刻放下手中的活儿，抓起伞，冲出饭馆。坐在马路牙子上的宋翎，一年一年地坐下来，渐渐成了德顺的一块招牌。五羊岭的女人，但凡和自家男人吵嘴了，都抱怨自己没摊上个好男人，说是要是嫁给德顺，当个疯子也值得。然而，宋翎坐到第四个年头的时候，小豆出现了。离婚后的小豆因为常来德顺饭馆，恋上那儿了，于是就把内衣店出兑了，跟德顺开饭馆。她别具一格的凉盘手艺，招来众多的食客，她活泼的身影，让德顺皱了多年的眉头，终于舒展了。小豆和德顺好的第二年，德顺饭馆就改头换面了，五羊岭的男人看着小豆的名字上了招牌，都扬眉吐气的，因为他们的女人，再也不能用德顺来教训他们了。而女人们，背地里都为比德顺小十岁的小豆难过，说她为着一个招牌，不明不白地跟着德顺，真是糟践了。

德顺对小豆的爱，小豆心里再清楚不过了。德顺本来爱吸烟，小豆来后，他戒了。为了让饭馆有好空气，德顺不仅在灶房增加了排风扇，还在餐厅的各个角落吊着熏衣草香囊。小豆甚至想，要不给德顺生个孩子吧，只要两个人真心好，名分又算什么呢！可是坐在马路牙子上的疯女人，又让她下不了这个决心。毕竟，宋翎占据着德顺的夜晚啊。而一个女人不拥有男人的夜晚，哪有光明可言呢。

小豆离婚后，前夫有时还会骚扰她，因为他再婚后，过得并不如意。他新找的女人又懒又馋，既不知道收拾家，也不知道收拾自己，十天半个月不洗一回澡，身上老是有股馊味，小豆的男人说跟她睡在一张床上，就像抱着棵烂白菜。每每和妻子闹别扭了，他都要喝上一顿酒，然后趔趄着来到小豆饭馆门口，给她打电话，嚷着："小豆，你把老子害惨了，你他妈的出来一趟呀，给老子闻闻！"小豆抻长脖子，扫一眼窗外，冲他吼着："我又不是妓女，你想闻就闻！"德顺一听小豆这样跟人说话，就知道是她前夫打来的。一般的情况下，他会敲敲马勺，不说什么。只是有一次，饭馆没有外人，小豆的前夫又打电话来纠缠的时候，德顺对他起了怜悯，对小豆说"要不出去，给他闻闻吧"，小豆冷笑了一声，说："看来不是自己的东西，才舍得往出撒呀——"说得德顺一阵脸红，再不敢在情感的事上做大度了。

有一天，夕阳把玻璃窗映成了一张张金箔纸的时候，小豆端着一盘盐水煮毛豆，给客人上菜。忽然，她听到背后"咣嚓——"一声巨响，跟着是一阵"哗啦啦——"的玻璃碎裂声。她回头一望，原来一个喝多了酒的食客，在付账离开之际，撞上了立在入门处墙角的穿衣镜。这个食客小豆在五羊岭没有见过，他四十来岁，背一只旅行包。穿衣镜四分五裂了，他不过额头擦破了点皮而已。德顺听到响动，从灶房出来，刚要埋怨食客不小心，跟在他身后的金霞，突然蹿上那人的肩头，将他的脸，挠出一道道血痕。猫的突然袭击，让德顺不好再说食客了，他甚至担心，这个人反过来会讹他，于是连连摆手，说着没事，示意他走。偏偏闯了祸的食客酒醒了大半，而且又是个实心眼的人，他没有逃之夭夭，而是诚恳地对德顺说，你家的水晶皮冻和麻油豆腐做得实在太好吃了，不然自己就不会贪杯了。他说马上要赶火车回家，兜里的钱只够买车票的，赔偿不起穿衣镜了，他愿意以物抵物。说着，拉开旅行包，从里面翻出一包黑木耳，一个簇新的保温杯，以及一只万花筒（当地人习惯叫它"花啦棒"），丢在桌子上。就在德顺和小豆目瞪口呆、面面相觑的时候，那人已经出了饭馆，朝火车站去了。

伫立在墙角的立式穿衣镜，是小豆千挑万选买来的。它有半人多高，镜框是胡桃木的，镶嵌着云字卷，好像镜子这张鹅蛋脸，顶着一头飘逸的鬈发。德顺和小豆，管它叫"鸳鸯镜"。因为镜面的底部，描画着一对在荷花池中戏水的鸳鸯。不光小豆和食客们喜欢鸳鸯镜，进出饭馆的时候爱在它面前停顿一下，照照自己，花猫金霞对它也是喜爱的。金霞每天都要在镜子前仰起脖子，翘着尾巴，照上个三回五回的。有的时候，它还伸出爪子，去扑镜中的鸳鸯。食客看到这样的情景，都啧啧称奇，说是从没见过爱照镜子的猫。看来民间流传着的，猫是由姑娘的魂儿变成的说法，千真万确啊。

陌生人赔偿的那点东西，当然不够买一块鸳鸯镜的。黑木耳饭馆正用得着，保温杯呢，德顺打算冬天用它沏乌龙茶。唯独那个万花筒，派不上用场，德顺说等着送给哪个小孩子算了。小豆说，送给别人，还不如送给宋翎呢。看花啦棒，总比她看小儿书有意思吧。德顺想想也是，一个疯子，心思跟不经世事的小孩子一样，拿给宋翎玩，再合适不过了。于是抓起万花筒，出了饭馆。等德顺送完了回来，小豆有些懊恼地说："咳，我该先看看的，多少年没玩

174

它了，还有些想得慌儿呢。"

德顺说："不过是些花花绿绿的东西，瞧着美，可全都是虚的。哄骗小孩子的玩意儿，有什么看头。"

小豆说："实的东西没有好看的，看看虚的也满足啊。"

德顺从这话里听出了弦外之音，他叹了口气，不再说什么了。

店里没了镜子，小豆不习惯，那些熟客不习惯，金霞也是不习惯的。金霞蜷缩在鸳鸯镜待过的角落，心事重重的，连灶房的老鼠也不管了。小豆赶紧去百货公司，又买了一块穿衣镜回来。这面镜子跟原来的一样，也是椭圆形的，镜子由云字卷的胡桃木镶嵌着，不同的是底部的图案，不是鸳鸯荷花的，而是牡丹蝴蝶的。小豆还想买鸳鸯镜的，可是卖镜子的告诉她，那种图案的镜子当年只进了两块，都卖出去了。小豆不死心，她把五羊岭卖镜子的商铺走了个遍，也没寻到想要的，于是折回百货公司，不得已买下牡丹蝴蝶的。她想蝴蝶也不差，它们跟鸳鸯一样，爱成双成对地飞呀。

小豆很快适应了新镜子，可是金霞却不。镜子刚搬进饭馆的时候，它两眼放光，可是待包装纸盒被褪下，镜子露出真容时，它沮丧万分，尾巴拖到地上，失望地离开了。初始小豆以为镜子有瑕疵，把它照变形了，令它不快，于是她站在镜前，前后左右地变换角度，把自己照了好几十遍，也没发现这镜子有任何不如意的地方。小豆想，金霞大概是不喜欢牡丹蝴蝶，还恋着鸳鸯镜吧。为了证实自己的判断，小豆捉来金霞，抱它到镜子前，抬起它的一只爪子，触着牡丹蝴蝶。金霞果然缩着头，挣扎着，奋力抽回爪子，哀哀地叫起来。小豆长长地叹了一口气，对猫说："五羊岭的人都说我怪，比起你来，我可是小巫见大巫了。"

小豆饭馆的旁边，是一家福利彩票投注站，金霞就是小豆从那儿抱回来的。买彩票的人，若是久买不中，又沉迷进去了，一个个看上去都很怪诞。武生就是这样。武生在北市场有个卖肉的摊床，虽说赚不上大钱，但手头仍是宽裕的。他梦想着一夜暴富，每天早早收了摊儿，便叼着烟趸进彩站。他盯住了双色球玩法，说是一旦中一注，扣除税，还净剩四百万呢！那样，他就不用站在乱哄哄的市场，两手油污地给人割肉了。他把自己的出生日期、手机号码、营业执照的批准文号、房产证号码、医疗保险单号码、家里的门牌号，组合起来，编了六注彩票，期期跟，几年下来，五元十元的五六等奖拿过不少次，四等奖呢，只中过两回，三等奖连边都没沾过，更别提大奖了。武生越是不中奖，投的注越大。除了固定跟的那几注，他每期还要临时编号，再打个三四注。他选择号码的方式常常变换，有时怀揣一副扑克牌，随意抽取；有时夹着一本书，闭着眼，突然翻开一页，以页码为赌注；还有的时候，从钱夹中把纸票拿出来，一张张地浏览上面的号码，用出现概率高的数字下注。这样博取的号码，在没开奖前，在他眼里都是美丽的蝌蚪，他期待它们在摇奖的过程中，刹那间变成肥硕的大鱼。然而，开奖号码出来后，他的希望总是落空，那些蝌蚪一个不落地游走了，他守望的那段河流，仍是荒凉的。这些年，武生因为打彩票，赔了一万多块，气得他老婆骂他猪脑袋，说是应该把他的头割下来，放肉摊上卖了。武生也不恼，他照旧风雨不误地与彩票博弈。有的时候，他编不出号码了，情急之下，会突然冲出彩站，站在街边，求助于过往车辆，看它们的牌照号码是否能给自己带来幸运。不过这些举动，比起他抱着猫来打彩票，都算不得离谱了。三年前，武生听说，南方的一个彩民，之所以中了五百万元大奖，是因为他打彩票时，一只猫意外地跳到键盘上，弹跳之间，它的爪子竟鬼使神差打出一组双色球号码，而这组号码，最终成了大赢家。武生想，看来猫的灵性比人高啊，于是赶紧从早市买来一只。这只猫以白色为主，脊背和肚腹各有两块不规则的黄花，金灿灿的。在武生眼里，这四块黄花，就是四块沉甸甸的金砖啊。他抱着这只花猫，满怀希望地来投注，成了彩站的一景。花猫一被放在键盘上，就会惊恐地喵喵叫起来，要跳下来，而武生是不能让它逃走的，他把它五花大绑着，然后提起绳子，让花猫的身子悬起来，爪子触着键盘，在围观的彩民的阵阵笑声中，键盘上方的荧光屏上，一行行数字奇迹地闪烁出来。然而这样的数字，并没有给武生带来吉祥。武生很恼火，他想自己用绳子提着猫，那些数字非猫力所为，所以才不灵，于是就去计算机配件商店，专门买了一个键盘，放在家里，让它每天练习。猫一旦逃离键盘，他就捉住它鞭打。有一日黄昏，小豆做着做着菜，突然觉得身下一热，原来月事来了，而她没有备卫生巾，于是十万火急地到斜对面的超市去买。等她返回的时候，忽然听到彩站传来一阵谩骂声和猫的惨叫。小豆诧异，她推开门，见武生正倒提着一只瘦骨嶙峋的猫，将它陀螺似的旋转着，声言要抡死它。原来，猫不情愿地上了键盘后，一哆嗦，撒下尿来，惹得彩站的主人不高兴了，说是晦气。武生面子过不去，便惩罚猫。小豆早听德顺说过，卖肉的武生最近总是抱着只猫来打彩票，但她不知道这猫会受这等虐待。小豆火了，她呵斥武生，说是他再不住手，就踢碎他的卵子。武生被彩票煎熬得正处于水深火热中，有人跟他叫板，他乐得应战，他撒开猫，无赖似的叉开腿，耸着腰，说："你踢呀，反正我也有儿子了！你踢出我的球来，我刚好用它摇号！"小豆气得牙根痒，飞起一脚，把武生踢得捂着裤裆，嘶嘶叫着，疼得直转圈。武生恼了，他叫着"你他妈的真想踢出老子的球啊"，扑向小豆，将她打倒在地。小豆那天恰好穿着一条不抗染的白色裤子，与武生的这番打斗，使她的经血汹涌而出，裤腿被洇得一片血红。武生不明就里，以为小豆怀了德顺的孩子，自己把她给打流产了，因为他老婆头胎流产时，就是这番情形，吓得脸都白了。五羊岭的人谁不知道，德顺和宋翎的孩子失踪多年，德顺盼孩子，就像北极的人盼春天。武生以为闯下大祸，忍着痛又开腿，对小豆说："唉，我是男人，该让着你的。你踢吧，把我的两个球都踢出来，给你当乒乓球使！"一直袖手观战的几个彩民，闻听此言，都笑了。小豆也微微一笑，说："我一打乒乓，球就飞，你还是留着吧。"她指着在墙角瑟缩成一团的花猫说："它跟着你这么受罪，不如送我算了。"武生其实已经想放弃这只猫了，因为它踩出的号码，与中出的号码总是南辕北辙，已在彩民中落下笑柄，于是点了点头。小豆站起来，抱起这只猫的时候，武生悻悻地说："我买它，花了一百二十块，真是瞎了钱呀。"小豆瞟了武生一眼，从裤兜里掏出一沓钱，数出二百五十元，扔给他，什么也没说，走了。从此后，卖肉的武生，落下个"二百五"的绰号。

开饭馆的人家，大都养着猫，因为老鼠最恋的人间场所，一个是粮仓，一个就是灶房了。德顺开始时不愿意养猫，有个荒唐的理由，宋翎是属鼠的。说是宋翎已经够不幸了，不能让她更不幸。这个令人啼笑皆非的说法，曾让小豆生出醋意。德顺在饭馆的灶房里，下了无数鼠夹子。有一次，小豆误踩了鼠夹子，脚趾差点被打折了，疼得她呜呜直哭，德顺这才破了规矩，抱来一只黑猫。不过黑猫只待了半年，就被他们送人了。因为它捉了老鼠后，总是得意扬扬地叼到大庭广众之下，炫耀够了，才拖到角落里，把它消灭掉，令人作呕。金霞来之前，正是灶房的老鼠闹得欢的时候。可是德顺望了一眼小豆抱回的猫，就对它产生了不信任感。它肮脏，孱弱，看上去半死不活的，好像两只前爪已踏到了阴间，空留两只后爪在阳间苦苦挣扎。德顺戏谑说，这样的猫见了个头大的老鼠，反倒会被老鼠吓掉魂儿的。德顺对花猫嗤之以鼻的态度，令小豆不快。不过她没和德顺争辩，而是悉心照料花猫，每天给它洗澡，使它的毛发变得蓬松洁净。在饮食上，也按自己的喜好，精心做给它。一周后，这只猫果然精神抖擞了。它身上的黄花，被阳光映照得格外明丽，看上去就像金色的霞光，小豆便叫它"金霞"。金霞恢复元气后，入主灶房，三天过后，灶房里便不闻鼠声。德顺大悦，说小豆这二百五十块花得值。而金霞不吃肉的怪癖，是德顺发现的。为了犒劳它，德顺常常在切酱牛肉和白斩鸡的时候，赏它一块，可金霞对它们不闻不碰的。鱼呢，也是有选择地吃。相反，别的猫不感兴趣的水果和牛奶，它却大为青睐。德顺从没见过这么嘴刁的猫，买肉的时候，还特意问武生，那猫原来也那么挑食吗？武生没有好气地说："一只贱猫，在我家能让它填饱肚子，就不错啦！"德顺长叹一声，只能认为小豆抱回的猫，脾性也渐渐随了她。

新镜子来了后，金霞虽然又回到灶房了，但它捉老鼠的本领大不如从前，十扑九空，好像鸳鸯镜碎了，它的看家本领也丢了。它不爱照镜子，也不爱吃食儿了，肚子塌下来，客人唤它时，毫无反应。小豆心疼它，去礼品店买了一对瓷鸳鸯，摆到窗台上。可是金霞对这样的鸳鸯，只是眯着眼看了看，便兴味索然地离开了。看来，它迷恋的是镜中的鸳鸯啊。小豆无奈，只能求助于曾卖过鸳鸯镜的人，让他想办法联系厂家，再进一个。卖镜子的帮她打过电话，遗憾地回话，这款镜子厂家已不生产了。

金霞无精打采的，小豆也跟着无精打采的。相反，宋翎倒是阳气回转，她呆滞的眼神，渐渐有光彩了，这让小豆很害怕。因为宋翎身上的每一处光明，对身份处于暗处的她，都是一种无言的威慑。

以往宋翎坐在马路牙子上吃过晚饭，天色暗淡了，她就会来到饭馆，径直推开灶房的门，坐在德顺专为她准备的矮板凳上，看他忙活。有的时候，饭馆生意太好了，九、十点钟还有客人来，宋翎就会打起瞌睡。现在呢，即使饭馆打烊晚，宋翎也不犯困了，她手里握着万花筒，忽而顺时针，忽而逆时针地旋转着，看得兴味盎然。以往她爱说"闷死我了"，现在她爱说"真开眼呀"，说这话时，她耸着肩，好像被美给惊着了。以往她对小豆的存在是漠视的，现在她放下万花筒的间隙，若是小豆进灶房端德顺做好的菜，她就直起腰来，目不错珠地盯着她看，看得小豆不敢像以前那样，跟德顺亲密地说笑了。小豆见宋翎一天比一天精神，便悄悄对德顺说："那个花啦棒，可能治好了她的疯病。"德顺不以为然地说："那怎么可能呢！"

为了验证自己的判断，有一天，小豆朝宋翎要万花筒，说是想看看里面有多少种图案。宋翎扫了一眼小豆，藏宝似的，把万花筒塞进袖筒里。德顺见状，对小豆说："你真想看，明天我给你买个新的！"小豆说："我就想看她看的这个！"德顺有点火了，说："你跟一个疯子，争什么呀！"

小豆哭了，宋翎也哭了。小豆哭出了声，宋翎则是无声地哭。德顺一时不知道该去哄哪个。小豆的哭德顺不怕，宋翎的哭却让他胆寒，她疯了以后，是第一次哭。小豆哭完，接着干活去了，宋翎哭完，微微叹了口气，从袖筒里取出万花筒，放到眼皮底下，又觑着眼领略那个世界的姹紫嫣红了。德顺听着万花筒哗啦哗啦的旋转声，就像一个逃犯听到了警铃声，心惊肉跳的。

金霞瘦得皮包骨头了。它身上的黄花失去了光泽，看上去像是丧葬铺子门前摆的黄表纸，暗淡陈旧。小豆见它不食人间烟火的样子，都思谋它的去处了，是埋在树下好呢，还是花丛下？从它不喜欢牡丹蝴蝶镜来看，她想还是埋在树下好。树呢，应该是河畔的，那样，它还有机会看见水中的鸳鸯。就在小豆以为金霞快入土的时候，德顺想出了个主意，让小豆去百货公司，问一下卖镜子的，既然鸳鸯镜卖出了两块，另一块被谁买走了？如果店员记得，他们就用新买的镜子，去换鸳鸯镜。如果人家不换，就多给点钱。小豆说："买鸳鸯镜的，一般都是新结婚的，谁舍得换哪。"德顺说："鸳鸯镜是旧的，咱送的镜子是新的，新的总比旧的强呀。"小豆说："人都是恋旧的，旧物亲啊。新的再亮堂，不是自己的，人家未必愿意换。"德顺从小豆的话中又听出了弦外之音，这让他很泄气。他感觉自己就像案板上的一块肉，而小豆是把锋利的刀，随时随地，自己都会遭受被切割的痛苦。小豆见德顺拧着眉，心软了，她开玩笑说："只怕我打听到了人，去人家一看，那块鸳鸯镜也碎了，白惦记一场。"德顺吁了一口气，温柔地看着小豆，说："哪能那么倒霉呢。"

趁着早晨客人不多，小豆去了百货公司。一问，还真打听出来了。买另一块鸳鸯镜的，是四方水果铺的林茂生。他的店铺跟小豆饭馆就在同一条街上，相距不过百米，中间隔着福利彩票投注站、晶晶洗头房和远足鞋铺。林茂生比小豆小个三五岁吧，团脸，疏眉，塌鼻子，半大不大的眼睛，性情温和，人缘不错，因小儿麻痹而落下了跛脚的毛病。他的老婆李秀，是五羊岭镇政府的出纳员。虽然她工作不错，但因为年幼时冻掉了一只耳朵，又满脸雀斑，终日洗不净脸的样子，没占到女人的风光，所以在爱情上一路坎坷，见一个吹一个，最终是林茂生娶了她。李秀下了班，会骑着自行车来铺子帮丈夫打理生意。她喜欢斜挎着一个小巧的筒形红皮兜，里面插着一只长条形算盘。算盘黑框白珠，半截闷在兜里，另半截却明晃晃地露在外面。五羊岭那些无业的女人，都不喜欢李秀，说是她故意把算盘露着，是炫耀有份好工作。小豆平素是不进四方水果铺的，只要买水果，都是德顺去。有一次，德顺忙得脱不开身，客人又非要菠萝果盘，德顺便打发小豆去买。小豆要出门时，德顺一再从灶房探出头嘱咐，别去四方水果铺，让她过马路，到拐角的洪婆婆那里买。小豆说："何苦舍近求远呢？"德顺说："四方水果铺的水果成色不好。"小豆也没多想，听了德顺的，到洪婆婆的水果店去了。回来的路上，心中起了疑，因为在她印象中，德顺从林茂生那里买回的水果，品相都不错的呀。再说了，真的不好的话，为什么你能去那儿买，我就去不得呢？小豆疑惑着进了四方水果铺，发现那里的水果确实比洪婆婆店里的好多了，而且铺子的水果气味也正，不像别的水果店，往往弥散着烂水果的气息。那股好水果的混合甜香气，让人直想坐上一刻。小豆抽着鼻子，贪婪地呼吸着水果气息的时候，蓦然明白，德顺是怕她被水果铺的好味儿给迷住，而再犯当年与花店主人那样的事呀。小豆觉得德顺不信任她，赌气地在林茂生那里买了一篮子水果，心想吃不了烂掉才好，气呼呼地提着果篮回饭馆。等到她进了灶房，见德顺那么忙，还没忘了为她沏杯菊花茶，也就不忍心发脾气了。她想德顺不愿意让她去林茂生的水果铺，也是太在意她的表现。打那儿起，她就不进四方水果铺了。

但这一次，小豆不能不进了。

知道另一块鸳鸯镜在林茂生那里，小豆从百货公司出来，没有回饭馆，直奔水果铺了。她在过街的时候，注意到宋翎不在。小豆诧异，以往她是老老实实地坐在马路牙子上的，这会儿去了哪儿呢？她走到远足鞋铺门口时，恰好碰见前夫出来。他手中提着一个鞋盒，见着小豆，像是被水呛着了，连咳了几声，说："你和德顺的阴谋，要破灭了！"小豆说："我们有什么阴谋？"前夫啐了一口痰，挥手指着马路对面宋翎常坐的地方说："你们让个疯子，见天地坐在那儿，不就是巴望着她发疯时，往马路上跑，让汽车一家伙给撞死，你们好早点成亲吗？"小豆恼了，说："德顺没有我时，疯子就坐在那儿了，这一左一右的人又不是瞎子，谁不知道？"前夫说："你别狡辩了，没有你，人家的疯病早好了！"他顿了顿，又说："不过有了你，人家该好也好了！我听见她跟卖冰棍的打听你，问你是谁的老婆呢。"

林茂生见小豆进来，热情地打着招呼，向她推荐草莓，说是今晨果农刚摘的，来时还挂着露珠，新鲜着呢。小豆连忙说明来意。林茂生听了，说他结婚时，确实买了一块鸳鸯荷花镜，放在卧室里。老婆很喜欢这面镜子。至于能不能换，他做不了主。等老婆晚上下班时，让小豆再来听回话。小豆谢过他，临走买了一斤草莓。她刚出了水果铺，就见宋翎从饭馆出来了。她仍然背着花布兜，不过不像以前那样斜挎着，而是自然地搭在左肩上，右手提着万花筒。她走起路来也不像以前那样飘飘摇摇，而是一步一个脚印，稳稳当当的了。

小豆见了德顺，发现他神色慌张，而且在朝一个顾客要烟抽，就知宋翎和他之间，发生了正常的谈话。只有突然正常起来的谈话，才会让他变得不正常。果然，德顺悄悄对小豆说，宋翎来了，突然朝他要五百块钱，说是急用。她疯了以后，这是第一次要钱。问她要钱干什么，她只说再过三天就知道了。小豆没有把前夫告诉她的话说给德顺，她瘫软地坐在椅子上，一颗连着一颗地吃草莓，把嘴唇吃鲜艳了，心却越来越黯淡了。德顺说："怎么不洗洗就吃？"小豆长长地叹了口气，凄凉地看着德顺，说："露水早把它们洗过了。"

这天的生意，虽说依旧同天气一样火热着，可是小豆和德顺，都高兴不起来。因为宋翎离开饭馆后，就不见了。他们不时透过窗户，眺望着马路对面。然而直到傍晚，小豆去四方水果铺时，宋翎才出现。

小豆刚推开水果铺的门，李秀就笑吟吟地迎过来说："茂生都跟我说了，我很感动，你对一只猫都那么上心。可是那块镜子是我们结婚时买的，不能跟你换，我也喜欢鸳鸯。"小豆颤着声说："可是这样下去，猫恐怕就没命了。"李秀见小豆快急哭了，说："要不，你把猫送给我们养吧。"小豆怔了一下，虽说她舍不得金霞，但是为了保它的命，不舍也得舍了。小豆道着谢，点头同意了。不过她提出了一个要求，她想金霞时，希望能得到允许，前去探望。李秀扫了一眼小豆，拈起一串葡萄，把其中一粒有些蔫软的摘下，扔到垃圾桶里，说："我们家其实也不需要猫的，多一只猫跟多一口人一样嘛，还得伺候着。要不你再想想别的办法？"小豆一听这话，连忙说只要金霞过得好，她永远不见它也可以。李秀这才眉头舒展了。

当晚，金霞就被李秀抱走了。小豆失去孩子似的，哭了一场。德顺劝她，为那只猫不值得，因为它恋着的不是主人，而是鸳鸯，何苦为这样自私的猫落泪呢。两天后，李秀下班路过小豆饭馆时，特意进来禀告，金霞见了鸳鸯镜，果然活泛起来了。无论黑天白天，都不离鸳鸯镜左右。小豆长吁了一口气，说："那你们得小心着镜子，千万别打碎了。"李秀有点不高兴了，说："那镜子，不光是猫的命根子，也是我的，怎么会打呢！"

这天早晨，九点刚过，小豆和德顺正在灶房做着开业前的准备工作，忽然听见饭馆外面一阵叮当叮当的响声。出去一看，见门口停着一辆电动三轮车，两个陌生男人，一个站在地上扶着梯子，一个攀在梯子上，正拿着锤子，卸饭馆的牌匾。德顺火了，骂："烂手的东西，你们哪来的？凭什么摘我家的招牌！"梯子上的男人回答："俺们是松树乡的。"而站在地上的男人回了一下头，指着坐在马路对面的宋翎说："那女人让我们换的，她说是这饭馆的老板娘啊。"德顺气得哆嗦着嘴唇，呵斥道："给我停下！"

三轮车上放置着一块新牌匾，小豆走过去，撕开覆在上面的包装纸，四个金光灿灿的字跳了出来，刺得她眼疼。那块匾与原来的大小一致，质地与颜色也一样，只不过烫的金字，把"小豆"二字，换成了"德翎"。小豆当然明白，"德"和"翎"组合的含义。宋翎是怕在五羊岭做这块牌匾会走漏风声，这才到距五羊岭十二里的松树乡订制的啊。难怪她朝德顺要五百块钱呢。

虽然是在明晃晃的太阳底下，可小豆却有落入深渊的感觉，眼前一片漆黑。她对德顺说："迟早要换回去的，换了吧。"

德顺和小豆，生离死别似的，满含着热泪，彼此深情而凄凉地对望了一眼，然后把目光放在宋翎身上。恰好那一刻往来的车辆多，宋翎的身影若隐若现着。车流背后的她，看上去就像她手中握着的万花筒一样，变幻莫测的。那一瞬间，小豆是多么憎恨那个撞碎了鸳鸯镜的醉客啊。

德翎饭馆的牌匾一挂上去，就吸引了过路的五羊岭人。喜爱饭馆吃食的，都担心地问，小豆不在馆子里做凉盘了？德顺心烦意乱地回答："怎么不做，招牌换了，人又没换。"

德翎饭馆的招牌挂好后，宋翎就从马路对面走过来了。她昂首挺胸站在饭馆门前，仔细看了看新招牌，露出满意的微笑。挂招牌的人问宋翎，旧招牌怎么处理？宋翎说："白送给你们吧，回去用它晒个干菜或者做个猪栏门，都行。"

小豆知道是告别的时候了，她率先走进饭馆，收拾自己的东西。德顺跟进去，站在小豆背后，双手抓着她的肩膀，抽泣着。小豆怜爱地回手拍了拍德顺的腰，颤着声说："不跟我在一起了，也别忘了常洗澡。"德顺咆哮着："我要把烟捡起来，一天抽五包，把自己熏死！"

宋翎进来了，她白了一眼依依不舍的德顺和小豆，什么也没说，进了灶房。很快，那里传出了嚓嚓的切菜声。

五羊岭人在这个炎热的日子，发现了一件奇怪的事情，先前宋翎坐着的那个地方，坐着小豆。小豆仍然穿着裹臀的黑色七分裤，黑色皮凉鞋，上身是一件月白色真丝短袖衫。她大概嫌自己穿得太素气了吧，从随身的化妆袋里取出一瓶指甲油，涂完了手指甲，又涂脚指甲。涂完，她把指甲油放回包里，起身甩了甩手，又踢了踢腿，飘摇着走了。小豆行走的时候，她手足间的蔻丹，在艳阳下，如花闪烁。

半个月后，一个阴雨的日子，五羊岭发生了一件大事。县公安局的人，带来一个从大连被遣送回来的少年，说他刚出少管所不久，多年前曾被人贩子卖给黑道上的人，训练成了贼。从这少年的经历看，他可能是德顺和宋翎失踪多年的孩子，让他们去城里做个亲子鉴定。那个少年有一米七，非常瘦，脸上长满了癣。他打扮得怪诞，半长不长的头发染成金黄，光着膀子穿红黄条的马甲，咖啡色的牛仔裤满是窟窿。鞋子并不是成双成对的，一只是黑色的布鞋，另一只则是蓝色的球鞋，左手腕吊着颗绿色绒线球，右手戴着一只铜手链，简直像马戏团里溜出来的小丑。他一进馆子就歪坐在椅子上，跷起二郎腿，先是骂天不开晴，搞得他一路上没个好心情，接着朝德顺要烟抽。德顺见少年这般做派和模样，就说无论是相貌还是脾性，都不随自己，肯定是搞错了。而宋翎则说不用做鉴定，就能认出这是她的骨肉。说完那话，宋翎跑到灶房哭了。不久，化验结果出来，这孩子千真万确是宋翎的，令人震惊的是德顺与这少年在遗传基因上，竟然水火不容，没有任何的联系。也就是说，这个突然归来的少年，确实是多年前他们失踪了的孩子。但这个孩子，从那个时候起，就不是德顺的。至于他是谁的，宋翎却不肯说。盛怒之下的德顺，砸碎了宋翎奉若神明的万花筒，那里飞溅而出的玻璃碴，扎瞎了德顺的左眼。

德顺并没有像大家想象的那样，即刻离婚。五羊岭的人都说，德顺太爱小豆了，不忍拖累她，所以才不离的。德顺从此后不再管饭馆的生意了，他整日叼着烟，举着个半导体，趿拉着拖鞋，在街上闲逛。不是去棋牌室，就是泡茶馆，再不就是去洗头房。他两天不洗头，就说头昏。他逛的时候，宋翎的儿子也逛。德顺逛是掏自己的钱解闷，而那个少年的逛，是掏别人的腰包挥霍。没出一个月，他就因为偷东西而被抓走，再度进了城里的少管所。

小豆饭馆变成德翎饭馆后，生意一落千丈。那些怀念小豆厨艺的人，见了她都说，你什么时候自己开个馆子吧，怪想那凉盘的。小豆只是淡淡一笑，说："快秋天了，要开也得等明年夏天了。"

初秋的一个下午，德顺走进晶晶洗头房，刚淋湿了头发，就听见外面传来一个女人惊天动地的骂声和另一个女人的哭声，德顺听着哭声耳熟，连忙用毛巾胡乱擦了擦头发，三步并作两步走出去。只见四方水果铺的门前，李秀正抓着她平素插在红皮兜里的那个黑框白珠的算盘，一边扑打着小豆，一边声嘶力竭地骂着："你这个死不要脸的臭女人，开花店的汉子你偷，开水果铺的汉子你也偷！难道五羊岭这些气味儿好的店铺的男人，你要偷个遍不成！"小豆怀中抱着已无气息的金霞，哭得呼天抢地的。原来，小豆想金霞了，跟李秀说了两次，遭到拒绝后，便找到林茂生，希望他能跟李秀通融一下。没想到林茂生痛快地答应她，说是可以把金霞偷偷抱到水果铺，并跟她约好了时间。结果小豆一进铺子，林茂生就把门反锁了，将她抱住。因为他娶了个丑老婆，一直觉得亏，始终惦记着有姿色的女人，这下总算盼来个机会。说来也巧，李秀这个下午刚好去信用社办事，路过自家铺子，发现百叶窗闭合着，觉得奇怪，于是就给林茂生打电话，问他做什么呢。林茂生不知李秀就在门外，他气喘吁吁地说在铺子里卖水果呢。李秀听他撒谎，便知道里面有见不得人的事，她对林茂生说："马上给我开门！"就这样，还想多缠绵一刻的林茂生匆匆穿上裤子，把门打开。他做出无辜的样子，说是小豆喜欢他身上的果味儿，以看猫的名义，勾引了他。气疯了的李秀捉过金霞，活活把它掐死，扔到门外，当小豆冲出门抱起金霞号哭的时候，她又追出来打小豆。德顺眼见着小豆的额头被打青了，唇角流出血来，可她却一点都没有反抗。围观者越来越多，那个算盘很快被打散花了，白色算珠如晶莹的水滴一样四溅着。小豆哀怨地抬起头来的一刻，在一群看热闹的人中，发现了一双湿漉漉的眼睛。她没有料到，德顺瞎了的那只眼睛，竟还能流泪。

2010 年

微风入林

罗里奇卫生院的灯，大都是那种从篷顶顺下来的一截电线吊着的白炽灯，那灯在夜里一亮，看上去就像一只熟透了的鸭梨，不过这鸭梨水灵的时候少，因为它很少被擦拭。蝇屎和灰尘附在玻璃泡上。有意无意中，就把它生就的亮度给削弱了，少了几分明媚。而值班室的灯却不一样了，它是一顶桦皮灯，六角形。桦树皮毛茸茸、白莹莹的那面做了灯罩的里子，灯一亮，犹如照耀着一片起伏着的雪场，投下的光给人一种清凉之感。而灯罩的外面，也就是光滑的那面，描画着五彩斑斓的飞鸟和云纹的图案。这灯轻巧美观，人见人爱。不知道的，以为它出自罗里奇那些擅长桦皮工艺的鄂伦春族妇女之手。其实呢，它是卫生院的护士方雪贞巧手而成的。

卫生院的医生和护士加起来才七个人，方雪贞每周要轮上两个夜班。她喜欢值夜班，不单能尽情饱览她喜爱的桦皮灯，还能随心所欲地欣赏窗外的夜色。

罗里奇大约有一千五百人，汉族人和鄂伦春人各占一半。别看这地方不大，但是麻雀虽小，五脏俱全。衣裳铺、食品店、杂货铺子、粮油店、饭馆酒肆、理发铺子、寿衣店应有尽有。要说生意最好的，自然是饭馆了。本地的酒客虽也有一些，但终抵不过那些过路的食客多。罗里奇在塔呼公路的中间地带，一侧连着的县城叫"塔里"，另一侧连着的县城叫"呼源"。有了这两座县城，罗里奇就像一根长丝带的两端各坠着一颗珍珠，少不了沾了过往车辆的光。车主总要在中途歇歇脚，吃顿饭，风景优美的罗里奇自然成了首选之地。

罗里奇乡卫生院在东山坡下，是一幢东西向的红砖房。开南门。卫生院规模不大，只设内科、外科、儿科和妇科，住院处也不过设置了十张病床。就是这样，这病床也从来没有满员过，最多时不过住了六个人，那还是前年有六个人在一家酒馆吃了不新鲜的海虾集体中毒了，被一齐拉到卫生院急救，他们才迫不得已住了两天。通常情况下，这病床都闲着。有了重病的人，大都转院到塔里或呼源了。本地的患者，有个头疼脑热的，大都来抓些药、打打针也就回家了。尤其是那些鄂伦春人，他们生了病后，还有一部分人沿袭着老习惯，请萨满来"跳神"除病。所以卫生院的医生和护士是比较自在的。

这是冬天的时令。未到三九，可天却较往年同期要冷许多。山岭间已是白雪皑皑。方雪贞穿着一件雪青色软缎棉袄，戴一条白色兔绒围巾，到卫生院值班去。她喜欢走雪路，爱听它发出的"吱咯吱咯"的声音，感觉雪路是在和她说着悄悄话。冬夜的晴朗与其他季节的晴朗自有不同，它不似春夜的晴朗那么温柔，不似夏夜的晴朗那么恬淡，也不似秋夜的晴朗那么深沉。冬夜的晴朗千变万化，月圆时，那晴朗是透彻的，山影、人影和房屋的影子看上去清晰得如同在白昼中；月半圆时，那晴朗带着几分抑郁之气，所有的景物都仿佛罩着一层冷雾，亦真亦幻；而月残时的晴朗，由于有满天的繁星帮衬着，倒显得异常的祥和、柔美，星光不绝如缕地倾泻而下，仿佛凭空给雪地点缀了一层皂花，让人有如沐浴花香之感。

方雪贞走进卫生院时，张医生已经先她而到了。张医生年近六十，瘦得两颊沟壑纵横，终日哈欠连天的。有一次他挂着听诊器给一个患者听肺子，竟然打起了瞌睡，所以得一绰号：张迷糊。方雪贞值班，总是与他一组。按理说方雪贞也是一个容貌秀丽的人，虽然年近四十，但她身材俊美，肤色白皙，再加上一双笑盈盈的杏核眼和月牙形的唇角上翘的嘴巴，看上去妩媚动人，可张医生并不多看她，也不爱和她聊天。值班时，张医生会对方雪贞说："我先迷糊一会儿，有事情叫我。"就上了住院处的病房空床，蒙头大睡起来。他所说的"一会儿"，其实就是一夜。即使来了急诊，只要是方雪贞能处置的，就不叫醒他。原来方雪贞不明白自己为何总是与张医生一组，后来无意中问到王院长，他笑着对她说："你家陈奎嘱咐过我，说你只有跟张医生在一起值夜班他才放心。"方雪贞红了脸，嗔怪道："他倒有心计，也没和我说过。"王院长调侃道："我们这些年轻力壮的人，倒是没有福分和你一起值夜班，看来人还是糟粕一点好，没人惦记！"所以方雪贞单独和张医生在一起时，常想起"糟粕"二字，有时竟把他当成一截枯树，想着没准哪一股风就会把他吹成一堆灰。

张医生寡着脸看了一眼方雪贞，算是打过了招呼。

方雪贞边换白服边对他说："张医生，你去休息吧，有事我会叫你。"

张医生说:"三号床的我查过房了,心跳、血压都正常了,病情基本稳定了。你再过一个小时给他注射一支镇静剂,他需要好好休息。"

没等方雪贞回答,张医生已经像一缕烟似的飘然出了值班室,睡觉去了。

卫生院一周前收治了一位突发脑栓塞的患者,来时他嘴斜眼歪,神志不清,经张医生抢救后,已经脱离了危险。陪护在卫生院的,是患者的老婆子。他们也有儿女,不过只是在下班时,观花灯似的集体来看一遭,夜晚皆由老婆子服侍。方雪贞推开病房的门,见老婆子拉着老头的手,无限怜爱地把头俯在他腋下,这令她格外感动。

查完房,方雪贞回到值班室,拈起一块微湿的纱布,踩着凳子,去擦拭悬垂着的桦皮灯。其实这灯并没什么灰尘,可是值夜班时,她总要拂拭一番,其实她心里也知道,自己不过是想仔细看看那些羽翼鲜明的鸟和云纹的图案。

方雪贞一共画了十二只鸟。桦皮灯六个角,刚好每一角栖一双。那鸟有的引颈高歌,一派昂扬之气;有的则羞怯地低着头,一副惹人心疼的娇俏模样。卫生院的医生看过这上面的鸟后,都叫不出名字,请教方雪贞,她说她也叫不出这鸟儿的名字,就叫它们"天鸟"好了。别人就打趣她:"敢情你还想当造物主,弄些谁也不认识的鸟唬我们啊!"

的确,方雪贞并没有参照着画眉、麻雀、燕子、黄鹂等鸟的形态来画鸟。她描画的,都是想象中的鸟。它们的羽翼色彩繁杂,有深红、古蓝、葱绿、银白、橙黄、深赭等等。而鸟的头，基本是单色调的，要么纯黑，要么纯黄，要么纯红。值班室有了这样一盏灯，即便是到了冬天，也给人一种春天般的莺歌燕舞的感觉。

欣赏完桦皮灯，方雪贞把凳子挪回原处，站到东窗去望风景。月亮已经出来了，看来它才升起不久，还有些懒懒的样子。月光下的山林和积雪看上去朦朦胧胧的。方雪贞想也许是室内的灯光使窗外的雪景显得暗淡了，就关了灯。待她站在黑暗中再望窗外，果然，那风景与先前大有不同了，月亮看上去清澈逼人，全没了慵倦之态，而山林雪地的轮廓也清晰可辨，且放着荧荧白光，仿佛被涂了一层蛋清。看来站在光明处赏夜景，不如在暗处来得美妙。

方雪贞和陈奎是中学同学。初中毕业后，他们一个考上了中等师范学校，一个进了卫校。毕业后，又很巧合地一同被分配到罗里奇，似乎老天都想让他们做夫妻。陈奎当老师，方雪贞做护士，他们还有一个十二岁的儿子。在罗里奇，这也是令人羡慕的一个三口之家。陈奎气质偏弱，家务活多半由方雪贞打理。刚结婚时，陈奎还富有朝气，十几年的日子过下来，他竟是满身暮气，牢骚满腹，教书也无精打采了。学生常常跟校长反映，说是陈奎讲课的声音弱得像蚊子哼，他们听不清。陈奎最近还喜欢邀上一两个同事，去酒馆买醉，令方雪贞很忧虑。

月光从窗棂泻进屋子，给白墙涂上一层乳黄的光影。方雪贞发了一阵呆，叹了口气，把灯打开，取出注射器和一支镇静剂，到病房给患者注射完毕，又回到值班室。最近，方雪贞也觉得百无聊赖的。她的记性越来越差了，下面条时常因为愣神而忘记了时间，面条被煮成糨糊，炒菜时常加两遍盐。有一回她竟然把牙膏挤在了鞋刷子上。一旁的儿子见了，笑着说她："妈，你想让鞋也清洁清洁嘴呀？"

想起儿子，方雪贞心里才舒畅了些。

午夜了，月亮已经荡到中天了。卫生院静悄悄的。方雪贞有些困了，她就面向值班室的门，靠着椅子打起盹来。

大约一刻钟后，当方雪贞已在梦乡中时，值班室的门突然"嘭——"的一声巨响，方雪贞激灵了一下，睁开眼睛，见一个满脸是血的男人闯了进来。方雪贞吓得心慌气短，以为遇见鬼了，一时腿也软了，半晌不曾站起来。

"护士！"那个血人叫道，"快给我止血！"

方雪贞听出来了，这是孟和哲的声音。他说话从来都粗声大气的。他是鄂伦春人，家里养着马和猎狗，常骑马进山打猎去。他也爱喝酒，不过他不爱去酒馆，只喜欢在山林中喝。

"你这蠢娘儿们，怎么还不给我止血？！"孟和哲吼道。

方雪贞这才惊魂未定地站起来，给他处置伤口。原来他的右额角被撕开了一道足有两寸长的口子，血就是从那里流出来的。方雪贞说："你这伤口必须要缝合，我给你先打一针麻药吧。"孟和哲叫道："算了算了，什么麻药不麻药的，啰唆！你赶紧缝上就是了！"

方雪贞就依了他，在伤口上轻盈地挑针走线，孟和哲竟然都没呻吟一声，这真让她震惊，想着他的痛感神经兴许已麻木了。缝合完毕，敷上药，方雪贞又用绷带将伤口包扎好，然后用了整整一托盘的酒精棉球，才把弥漫在他脸上的血迹清理干净。孟和哲的脸是扁圆形的，鼻子很大，就像一只青蛙无所顾忌地趴在那里。他的嘴也阔大，唇角微微凹陷，而眼睛同绝大多数鄂伦春人一样，是那种厚眼皮覆盖着的细眯的小眼睛。

"完了？"孟和哲问。

"完了。"方雪贞说。

"我的马还在门外，我走了！改天我送两条狍子大腿给你吃！"孟和哲走了，根本没想到要付处置费。他出门时连帽子也没戴，方雪贞追出去，本想嘱咐他一番，谁知他已骑在马上，离卫生院很远了。人和马的影子合在一起，看上去就像一支矛插在盾牌上。马是盾牌，而矛无疑就是孟和哲。

方雪贞当时正值经期的第二天，本该是血流最汹涌的日子，可那个晚上，血却踪影皆无，她想它是被吓回去了，所以并不很在意，想着它下个月照来就是了。孟和哲果然给她送了两条狍子腿，他骑在马上，连门也没进，把东西递给方雪贞就走了。后来她听陈奎说，孟和哲那天深夜独自从山上骑马下来，被一个从树梢坠下的鸟巢给砸了额头的。有人说孟和哲在山中不知得罪了哪方神仙，鸟巢才像颗炸弹一样落下来报复他。

三九过后，是春节了。方雪贞的月经仍然杳无痕迹。越来越疏于夫妻生活的陈奎竟然没发现这一点。方雪贞有些惴惴不安了，但她没有声张。及至春节过后，又苦盼了两个月，春天在望了，她才慌张起来，对陈奎说："我都好几个月没来客了。"陈奎说："怪不得你那么冷淡。"方雪贞就把自己那晚值班时如何坐在灯下打盹儿，如何被那张血葫芦似的脸吓着的事对丈夫说了。陈奎拉长了脸，说："他妈的，那个鸟巢咋不把他一家伙给砸死呢！"陈奎要找孟和哲算账去，方雪贞拉住他，说："这孟和哲你又不是不知道，谁能野蛮过他？别人定居了也就这样过了，他呢，照样骑马上山，住他的撮罗子。族里的人都惧他三分呢。"陈奎说："他把你的客吓得走了半年都没回来，要是永远都不回来了，我不等于搂着个干柴棒过日子吗！"方雪贞听了"干柴棒"三字，觉得分外刺耳，她冷笑一声，说："对，我若是干柴棒，你就是个蔫茄子。"这话算是点到了陈奎的痛处，他近几年精神萎靡，夫妻偶尔在一起时雄壮的时候少，对方雪贞往往敷衍了事。陈奎吼道："好，你有本事找个铁茄子去！"他端起桌上的茶壶，摔在地上，扬长而去。方雪贞怔怔地看了半晌那些碎得奇形怪状的雪白的瓷片，觉得茶壶在这一瞬间是开了一朵灿烂的莲花给她看。方雪贞欣赏够了，这才找来撮子和笤帚，将它们打扫了。当她听着那清脆的"嚓啦嚓啦"的瓷片碰撞着的声音时，她联想到了卫生院值班室桦皮灯上的鸟儿，如果那鸟儿有一天会发音，她希望它们发出的是这样的声音。

方雪贞放心不下陈奎，她怕他一气之下去找孟和哲，两人若说戗了，反倒挨上一顿揍，岂不吃亏？再者说，这事情若传了出去，她也觉得颜面无光，怪没趣的。

方雪贞快走到孟和哲家门口时，她才想起孟和哲很少待在家中，陈奎寻他的概率并不大，因而心安许多。

罗里奇的房屋，主要分为两片。东片是清一色的红砖房，是汉族人住的；而西片鄂伦春人住的房子却是木刻楞的。这房屋是由整根整根粗壮的落叶松木垒起来的，外面糊着厚厚的黄泥，保暖性强，美观实用。方雪贞走到孟和哲家门口后，并没急于敲门，她凝神谛听了一刻，只闻妇人与孩子的声音，便料定陈奎不在里面。鄂伦春人在族内还保持着说鄂语的习惯，所以传来的声音她一句也听不懂，就像听用意大利语唱的咏叹调一样。她很奇怪这种语言没有文字，靠着一代代人的口口相传，竟然能如此强旺地延续和保存下来。

方雪贞认得孟和哲的女人，她叫乌娜姬，夏天时总是穿一件蓝色乌布（鄂伦春语"旗袍"之意），冬天时爱穿狍皮衣。无论冬夏，她的脚上蹬着的都是鹿皮靴，只不过夏季的是单皮的，冬季的是双层皮里夹了兔毛的。夏季她爱佩戴着用驼鹿筋穿起的一串鱼骨项链，还喜欢在腰上系一条绿色的绸腰带。乌娜姬的汉语说得笨笨磕磕的，有时她去铺子里买东西，不得不跟人打手势。她和孟和哲一共生养了三个孩子。他们全是男孩。两个大的已经上学了。陈奎回家跟方雪贞说过，学校的玻璃要是被砸碎了，篮球筐被人从球架上摘了下来，讲台的粉笔盒里被放置了一只青蛙，这些事十有八九是孟和哲的那两个淘气的儿子所为。罗里奇的人都知道，孟和哲虽然古怪，但他对乌娜姬很忠诚，也爱她，虽然他隔三岔五宿在山林中，但从来没有冷落过妻子。乌娜姬呢，她也比其他鄂伦春女人要秀丽，她的个子比别的鄂族女人高许多，肩又瘦削，虽然生过三个孩子，腰肢依然很纤细，不似其他女人腰圆臀肥的。她的眼睛虽然也细眯着，但非常明亮，有神韵。她平素不大与人往来，到了夏秋时节，她常独自背着桦皮篓进山，采摘野果、蘑菇、木耳等等。她几乎是不来卫生院的，身体看上去很健硕。只是有一次她有些羞怯地来了，却不是为她自己，她吞吞吐吐地跟张医生说，孟和哲的腿被蛇咬了，鼓起很大一个包来，问他是用刀割了还是让它自消自灭去？张医生说那得让孟和哲来了看看再说。乌娜姬为难地说，孟和哲不怕长包，他只怕流血。牲畜流血他是不怕的，人一流血，他就慌张了。他的腿上没见血，断不肯来卫生院的。乌娜姬离开卫生院的时候问张医生，要是给孟和哲割下那个包块，是用剔骨肉用的尖刀好呢，还是用剥兽皮用的鱼骨刀？听得大家都笑了。

最后孟和哲腿上的包块如何被处置掉，医生并不知道，只知道孟和哲依然活跃地游荡在山林之中。

现在想来，乌娜姬说得没错，孟和哲是怕人出血的。假若那天他不是额角出血，从不进卫生院的他，是绝不肯来的。没想到方雪贞在为孟和哲止住血的同时，也静悄悄地止住了自己的血。

方雪贞怅然回到家中，陈奎还没回来。是上班的时间了，方雪贞连午饭也顾不上吃了，锁了家门去了卫生院。

方雪贞一到卫生院，就觉得张医生看她的眼神有些异样，再看护士王玲，她也像打量怪物一样看着方雪贞。方雪贞进了处置室才换上白服，王院长就来叫她了。方雪贞忐忑不安地跟着王院长来到他的办公室。她想自己这一段工作没有疏漏，院长叫她为什么呢？

王院长让方雪贞坐在他办公桌对面的一把红色折叠椅上，他自己又特意给她沏了一杯茶送上去，这种客气使她心里更加发毛，王院长平素是爱跟她开玩笑的。

王院长先是意味深长地打量了一眼方雪贞，然后才缓缓地对她说："你的事陈奎都告诉我了，我已经把张医生批评了一顿。他是个男的，哪有值班时睡觉的道理！"

方雪贞全然明白了，她又急又羞地说："跟张医生没关系，是我让他去休息的。再说，那种外伤也该我来处置的。"

王院长犹豫了一番，说："陈奎的意思是——"

方雪贞打断王院长的话，说："他不该来找你，这是我的私事。"

"可你是在值班时发生了这样的事，卫生院也有责任。"王院长说，"不过陈奎的要求也有一定的难度，我尽力争取一下吧，先给乡里打一个报告。"

方雪贞问："他有什么要求呀？"

王院长说："他让我给你报工伤。他要求赔偿。你知道，报工伤是有难度的，你这种事我估计是没有先例的，如何鉴定和裁定呢？如果别人说你早就绝经了，拿这事来讹人，你也说不清楚啊。何况现在的女人身体机能退化得快，像你这种年龄就绝经的女人也不是没有，我怎么打这个报告呢？"

方雪贞站了起来，她气得呼吸急促，脸颊发热，她颤抖着声音对王院长说："我确实是因为那天值夜班，让孟和哲给吓得回了月经，我不会拿这种事去讹人！工伤的事，院里就不用考虑了！"

王院长的面目马上就和悦了，他嘘了一口气，说："我从院里考虑为你补偿一下吧，多发些年终奖金。你要是去找孟和哲，你也知道，他没什么责任的。再说，你也不过是才半年没来吗？吃点中药调理一下，兴许就会好了。"

方雪贞有一种当众被人剥了衣服的羞辱感，她出了院长办公室，一回到处置室就哭了。王玲过来劝她说："方姐，别难过了，咱们女人就是命苦！"

那一整个下午方雪贞都闷闷的。同事劝她回家休息，可她很执拗，坚持上完了班。

方雪贞和儿子陈扬吃过晚饭，想着陈奎回来两个人必然要有一场嘴仗，就把陈扬送到邻居家，让他在那里玩耍，等她接他再回来。陈扬乐得和小伙伴藏猫猫、叠纸船，所以满心欢喜地答应。

陈奎接近十点了才回家。他喝得酩酊大醉。方雪贞看着瘦弱、邋遢、摇摇晃晃的丈夫，心里既委屈又悲凉。

"你为什么要去卫生院宣扬这件事？"方雪贞待陈奎坐了下来，劈头问他。

"怎么了？我难道做错了吗？我老婆值夜班出了事，这等于把青春给丢了，我能不找他们赔偿吗？！"陈奎理直气壮地说。

"就是真丢失了青春的话，那也是我的，你说了不算！我愿意有青春就有，不愿意让它存在就让它滚！青春有什么可惜的！"方雪贞越说越激动，"况且，你也不配拥有青春旺盛的妻子，我枯萎了，还是你的福分呢！"

陈奎气得嘴都歪了，他声嘶力竭地吼道："你这个婊子！"

方雪贞从容不迫地说："我要是婊子的话，你就是嫖客。这么多年我只接了你这一个客，你总该给婊子付些钱吧？"

陈奎啐了一口痰说："你知道我没钱，就故意刺激我！你嫌我没钱没势，是不是？你后悔了，是不是？我一个乡的小学老师，合该娶一个又老又丑的婆子，不该娶你这种有姿色的人，我真他妈的不知天高地厚啊！你本来能卖上个好价钱的，可在我这里白白压了箱底了！"陈奎的讥讽令方雪贞忍无可忍，她扬手给了他一巴掌。这巴掌将陈奎打得醒了酒。陈奎不再胡说八道了，他镇静了一刻，突然像个婴儿似的哇哇哭了起来。他们结婚后是第一次如此激烈地争吵，方雪贞也是第一次听见丈夫的哭声。她想要安慰他一番，就走到陈奎面前，轻轻地抚摸他的头发，可陈奎一把将她推开了。方雪贞后退了一步，呆呆地看着丈夫，她觉得陈奎就像条拥有一支桨的破船，如今他把桨也打落了，看来他注定要孤独地在凄风苦雨中漂泊了。而她呢，就是那支连朽破的船都不愿意用的桨，沉在深渊中。

春天花着脸来了。漫长的冬天里一直占着统治地位的黑白二色，统统让春天给颠覆了。树绿了，林间的各色植物也出来了。鸟儿欢快地叫在枝头，哪里还寻得那白茫茫的雪地？林地上倒偶尔也能见到白色，不过那是白桦树的白，它的枝头仍然罩着纷纷披披的绿叶子。那些冬日呈现着黑色的落叶松，更是通身翠绿，还散发着一股浓郁的香脂气味，早开的粉红杜鹃与蓝色风铃花点缀其间，真是要红有红，要绿有绿，要紫有紫，要白有白，要蓝有蓝，春天可不就是一张大花脸嘛！

方雪贞郁郁寡欢着。她没想到自己的事情传播得那样快，罗里奇的很多人都知道了。一想到背后有许多条舌头在嚼自己的事，她就越发地在心里怨恨陈奎。自从吵架后，陈奎对她更是不闻不碰，两个人虽然还在一张桌旁吃饭，在一个床上睡觉，但相互不理不睬。陈扬看出了父母的不和，也失去了往日的活泼。除了上学之外，他回到家吃过饭，做完作业就去邻居家寻小伙伴，及至夜深方归。

方雪贞也不爱去铺子里买东西了。守铺子的大多是女人，她们见了她就神神秘秘地问："你那个客走了，真的再不回来了？"方雪贞无言以对。所以有一天她发狠地买了许多食盐、酱油、醋、米、面、牙膏、肥皂等生活用品，发誓不再去那恼人的铺子。陈奎也心灰意冷，因为不断有人跟他打听方雪贞的事情。有一天他从酒馆回来，懊恼地对方雪贞说："我当初真不该去卫生院为你申请工伤，这下好了，全乡人都把我们当废物看待了。"

方雪贞恨恨地说："世上哪有后悔药给你吃？"

在卫生院里，方雪贞也较过去沉默寡言了。只有当她独自在夜晚的值班室里看着那盏桦皮灯时，才会心有所动。她想自己要是能化成那上面的一只鸟该有多好啊。有一天深夜，方雪贞正坐在值班室里，忽然听见走廊传来脚步声。那声音很沉重，不像张医生的。张医生走路悄无声息的。她想也许来了急诊患者了。方雪贞刚要迎出去，值班室的门已经被推开了。只见孟和哲像一头从森林中跑出来的熊一样敦实地站在门口！他穿一条青色裤子，一件单皮的鹿皮褂，胸脯袒露着，表情怪异地看着方雪贞，一句话也不说。

方雪贞镇定了片刻，问他："你哪里不舒服？"

孟和哲摇了摇头，问她："人家传你的那事，是真的？"

方雪贞点了点头。

孟和哲说："你们汉族女人就是娇气，这么不禁吓！我们的女人，上山能打狍子，下河能抓鱼，六十岁了那个东西也不回去！"

方雪贞火了，她说："你是想来侮辱我的吗？快走开吧！"她本想用"滚"字的，可话到嘴边又咽了回去。

"我是来给你治病的。"孟和哲勾了一下手指，说，"你跟我来，我有灵验的药给你。"

方雪贞也听人说过，鄂伦春人有自己采药材治病的习惯，且很有效。比如用爬山松治疗风湿，用狼舌头草治腹泻，用节节草治眼病，用马粪包治扁桃体炎，等等。她想没准他们也有专治妇女病的偏方，不妨一试。她见孟和哲不像骗她的样子，就没跟睡着的张医生打招呼，直接跟着孟和哲出来了。

那是个晴朗的春夜。圆圆的月亮被数不尽的星星给团团包围着，像是一群蜜蜂围绕着一朵黄灿灿的葵花在歌唱。出了卫生院就是东山坡，孟和哲一直把她领到那里。方雪贞远远地见一匹马立在那里，她想那药一定就搭在马鞍上，也未防备他。然而未到马前，孟和哲突然一把抱住方雪贞，胡乱地亲她。他的口腔有一股酒臭味，令她作呕。方雪贞挣扎着，气喘吁吁地说："你放开我，我会把你告进派出所！"孟和哲没理她，稳稳实实地把她放倒在地，扒下她的裤子，像一头被激怒的公牛一样对她横冲直撞起来。方雪贞开始还反抗着，后来她明白自己在这个力大无穷、一意孤行的男人面前的挣扎是无济于事的，也就随波逐流了。孟和哲俯在她身上，他的头一起一落的，恍若一头奔跑在地平线上的野兽，忽而露出头来，忽而又隐身了。当他终于号叫了一声不再动弹的时候，他的马也跟着嘶鸣了一声，而她感觉体内被一场淋漓尽致的暴雨冲洗过了，有几分被鞭打的疼痛，也有几分快意的清凉。微风拂弄着林间的草木，在她耳际发出温柔的声响，她仰望着花团锦簇般的夜空，满眼都是星光。

孟和哲从她身上爬起来，像医生下医嘱一样郑重其事地对方雪贞说："就在这里，一周一次，我等你，我能治好你！"不等方雪贞起来，他已策马走了。方雪贞听着那流水一样的马蹄声，在夜下的微风中哭了。她愿意让微风做她的手帕，擦拭她的泪痕。

一星期后，方雪贞并不值夜班，晚饭过后，陈扬去邻居家了，陈奎到同事家打牌去了。他如果不去酒馆，就撺掇人打牌，反正，是绝不肯晚上陪方雪贞在家待着的。

方雪贞本来不想去见孟和哲的，她独自坐在灯下给陈扬检查家庭作业，可作业本上的字迹在她眼里是飘忽不定的，她不时抬眼望着窗外，看着越来越浓的夜色，想着那片幽静的林地，那月亮和马，那曼妙的微风，那声雄浑的号叫，她便耳热心跳了，再也坐不住了。方雪贞走出屋门，见天仍如一周前一样晴朗，只不过月亮缺了一块，显得更清秀些。她走了几步，停下来，问自己，方雪贞怎么能这么做人呢？她折回屋里，可是她仍是坐不安稳，想着做点活计就能分散注意力，就拿起抹布擦桌子，才擦了两下，就心烦意乱地撇下抹布。她又去叠儿子扔在炕上的衣服，刚折了一下就觉无趣，于是又走到窗前，她觉得黑夜从来没有像今天这样诱惑着她，要把她吞噬。她对自己说："我不叫方雪贞了好不好？"她怕儿子回来见屋内无人会慌张，就留着门走了。反正家里也没什么值得偷的东西。罗里奇的人家，大都有晚上串门的习惯，她在路上碰到了好几个人。一般的人以为她这时出门，是值夜班去的，也就没人多心。方雪贞从容不迫地走到东山坡下，远远地，她看见了一匹马的影子。

孟和哲坐在矮树林中，他见了方雪贞，站了起来，一把将她抱在怀里，用那双粗壮的大手使劲揉搓她的头发，吻她，满怀怜爱。方雪贞从他的嘴里吸到了一股极浓的青草气息，她拼命地吮吸着。她的脸发烫了，身下也热乎乎的，孟和哲就仿佛是一团火，把死气沉沉的她给点燃了！他们慢慢俯倒在林地上，孟和哲这次解开了她的上衣，吻她的乳房、肚腹，然后才与她交融在一起。方雪贞从未体验过这样的结合，仿佛酒至半酣，飘然欲仙，有如在银河中做爱。孟和哲就像一株充满了旺盛生命力的树，不惧她体内的严寒，傲然地舒展着韧性而强健的身躯，激情荡漾地持久地歌唱着。微风不绝如缕地袭来，似乎也加入了这场合唱。当孟和哲又发出号叫时，方雪贞也叫了起来，她觉得那一瞬间自己快乐得失去了知觉，所以马的嘶鸣这次持续得长了一些，直到她的呻吟消失为止。

孟和哲像上次一样，先她而去了，走前，方雪贞问他："你的嘴里怎么有一股子青草味，怪好闻的。"

孟和哲说："我想在卫生院上班的人爱干净，我不刷牙，就捋了几把青草来嚼。"

方雪贞觉得心头一热，说："那你岂不成了牛？"

孟和哲郑重地对她说："下周还要来，一定有效的！你要是不来，我就知道你的病好了！"

方雪贞说："要是天下雨呢？"

孟和哲说："雨里更好，雨也是药！"

方雪贞又问："要是刮狂风呢？"

孟和哲简捷而果断地说："风也是药，要来！"

孟和哲和他的马离开了东山坡。罗里奇的人是不会在意在任何时候任何地点碰见他的，他在众人眼里总是像游魂一样自由。

方雪贞的脸颊渐渐有了红晕，笑影又如夏日河面的波光一样在她脸上熠熠闪光了。陈奎见她变得滋润了，就讥讽她："你是不是根本就没断了客儿，故意诳我，不想伺候我？"方雪贞就微笑着对他说："我想伺候你，你来呀！"说着，就解衣扣，把个陈奎吓得像被猫捺在爪下的老鼠，哆哆嗦嗦，面如死灰，他骂方雪贞："浪荡！"

从春天到夏天，在两个多月的时光里，方雪贞风雨不误地去东山坡接受孟和哲的治疗。老天很照顾他们，只有一个夜晚是微雨的天气，他们听着温柔的雨声，浑身被雨淋湿，就像在波涛里做爱一样，从未有过的疯狂。孟和哲的号叫和方雪贞的呻吟也比以往更强烈，所以那一夜他们没有听到马的嘶鸣，想必它的声音不敌他们，被消融了。方雪贞觉得她和孟和哲就是这林中两株扭曲在一起生长的植物，茁壮，汁液饱满，不可分离。

孟和哲以往是不爱和方雪贞多说话的，完事之后，真的就像医生对病人履行完职责一样匆匆走掉。在后来的日子里，他也喜欢跟方雪贞说上一会儿话。一个微风荡漾的夜晚，方雪贞抚摸到孟和哲的右小腿有个明显的凹痕，就问他是不是由蛇毒鼓起的包被割掉留下的痕迹？孟和哲抚弄着方雪贞的刘海，对她说："不是。"他说，这伤疤是他六岁时落下的。那是他爷爷三周年的忌日，按照族内风俗，要举行大型祭奠活动。主葬人带领族人和死者的亲属上了山，来到他爷爷的墓葬前。主葬人对着墓葬先说了一番话："我们最后一次来送你，别留恋你的亲人，你的子女们只求你不再受罪。"言毕，便命死者子女往西方射两支箭，给死者开路。又命往东方射一支箭，意为把福寿留给了后代。这时人们会跑着去抢夺这支箭，据说谁抢到了就会一生幸福。孟和哲虽然才六岁，但他眼疾手快地分开众人，一路狂奔，第一个抢到了那支箭。在他抓住那箭的同时，一个趔趄扑倒在林地上，一根半尺长的尖锐的松树残根像匕首一样插入他的小腿，顿时血流如注。这疤痕便是为了夺幸福之箭而落下来的。

方雪贞问过孟和哲，为什么总是喜欢独来独往？为什么常一个人宿在山上？孟和哲说，他的祖先就是在山林中生活的，他喜欢闻树木的清香气，喜欢听野兽的嚎叫。他一看到山下那一幢幢房屋，就会想到坟墓。他觉得房屋与坟墓一样令人窒息，它们永远待在原处，就像被驯服了的野兽一样，呆滞，缺乏灵性和光彩，令人厌倦和乏味，于是他就游荡在山林与家之中。

最令方雪贞盼望而又最令她痛心的事情终于降临了！

盛夏的一个傍晚，她正在灶上忙活饭，忽然觉得身下一阵湿热，体内正有一股暖流汩汩涌出。她连忙放下手中的活，关上里屋的门，一撩裤子，果然看见一片久违了的红霞飘然而至。她有些不敢相信自己的眼睛！它怎么说来就来了呢？方雪贞踱到窗前，望着弥漫在窗上的流云，百感交集地哭了。她想自己该不该对孟和哲说出实情呢？他会不会就此如他所言而离开她呢？方雪贞这时才觉得自己真的是一个病人了，她对孟和哲这样能给她带来身心愉悦的医生难以割舍。

第二天就是她与孟和哲约会的日子。如果她不去，孟和哲就知道她永远不会来了。而如果她去，她身体的秘密会暴露出来，他也不会再来了。东山坡注定要成为留在她心底的风景了。思来想去，她决定还是去见他。

想着可能是最后一次和孟和哲在一起了，方雪贞那天精心打扮了一番。她穿了一条银灰色的软缎旗袍，这种颜色和质地的衣服，在月光下就像燃烧在大地的一支白蜡烛一样柔美、明亮。她把头发梳成一根辫子，荡在脑后，化了淡妆，看上去青春，古典，风韵无穷。她出门时，陈奎阴阳怪气地说："你又不值夜班，打扮成这样给谁看呢？"方雪贞说："给月亮看。"陈奎撇着嘴说："你可别小瞧了月亮，它可是风月场上的老手了。貂蝉、西施、杨贵妃，哪朝哪代的美人逃得过它的眼睛了？就你方雪贞这模样，还能入了月亮的法眼？！"

方雪贞在陈奎的讥讽声中出了家门，她朝东山坡走去。月亮半圆着，看上去像是只蜷伏着的白猫。而星星像一颗颗金色的蜜糖遍布天际，等着谁来品咂。方雪贞的旗袍竟像河流中的一段一样，容纳着明媚的星光，在夜下焕发出一股幽幽的亮色。

她远远地望见了东山坡下那匹马的影子，她的血流加速了。树林就像一幅疏密有致的长轴画屏，不知由谁的手给移动着，朝她渐渐移来。那画屏左侧的山是墨色的，山不很高，但山峰奇拔，呈弓形，不似其他的山，是馒头形的。在山峰的下面，是高高低低的树木层层叠叠地排布开来。那林木浓密的地带，呈现的墨色也就深重些，而有疏朗之气的地带，是矮树丛和茂草，它泛出的是隐隐的灰白色。画屏的右侧，是三座连在一起的馒头形的山，一座比一座略小些，像是老天摆在大地上的三顶型号不一的帽子。山下，有一片树林闪着白光，那是白桦林。而与白桦林相接的，则是落叶松林。孟和哲的马，就拴在松林中。

孟和哲见到方雪贞，就像一个渴到极点的人见到了一个水灵灵的白萝卜，把她拥在怀里，急切地舔舐她，他口腔散发的青草气息又活泼地在她的舌尖舞蹈了。方雪贞与他亲密了一会儿，对他说："今晚我要去白桦林。"

孟和哲没有牵马，仍把它留在松林中。他拉着方雪贞的手，朝白桦林走去。月下的白桦林就像插在大地上的一支支鹅毛笔，树冠上披挂着的叶片则如下降到林地上空的星星。他们找到一处开着白色山菊花的空地。那白菊有隐隐的药香气，开得格外明亮。方雪贞疑心月亮把它缺的那一半，化成了这一片白菊花。

方雪贞躺在花丛中，她伤感地对孟和哲说，她想看看他完全脱光了的样子。孟和哲就站在她面前，先脱了粗布短褂，然后又褪掉黑色的肥腿裤子。他竟然连背心短裤都没穿，只唰唰两下，就赤条条的了。他就像一棵经历了千万年风雨依然挺拔的苍松一样，巍然矗立在她面前。方雪贞真希望月光能化成一条绳索，缚住她的脖颈，把她吊在这棵树下。她悄悄流着泪，感觉身下的血液像泉水一样奔涌而出，浸透了旗袍，一直渗到白菊花和野草上。孟和哲召唤方雪贞起来，让她也脱光了衣服。方雪贞犹豫着，孟和哲已经伸出有力的手，将她拉了起来，然后坐到她刚刚躺过的地方。方雪贞正不知所措的时候，孟和哲突然惊叫了一声，原来他发现有几朵白菊花变了颜色，他采下来，闻到了那上面的鲜血气息。"你的病好了！"孟和哲大声地说。方雪贞没有想到夜色中的孟和哲的眼力如此锐利，她的心苍凉极了，她是多么想最后用自己生命的热泉再淹没一次孟和哲啊！孟和哲果然是个惧怕血的人，他飞快地丢掉带血的菊花，站起身，躲开了那片被血染过的花丛，怔了许久，这才穿起衣裳。

"你要走了？"方雪贞问。

"你的病好了！"孟和哲说。

"你不喜欢我？"方雪贞声音颤抖地问。

孟和哲沉默了半晌，说："我有乌娜姬。我们只娶一个女人，一个！一辈子不变！"

"那我呢？"方雪贞委屈地追问。

"我让你害了病，我已经治好了你了！"孟和哲说。

方雪贞打了一个寒战，她悲凉极了，她有千言万语要对孟和哲诉说，可她喉咙发干，什么也讲不出来。松树林忽然传来马的嘶鸣，确切地说是一种剧烈的呻吟声，孟和哲拔腿冲出白桦林。

方雪贞随之赶到了松树林，她看见孟和哲抱着心爱的马蹲在林地上。孟和哲说，有人用斧头砍了马头，幸而没砍到要害上，但马的右侧眉骨已经被撕裂了，鲜血从中渗出来。

"是不是乌娜姬干的？"方雪贞小声问。

"我们的女人从来不干这种事！"孟和哲冲方雪贞大声吼道，"你走吧！你已经好了病了！"

方雪贞一路摇晃着回到家里。只见陈奎满脸是汗地坐在床边，一把斧头摆在床头，斧头上血迹斑斑。

方雪贞看了一会儿陈奎和那把斧头，然后慢慢转身来到窗前，背对着陈奎。她想他会用斧头来砍她的，她希望自己看到的最后的人间情景是清朗的夜色。然而并没有斧头飞过来，倒是有一阵一阵的冷笑像隆冬的风一样漫过来，让她脊背发凉。陈奎说："方雪贞啊，你他妈的真能撒谎！瞧瞧你的旗袍上洇着那么一大片血，你他妈的还说——"陈奎委屈地哭了。这是她第二次听见丈夫的哭声。

夏天就要过去了。方雪贞依然每天到卫生院去上班，生活又恢复了老样子，是那种使人窒息的平静。陈奎依然对她不闻不碰，流连于酒馆和牌局之间。自东山坡一别后，方雪贞就再也没有见过孟和哲。只不过有一天她听王玲说，孟和哲猎到了一只鹿，乌娜姬说山上的鹿越来越少了，让孟和哲把鹿放了。孟和哲听从了妻子的建议，让这鹿回归山林繁衍生息去了。放鹿的那天，罗里奇的许多孩子都跟到山林去看。

这天晚上又是方雪贞和张医生当班。张医生查过房后，依然如往常一样睡去了。方雪贞在值班室枯坐了一刻，然后把椅子挪到灯下，站上去擦拭已蒙了灰尘的桦皮灯。看着自己亲手描画的那一只只"天鸟"，方雪贞是多么想化为它们当中的一只啊。她想只要自己拧下灯泡，把手触到灯头深处，飞驰的电流就会圆了她这个梦。方雪贞用纱布垫着发烫的灯泡，正欲将它拧下，突然，那桦皮灯竟然失身落了下来，像要给她行加冕大典一样，自动扣在她的头上。方雪贞一惊，一个跟斗栽倒在地。原来这六角形的灯是用松木架支撑的，松木的一条棱松动了，整个灯罩就掉了下来。

方雪贞这一跌，竟然折伤了右小腿的腓骨。她打着石膏在家静养的日子里，陈奎忠诚而忙碌地为她调理一日三餐，他再也不去酒馆和牌局了。晚上时，他虽然不跟方雪贞说话，但总是拿着一卷书陪她坐在床前。方雪贞觉得很对不起陈奎，她很想对他说一句道歉的话，但她的脑海中依然浮现着东山坡温柔的夜景。那已消逝的林中微风，虽然不在她的耳际作响了，但它们却悄然埋入她的心头，依然时时荡起阵阵涟漪。

2003 年

关于家园发展历史的一次浪漫追踪

我不知道我的祖辈人是以怎样的美德感动了森林，使得森林割让出这么一块地方，让他们屠戮自己，纵容他们建筑房屋。第一座房屋的踪迹同第一缕炊烟一样难以寻觅了，但房屋的后代却整齐匀密地存在着。有了房屋，就有了男人女人，有了马车和牲畜，有了辛酸和野性的浪漫，有了人类对于月光和庄稼的回顾。

也许是该回到围着火烤土豆吃的时代了。那时野兽对我们还很友好，它们常常在某一个深夜来到你的窗前窥视人间的风景。没有电灯，你站在火炉旁带着你的几个孩子在烤土豆，炉火温暖，你的手是红的，孩子们的手也是红的。你们吃土豆的时候连油灯也熄灭，想象着明天的阳光是黯淡呢还是明亮。

我无法不这样追忆消逝的时代，尤其是当我面对着面前这一对漂泊无定的男人女人的时候。他们是我有生以来见过的最热爱动物的一对夫妻，他们没有孩子，但他们身边却有一条跟孩子一样待遇的狗，它叫"咪咪"，你可以想到给一条狗冠上猫的名字表达了主人对动物多么的博爱。

这对夫妻是如何含辛茹苦地攒下这么一大笔钱，你完全可以从他们不同寻常的疲惫中感觉出来。他们告诉我，他们已经走了好几个镇子，都是靠近森林的，他们想安置一个家，但去过的地方却很让他们失望。我问他们的失望来自何方？他们几乎是异口同声地用那种很没力的语气抱怨说那些地方的猎人太多。

"那么，你们是教徒？"我问。

"不，我们只是喜欢动物。"女的说，"我们有一笔钱，想建一间自己的屋子。"

"我们很欢迎你们来这儿安家。"我看过了他们弄得皱巴巴了的介绍信和证件之类的东西后，对他们说，"我们镇子比较偏僻，你可以随意在某一个地方选择房点。"

"地皮费会不会很贵？"女人小心翼翼地问。

"不，很便宜。"我说。

"猎人多吗？"她又问。

"只有一个，他上了岁数，多年不出猎了。"

"这可太好了。"女人放心地大嘘了一口长气，亲切地弯下腰拍了拍咪咪的脊梁，咪咪没有摇尾巴但它矜持地点点头。他们之间优雅的风度与和谐的默契，简直像一对老朋友，而咪咪又实在看不出有何动人之处。它实在不太漂亮。

他们来得可真是时候。春去夏来，森林中的种种香气已经像雨前的云气一样蔚为壮观了。别说是外地人，就连岁岁年年生活在这里的人都有一种由衷的宁静和淡淡的喜悦之感。我常常看见咪咪像公民一样悠闲地围绕着森林散步，他们的主人已经有了新朋友，而咪咪似乎还显得孤单，它还没有结下一个要好的同类朋友，我曾经见它在我们家门前的草场上徘徊，我想它可能是来拜访我们的狗。我便把狗带出院子，怂恿它去认识咪咪，可咪咪却面露羞涩地走掉了，而我们家的狗似乎对咪咪并不感兴趣。

这对夫妻把房点选在最接近森林的一块草场上。草既不稀朗也不浓密，有野花在其中蔫着或者含苞待放着。阳光清晰如水又灿烂如水，在这样的天气中开始建筑房屋的确非常吉利。

你是否有过自己建筑房屋辛勤操办各种原材料的那种体验？如果有过，我想你对房屋的热爱也就永远不会厌倦。当你把各种建筑材料筹办齐全，那些木料、沙石、砖瓦无疑就像是你的眼睛、耳朵或者鼻子一样与你无法分割，让你觉得它们是你生命中实在无法逃避的一部分。

你开始打地基了。地基和坟墓最本质的区别是一个要升起而另一方却要沉没。但它们共同的目的却是休息。休息穿越了时间和空间，它无限漫长和博大。当砖石深凹进地层以方形的结构开始建筑房屋时，你劳动的手就会显得格外有力。任何一个男人女人都需要他们自己的房屋，它可以为你避雨也可以为你掩盖忧伤，它可以让你在隔绝了雪天的寒气后更切近炉火和对于印在窗棂上的星光的漫游。地基奠定了你在房屋中所有的幸与不幸，你们一定要在一座屋檐下做男人女人。人们啊，只有你们才是房屋最美丽的奴隶。

地基出现后房屋就雏形于天地之间了。第一个在地基上行走的是咪咪，它在人们收工之后沿着方形的地基老老实实地漫游了一圈，它的四只爪子都沾有新鲜的泥巴，这使它走起路来时带来一股压抑之声。它好像还比较满意地基，它在走完地基后回到人群中时态度十分和蔼。人群中有几个帮忙和泥的女人好像在窃窃私语有关新来女人的一些反常现象。朵落老是把注意力放在咪咪身上，她好像觉得咪咪简直就不是一条狗，而是一个精灵。当咪咪沉静地走到她身边，漫不经心地用它的脊梁蹭了蹭她的小腿含蓄地以示尊敬的时候，朵落就"咿呀"叫嚷着跳起来，好像是遭受了魔鬼的亲昵一样显得过分的慌张。

"朵落——臭娘儿们！"我这样骂她的时候完全是出自一个男人对心爱女人的全部的热忱和自信。我喜欢朵落，这个窄肩宽臀双腿修长的娘儿们。她的脸蛋光洁鲜亮得就像刚刚成熟坠地的苹果，拍一下她的脸蛋好像都能听到那种结实得像泉水一样的回声。

"镇长又在骂朵落了，朵落你今天晚上又会有好日子过了！"有一个声音尖厉的女人酸溜溜地浪笑着。

"我怕这条狗，它不像条狗！"朵落温存地笑着。

"狗就是狗，什么像不像的。"我奚落她。

"可我觉得害怕，说不明白为什么！"朵落仍笑着。

"今晚我跟你说清楚。"我敢在众人面前打趣朵落完全是因为我和朵落的事得到了全镇人默契的公认，我说："晚上你得备上一壶烫烫的酒！"

大家一阵哄笑，哄笑之后盖房的人就四散而去。新来的男人和女人带着咪咪回他们的临时住所去了，他们在小路上缓缓地行走，我从他们的步态和背影上看出他们还是比较满意我们这个镇子的生活气息，这一点使我略为得意，他们毕竟是淘汰了几个镇子才归宿此地的。

你一定也热衷于听男人女人之间的故事吧？我想肯定会是这样，假如你是一个健全的人。那么我告诉你，我喜欢朵落并不是因为她有一种特殊的风流，而是因为她天生的善良和纯真。我每次走进朵落的院子都会有一种亲切的踏实感，而不是那种要去做男女之事时常人所想见的激动。我常常想上帝并没有赐给人间多少幸福，但上帝赐予了人间许多美丽的礼物，女人就是上帝赐给人间的最富光彩的礼品，她们是一个男人屋檐下拥有的最大财富。

朵落在黯淡的灯下等着我，她坐在一把陈旧的木椅上，神色宁静，宽宽的额下的五官显得极其周正和谐。我走近她的时候用手拍了拍她的脸蛋，她享受这种亲情时乖乖得像个小女孩，有一缕极微妙的羞涩浮在她的唇角。

"你吃吧。"她指了指桌子说。

"我饿了。"我说。朵落笑了笑。

我盘腿坐在炕沿上，双肘俯在桌上品尝暖酒的醇香，并且听着朵落慢条斯理地讲话。

"我老觉得那条狗不对劲。"朵落说，"你说狗怎么好像一副人样子？"

"狗通人性嘛。"我说。

"昨天，我和那个女人去林子里拾柴，累了的时候我们就坐在从前的旧河床上歇息。你知道的那个河床。"

"躺过咱们的？"

"嗯，就是。"朵落说，"那个女人刨根问底地盘查河流是怎么消失的，我说我不知道，她好像不大高兴，她说旧河床的出现一定是因为乱伐树木。我琢磨着她的话左右一看，可不，河床四周的树木可就是比别的地方稀了一大截子呢。"

"是啊。"我一边吃着听着，一边略略地责怪她把菜里的咸盐放多了。

"将就点吧。"朵落说，"那个女人很可能会离开我们镇子的，我昨天真不该带她坐在旧河床上，她说泉水消失之后我们的林子里就根本不会有鹿。"

"本来也没有鹿的。"我说。

"可是父亲有一副上好的鹿皮手套和一双鹿皮靴，他肯定是在这一带猎过鹿。"

"即使有，也是很久以前的事了。"我说，"朵落，你可不是个爱伤心的娘儿们，小心鬼来敲你的门了！"

"住你的嘴吧。"朵落唇红齿白地一笑，"我是不愿意看着他们再走出我们的镇子。"

"放心吧。"我安慰她，"房子的地基已经打下了，他们走不了。"

"别把话说得那么绝。"朵落说够了话，才凑到桌子旁和我共进晚餐。她离开椅子的时候把椅子弄翻了，她并不把木椅子重新扶起来，这是她的一贯风格。她坐在饭桌的另一侧也就是我的对面，她把腿从桌子下面伸向我的腹部，她喜欢这样来取暖，她的脚丫不断地点来点去，使我忍不住一把将饭桌端开，而将她实实在在抱在怀里。

"对不起啊。"她一边笑着一边讨饶，"今天我身子不舒服。"她脸红地说。

"饶不了你！"我吓唬她。

一个男人和一个女人在灯火下如山一样雄浑的温情永远都是结

实的。我和朵落和我们的房屋以及房屋之外的院落、草场、森林及至更远处的原野和高居天上的日月星辰，究竟哪一个更富有生命的气象呢？谁在为谁而存在？这种诘问的苦恼在我们的心中只会像闪电一样一瞬即逝，我更愿意让朵落疲倦的歌声充盈我的心灵，同时也喜欢用更多的时间消享黯淡灯下那无限的好时光。

咪咪站在已经砌起一人多高的墙基之外看房屋在成长。咪咪的样子显出母狗特有的一种忧郁。咪咪的主人正在筹划房屋内部的格局，朵落提醒他们要盘一铺大炕和至少两面火墙，那是这里过冬的必需措施。此外朵落还建议在厨房里挖一个地窖以备储存冬菜，他们采纳了她的意见。为了加快施工进程，朵落和女主人已经先动手挖地窖了，而我则带人飞快地砌墙。

房屋之所以拥有四壁，我一贯认为四壁象征着四季。春夏秋冬像栅栏一样围筑起房屋，使房屋拥有完整的生活气氛。而屋顶则像天空一样照耀着它身下的墙壁，那四面墙壁青紫红白各有绚烂之处，春日的朝晖与秋天的月光总是在这墙壁上展示它们的辉煌和宁静。作为一种最具毁灭性和创造性的生命来讲，你在看着墙壁像巨大的魔术盒子一样奇迹般地杀死一块草地、在夏日清脆的阳光下冉冉升起并且为自己加盖一个帽子一样的屋顶的时候，你怎么会不怀想人类最初的童年时期呢？谁是这个地球上第一间房屋的主人？

当晚风徐徐飘过草地的时候，我看见夕照的余晖跳跃在草茎上泛出一片微红的光晕。咪咪这个时候已经趴在新房屋的门槛上晒了几小时的太阳，因而它的毛发看上去好像舒展了许多，显得光泽非凡，这为它平添了几分姿色。咪咪起来后的第一件事情就是去看望主人，它的女主人正和朵落卖力地像开采黄金一样地挖地窖。当咪咪走到这个深坑的旁边，站在一堆黑褐色的泥沙上面的时候，这个坑里突然出现了奇迹。朵落的铁锹发出了仿佛触及金属的声音，朵落俯下身时发现了几块沾着泥巴的碎骨，大概她凭直觉没有把它们想象成人的尸骨，所以朵落把这几块碎骨捡在手里，并且擦掉了骨片上的泥巴。骨片颜色近于乳白，上面密散着针尖般大的孔，浅孔看上去比骨片底部的颜色要干净一些。朵落从地窖中爬上米，按照那个女主人的吩咐把骨片移交到她手中。接过骨片的女人很快地朝房屋外面走，这时咪咪也随着她出去，而她肩头上用来擦汗的三角绸巾却滑落了，朵落捡了这围巾也跟了出去。

"这不是人的骨头吧？"朵落问她，并且把围巾替那女人搭在肩头。

"这是兽骨。"那个女人用手指梳理了一下淡黄色的头发，然后把指头停在额头，显出思考的神色说，"至少有半个世纪的历史了。"

"你能从骨片上看出年龄？"朵落惊叫道。

"差不多是这样。"她回答。

"这骨片还不太粗糙。"朵落又说。

"骨片可能是动物自灭的遗骨，也可能是猎人杀害动物之后留下的。大概是许多年以前的一个冬天，一个猎人坐在篝火旁烤野兽吃肉时弃下的。"

"会不会是鹿骨？"朵落又追问。

"我想有这种可能性，鹿骨比较接近这种颜色，但我还不能完全鉴定下来。可是，我们的房屋下是死过野兽的。"

"这没有什么。"朵落安慰着，"有的房屋挖出了人的尸骨也照样过太平日子。"

"房屋就要上顶了。"她微妙地叹息了一声，然后蹲下身抚摸着咪咪的头。咪咪有些凄怨地看着房屋，这时暮色已经悄无声息地落下帷幕，房屋看上去有些肃穆和空洞。咪咪这一整天都显出不太愉快的神情，我怀疑它生病了。草地上有一种叫不出名的黄花，许多牲畜都因为迷恋它那妖冶的香气被弄出了病，咪咪可能也是太贪恋黄花的气息了。它还刚来，对这种花毕竟不太熟悉。

晚上我和朵落坐在黯淡的灯下谈天的时候，她怅惘地向我诉说了傍晚时发生的兽骨风波。她说那对夫妻肯定很忌讳房屋下出现兽骨，她把兽骨与旧日的河床联系起来之后，不由也生出一个新异的问题，她心事重重地问我："你说，那些河流和野兽怎么都突然间没有了呢？"

"那种问题，与你不相干。"我威吓她说，"你如果再提这类问题，我可要把这一对厌世鬼从我们的镇子给赶出去了！知道吧，就像赶两只死狗！"

"好吧。"朵落美丽地叹息了一声。那晚上朵落无法进入感情的狂澜之中，她呈现出的前所未有的被动使我的心头隐隐浮出一种不祥的预感。

我无法准确地预测每天的天气情况，这并不是我的过错。夏天的雨水像情欲一样总是突如其来。刚刚竖立房架的时候还是晴空万里，可没有多久就出现乌云了。乌云像困龙一样在天空中狂飞乱舞，太阳光被它们给挡回遥远的天庭，山地变化无常的气候在这里表现得淋漓尽致。

"要下雨了，快干呀。"朵落在下面冲我大叫。

"一切都来得及！"我招呼在顶部作业的人，"快呀，上了油毡纸就不管它来的是什么雨了！"

也许是运气不佳，总之我们没有赶在大雨之前把油毡纸铺上。爆豆般的雨点带着赫赫声势袭击我们的时候，我们不得不像折载的飞机一样从屋顶上栽下来没命地跑向离我们最近的房屋。尽管我们跑得够速度，但身上还是淋了一片雨，而且因为气喘吁吁每个人的脸都有些扭曲，不正常的红晕在脸上热乎乎的像酒一样地发作。我们聚集在这间屋子里，有人吓呆了似的手里还紧紧地拿着劳动工具，直到大家嘲笑他才醒过神来。正是中午时分，主人张罗着给女人们递热毛巾，给男人们递烟和沏茶。这家主人是镇上的一对老师，男的教算术，女的教语文，他们趁机向我要求给孩子们换新课桌，并且建议把操场上的敲钟人，也就是那个老猎人、朵落的父亲给换掉。因为这个老人虽然不耽误敲钟，可他在敲钟的时候用的劲太小，孩子们听不见钟声就像一群麻雀一样仍然四处乱飞不回教室。他们不得不补敲一次上课钟。

"那么敲下课钟的时候孩子们会听见吗？"我问。

"孩子们能听得很清楚，老人好像在敲下课钟的时候特别卖劲。"女教师恍然大悟地回味道。

"听啊，他多爱孩子们。"我说。

"天哪——他把孩子们当成笼中的鸟了！"朵落在一旁脆脆地笑着说，"他的脑筋还这么活泛！"

"要不是这样，就是你们的课讲得比白薯还要单调，孩子们不喜欢。"我说。

"就算是吧。"他们并不介意地笑笑说，"可孩子们实在太贪玩，课桌也确实该换新的了。"

那是怎样的大雨呀，如果你是一个文学家肯定会这样感叹的。你也许会这样描述：雨以狂风的姿态展示它无边的宏阔和奔放的自由，它剧烈的跳动使宇宙间回荡着一股山呼海啸般的激情。隐居房屋之中的人们不得不透过玻璃窗去看外面的景色，可是玻璃窗被雨水弄得一派混浊，你什么也无法看清。等到暴雨疲倦之时，滂沱雨柱变为斯文的雨丝，这时，天色就开始由灰黑转为灰白，你可以看见新建房屋的屋顶因为没来得及上油毡而被洗刷成白中泛黄的木料本色，它们的色亮得像蛋清一样。再过不久，天色就由灰白转为淡蓝，而雨丝也就消失了。天晴了，你带着湿漉漉的人们走出房屋，看见远处的森林里雾气洋溢，而近处的草场却一派鲜绿。整个小镇像刚洗了澡一样显得慵倦的滋润。于是，你们接着把最后一项工作做完，不久，在晴天，日光下一座房屋就诞生了。

他们终于安下家来了，他们的房屋使他们的漂泊生涯宣告结束。当那个傍晚我看见他们的屋顶冒出一股股乳色的炊烟时，你可以想见我的喜悦的心情。我想他们注定要成为这个小镇新的公民了。

"我们森林里现在究竟有哪些动物我真的说不清楚。"当我把这句话回答给那个女人的时候她现出很吃惊的样子。她反问我说："难道你不是镇长吗？"

"可我是管人的！"我说。我有些恼火这个女人的饶舌。她叫淑萍，这个女人怎么会取了这么个温文尔雅的名字。

"那么老猎人他会知道的。"淑萍说。

"你不能去找他。"我说，"他有很重要的事情要做，他要为孩子们敲钟。"

"可他不是每时每刻都要敲钟吧？"淑萍尖刻地说。早知如此，我当初真不该挽留他们，我当时应该说这个小镇是猎人大家族。但不管怎么说，我还是积极张罗着为他们建筑院落。有了房屋，如果没有院落，那么就没有家园的气象。院落是房屋的围墙，它是防范的象征。我向来觉得一个没有院落的房屋就无法安顿一个真正的家庭。当我召集人把许多废旧的柞木杆拉到她房前为他们建立院落的时候，淑萍面带微笑地从房屋里走出来。淑萍走在前面，紧接着她丈夫也出来了，那个沉默寡言的男人手里捧着几片兽骨，一片恓惶之色。最后，是咪咪辉煌地走出。咪咪的眼睑之处放着一种享用过美味的愉悦神态，它用性感的白爪子踩了踩我的脚背，它已经认识我了，而且似乎并不讨厌我。

"你们得有一个院子了。"我说。

"是这样吗？"淑萍问。

"当然，如果你们愿意的话。"我说。

"我已经问过老猎人了，他说五十年之前这里的确有鹿，鹿就生活在旧日的河床那一带，原来那里水草丰美。"淑萍岔开话题。

"可是你们得有一个院子了。"我再次提醒她我不是为了动物来上门的。

"院子，为什么要院子呢？"她现出困惑。

"家里通常都有一个院子，这没有什么道理可言，这是一种不成文的规矩。"我说。

"可我觉得有了自己的房子就足够了。"她又恢复了我第一次见她时她那绵软无力的疲惫姿态。这种姿态很能引发一个男人的同情心，所以我几乎是妥协于她的哀怜气质了。

他们没有接受我的美意，我总觉得不太舒服。他们的房屋因为没有院子而显得有些孤单、光秃和萧条，好像是遭受了多大冷落似的。可我反过来一想，也许他们是希望在某一个夜晚动物会悄悄地走到他们窗前与他们建立友好关系，所以窗口要毫不设防。可是，已经有多少年了，动物总是警惕地走过一个又一个镇子，迁徙到久远的荒无人烟的原始森林中去了。

夏天碧绿的菜蔬把女人们吃得个个神韵悠扬。朵落每天大半的时光是在菜园中度过的。她种的菜生长到什么程度我从每天的饭桌上可以充分看到。朵落很懂得吃，一种菜当它还是嫩嫩的时候她就把它弄着吃掉。你很难想象她吃青菜时的那种快感。当每一个夜晚我走进她的院子，从窗口望见黯淡的灯下她那模糊的身影的时候，我心中所有的苍茫和滞闷都会在顷刻间冰雪消融。我走进屋子，就像走进天堂。我知道老猎人的晚饭总是提前吃完，他每天步履蹒跚地去小学校为孩子们敲钟，回家后吃过饭就回他自己的房子，他总是早早就熄灯，他似乎是在黑暗中拾掇他那些被遗留的往事，准备上路了。朵落的箱子底装着全套为他上路而准备的新装，朵落曾经让父亲看过这些新装，老猎人除了对衬衣的颜色和袖子不喜欢之外，还表示十分满意。

朵落就坐在那把木椅子上，我进去后她把椅子摇晃得嘎嘎响。

"你吃吧。"她指了指桌子熟练地说。

"一起吃吧。"我拍了拍她的脸蛋。

"我边做就边吃着了，现在也不觉饿。"她说。

"美人在旁侧，不陪也醉人。"我笑了笑说，"你今年不打算进山去采点野果子回来酿酒了吗？"

"淑萍说了，每一棵植物都象征一个女人，它们的果实好比乳头。我不敢去采了，作孽呀。"朵落说这话的时候神色忧郁得近于咪咪。我无心吃饭，放下筷子。还是那样黯淡温存的仿佛是专为我而生的灯光，可灯光下椅子中的那个女人却已经越来越模糊了，我无法辨认。我不敢去抓住她，怕她突变的虚幻之气会像光晕一样使我的手永远丧失抚摸女人头发的勇气。

灾难是在那个凌晨从幸福的阴面走来的。当时我正在睡觉，很沉很香，我脖颈处垂着朵落美丽的头颅，她也在贪睡着。这时敲门声传来了，我先移开朵落的头，放在枕上，然后披衣下地。门打开后我在迷茫中先是感觉到一片稠密的湿意，我知道外面的露水下得很大。凌晨的湿度所隐含的凉爽使我马上警醒过来，我见门外站着淑萍。灰蒙蒙的天光下，她显得格外单调和引人哀怜。她悲切切地说："咪咪被熊抱走了，麻烦一下猎人吧。"她有了哭声。

没有院落的房屋在那个凌晨充满哀伤。熊是怎样迈着笨拙的步子像母亲一样地抱走咪咪，我们无法想象。熊的脚印是从房屋的窗下一直穿过草场和旧日的河床，朝着森林深处延伸的。留有脚印的路上没有血迹，看不出暴力也看不出爱意。

老猎人不得不挎起久已不用的猎枪。猎枪中装着满满一膛子弹而不是一颗。你能想见他暮年时分对自己的眼力和射击能力的怀疑。为了追那条厌世的狗惊动他，我觉得实在有些荒唐。人类已非昨日，屋内的灯光已经不像往昔的那种光晕足以笼罩动物散发温情了，它们不再关注你在屋内的炉火中领着几个孩子烤吃土豆的日子了。我虽然这样想，但也没在语言中责怪这一对夫妻。他们那种凄怨的神色总让我觉得熊抱走的是他们的孩子，作为镇长我怜惜他们这种生活的情绪。

在早晨八点左右太阳已经升起许久的时候，我们发现熊迹消失了。它就在附近，老猎人这样判断说。他把猎枪从肩上取下，低声地说："该是敲钟的时候了。"他的眼睛里显出无限的慈爱，小学校的钟声已经比猎场更能威慑他了，这让我觉得人生是无法逃避的一个过程，我在瞬间向往了自己的归宿。

附近都是高大的针叶落叶松。阳光倾泻着浪漫的光束，使得所有的树木都青春勃发。鸟声比较喧闹，有一条小溪也增加了这份热闹，它扭曲在山间的一带狭长的草丛间，亮色绰约动人。朵落小心地躲在我身后，像小女孩一样牵着我的衣襟，为咪咪的命运担心。

发现熊的确切位置的是老猎人，他是根据气味判断出来的，他的嗅觉仍然那样有经验。当他举起猎枪射击的时候我们这些局外人还都以为他在放空枪。枪声过后我们才蓦然发现熊像狮子一样在灌木林中凶猛地潜逃。树叶多如牛毛，老猎人再次举枪追踪熊的形体的时候他的视线一定是模糊了，我们发现第二枪响过之后熊逃跑得快得惊人了。看来子弹没有打中要害位置。熊很快从我们视野中彻底消失了，那片灌木林又恢复了宁静。

我们去看望咪咪。咪咪躺在草间，半活着，它的后腿的胯部有血，血冒着温热之气，这使老猎人面色绝望，他把子弹浪费在它身上了。我们一边替咪咪包扎一边准备着往回走，咪咪因为惊吓和疼痛已经没有呼唤的力气了，咪咪的神情令人心痛。

"你们知道吗？咪咪是个曾被遗弃的杂种。"淑萍哭着说，"它是一个多么可爱的小杂种。"

我们的镇子在那一天失去了秩序。大家聚在一起总是议论纷纷。熊走进镇子是许多年都不曾发生的稀罕事了，这让人觉得可怖。而且，熊向来不抱走狗的，咪咪怎么会轻而易举地被它领走了呢？是否会有什么灾难要来临了？女人们不时地望天色，慌乱不堪，仿佛每个人都将去征战一样。

我们不得不为这个房屋建筑起院落。院落起来后房屋就像住在摇篮中，看起来十分安全。咪咪就躺在房屋中的一堆干草上养伤。朵落日日探望它，每次去总要带上一些好吃的，而回来也要带上一些生态消息：鹿骨、旧日的河床、熊、消失的森林……房屋下的灯光已经吸引不住她了，这使我顿然间苍老不少。

秋天很快就凉着来了，到处都在落叶，老猎人终于敲不动钟了，他只能躺在床上喘气，回想他美好年华的往事了。他的猎枪又挂在了墙上，看起来充满沉甸甸的危险。但是这个小镇什么灾难也没降临，我只能告诉你们大多数人都在金色的风中忙忙碌碌地收获，收获的劳累使大家更加喜欢房屋中的睡眠。

咪咪的伤在雪来之前终于痊愈了。它又可以围着房屋走来走去了，不过样子显得愈加哀怜，腿稍稍瘸着，眼里忧郁浓烈，这使它的美丽陡然增加了许多，有极其动人之处了。

晚上我和朵落吃饭的时候她忽然对我说她想离开这个镇子一段时间，我问她出了什么事，她说什么都没有，她只想出去看看。我说外面什么看头也没有，她说她或许可以买些漂亮的头饰或者袜子、汗巾、小裤衩之类的小玩意儿回来。之后，她又掩饰不住地透露说她想看看城市是个什么样子，听淑萍说城市是地球上最大的罪孽。

我无法对朵落说些什么。可我觉得，地球上出现第一座房屋的时候，房屋的主人与自然之间一定订立了某种契约，后来是谁负了箴言使得另一方恼怒起来我们已无法探清了。平衡失落了，世界就一直倾斜着，尽管我们驻守家园，可我们却在滋生和发展着那些敌意、困惑和谜。

我叹口气，告诉她你出去看看吧。毕竟每盏灯都有熄灭的时候。

1990 年

朋友们来看雪吧

先说树脂吧，就是从红松身上流下的油，它在风中会凝固成金黄色。把它们用尖刀从树上刮下来，放进铁皮盒中，然后坐在火炉上去熬。不久，树脂融化了，松香气也飘了出来，把这铁皮盒放在户外晾一夜，一块树脂就脱落而出。好的树脂没有杂质，水晶般透明，橙色。你们问我嘴里吃着的东西，正是它。它与口香糖一样，不能咽进肚子。当地人称它为"松树油子"。女孩子小时候没有不喜欢嚼它的。她们喜欢嚼出响来，叽喳叽喳的，像鸟叫一样。有虫牙的女孩子嚼出来的响声就格外饱满。

我脚上穿的毡靴是胡达老人送的。是狍皮做成的，又轻便又暖和。说起胡达老人，他是我来乌回镇认识的最有性格的一个人。我被大雪围困在塔城已有三天，是胡达老人赶着马爬犁把我接到乌回镇的。他七十多岁，终日穿着一件脏兮兮的山羊皮大衣，胸口处老是鼓鼓的，一个酒葫芦就掖在里面。无论他赶着马爬犁、走路抑或到供销社买东西，他总是出其不意地抽出酒葫芦，美美地呷一口，然后痛快地擤一把鼻涕，往棉裤上一蹭。他很矮、瘦，但腰不弯背不驼，牙齿也格外好，所以他走起路来像旋风一样迅捷。我到达乌回镇的当夜，他就醉醺醺地来敲门，首先申明他不是打我的主意来了（笑话，我可是他孙女辈的人！何况他即使真那样想，也是心有余而力不足了），接着他吹嘘说与他好过的女人个个都有姿色，牙齿比我好（他称我的灰牙齿为"耗子屎"），眼睛也比我明亮（他比喻说像盛满了油的灯），手也比我秀气（当时我的手已经冻裂了口）。见他如此信口开河，我便大胆地揶揄他，问他如此五短身材，女人们如何喜欢他？他便笑，半面脸抽搐着，另半面脸则肌肉僵硬（也许是酒精麻痹所致），这种笑给人一种哆哆嗦嗦的感觉，比哭还不如。他说女人们喜欢他的手艺活，他会缝狍皮坎肩，中间加上彩色丝线；会做兔皮帽子；会用桦树皮做摇篮、小船、盐篓、水桶和米盆。他还懂得中医，女人们气血不足、月经不调、腰酸背痛的毛病他全能治得。我问是针灸吗？他抿了一口酒说："是草药，山上到处都是宝贝。"他还告诉我他有四个儿子，三个儿媳（大儿媳刚死），一大群孙儿。他费力掰着指头数了半晌，说是七个孙子六个孙女，总共十三个。不过他最喜欢的是二儿子家七岁的鱼纹。他接着讲鱼纹，说鱼纹与他连心，他有一次在山中倒套子时一匹马被原木轧伤了腿，他正愁无法下山找人求救。鱼纹在家中正在炕上弹玻璃球，他突然对爸爸说，爷爷的马受伤了，爷爷下不来山了。胡达的二儿子将信将疑赶着另一副马爬犁上了山，一看果然如此。

胡达那天晚上来找我的目的是为了看我那只栗色皮箱。我想起来他接我的时候就对皮箱产生了兴趣。我就把皮箱从炕上搬到火炉旁，"嗒嗒"按下锁鼻子，将箱子打开。那"嗒嗒"两声响起的时候，他的薄耳朵也跟着微妙地颤动着。他凑近那个皮箱，先是目不转睛地看，然后便是一样一样地用手拈起里面的东西，放到眼睛下仔细地瞧。照相机、胶水瓶、微型录音机，甚至绣花睡衣都没有逃脱他的手。他看东西的时候表情格外丰富，一会儿惊讶，一会儿扫兴，一会儿又哀怨（看见睡衣的时候），一会儿又是愤怒（他不满意我把布娃娃掖在里面，认为这是要闷死她）。他见过照相机，但对微型录音机却不熟知，我便把扣形耳机塞进他的双耳，放了一段音乐给他。你们一定想不到，他最初听到音乐的时候吓得一跳老高，"哎哟"叫着，酒葫芦也被摔在地上。他说："这音打哪儿来？"不过他听了一会儿就习惯了，当我帮他摘下耳机，他嘟嘟囔囔地对我说："这音不好，闹。"

胡达老人看够了我的皮箱，又问我在乌回镇住多久，一个人怕不怕，等等。我说要待到开春后才走，我在城市里也一个人住，没什么害怕的。他便对我说，你要是害怕，我就唤鱼纹来跟你做伴。

他知道我是作画的，而且也见识过画家，所以对我的颜料箱一点兴趣也没有。他说几年前乌回镇来过一个画家，那个男人的手指长得跟女人一样纤细，他专画乌回镇的女人。让女人们给他做摆设（胡达的原话），然后给她们一些报酬。后来有个汉子发现画家画了自己女人的奶和屁股，就联合乌回镇的其他男人把画家揍了一通，将他赶出镇子。他说完后得意地冲我笑着，我连忙说自己对人体不感兴趣，只喜欢画风景。他挺老练地说："景中就没个人吗？"

他走后的第二天早晨，我在门口的雪地上发现了这双毡靴。我不知道是谁悄悄送来的。问邻居大嫂，她一看便用不容置疑的口气说："这是胡达老人的手艺。"

你们在信上问乌回镇有多大，这让我怎么描述呢？它与周围的山林河谷没有界限，完完全全就是大自然的一部分，所以它显得很大。说它小，那是因为人家很少，不足百户。尤其是这样的时令，外面零下三十多度，偶尔碰见一个人在路上走，也都是包裹得严严实实的，人们不在路上讲话，户外没有人语声。有时会传来牲畜的叫声，那叫声也一样是寂寥的。这里的居民过着自给自足的小日子，自己种菜和粮食。冬季的蔬菜基本以土豆、白菜和萝卜为主。它们被储藏在室外的地窖中，三九天气时要在里面生火驱寒。卫生所里只有两个医生，他们兼管打针投药。男患者打针时由男医生，而女患者打针则是女医生。据说以前只有男医生，妇女们生了病都不情愿打针（说是不愿意给男人露屁股）。没办法，乌回镇就从外面请来个女医生。这女医生很文静，单身，所以卫生所里上班时总是三个人（男医生的老婆不放心，也天天陪着来）。乌回镇还有一家商店（年轻人称为"供销社"，老人们则叫它"合作社"），冷清得很，两个店员总是面色青黄地打瞌睡。店里所卖的罐头的铁皮盒早已生锈，好像从二次大战的战壕中挖掘出的战利品。这里经常停电，所以蜡烛生意很好。那天我去买蜡烛，顺便买了两包卫生纸，然后抱着它们往店外走。遇见我的人都现出很羞怯的样子，原来卫生纸这种东西被认为是隐秘商品，不能明面拿着。当地的妇女去买它时总是提着个布兜，男顾客在场她们就去看别的商品，买时躲躲闪闪的，真是有趣。

你们问照片左上角那串草编铜钱，它是鱼纹送给我的。他用这东西换走了我的带小镜子的胭脂盒。鱼纹是自动找上门来的。记得是某一个中午，我刚吃完饭，正守着炉子烤瓜子，一个小孩子推门进来了（我像当地人一样不锁门），他就是鱼纹。他穿件蓝布棉猴，两个脸蛋冻得通红，吊着一串清鼻涕。他进了门口被热气给熏了个激灵，然后他开始哧溜哧溜地把鼻涕吃到肚子里，这才开口跟我说话。他说："我能换你的东西吗？"我问："你是谁？""鱼纹呀。"他挺骄傲地说着，仿佛我到了乌回镇没听说过他，是大逆不道的。我便笑了。鱼纹像老熟人一样脱掉棉猴，从怀中取出一串草编的铜钱，对我说："它不能当真的钱用，可是比真的钱好看。是我编的，一共二十一个钱。"我问他想换我的什么东西，他便挺老练地说他得先看看我的货。我便把一些零碎东西拿给他，后来他就对胭脂盒产生了兴趣。鱼纹个头很矮，跟他爷爷一样是薄耳朵，不过眼睛又黑又大。他告诉我他家里养着两头猪，一只羊，九只鸡，这些家禽一到春节前都将被宰了过年，只留下一只打鸣的公鸡。他比他爷爷还善谈。接着他问我在乌回镇过年吗，我说当然。鱼纹就乐了，问我大年三十晚上他要是来给我磕头拜年，我会不会给他压岁钱，我说那是自然了。鱼纹便显得欢欣鼓舞的，他在我的屋子里走来走去，给我讲一些他从老辈人那儿听到的鬼怪故事。黄昏的时候，胡达老人来了，他一进屋就说："鱼纹，我就知道你上这儿来了，一来了外人你就来换东西。你换了啥？"

鱼纹笑嘻嘻地打开那个胭脂盒。胡达老人嗔怪道："打小就花心，弄个胭脂饼子做啥？"

后来我从邻居口中得知胡达独居，除了年节之外，平素很少到儿子家去。乌回镇若是来了客人，只要是冬季来，一般都由胡达老人接送。雪爬犁在山中抄着近路走，会省去许多时间。不管什么人物来，胡达最有兴趣的就是看人家带的东西，大约这与他是个手艺人有关。我还得知他少年时学过戏，跟过戏班子。他母亲是个红角，有次在南方的一个水乡小镇唱戏，被当地衙门掌印的人看上，活活地给抢到府上。那人这边强行纳妾，那边差人将胡达的爹悄悄装进麻袋，活活地给扔进河里溺死。从此胡达就失去了双亲，他到处流浪，拉过黄包车，给人修过脚，当过厨师。最后他从南方跑到北方，哪里人少就奔哪里走，结果就在乌回镇安家落户了。胡达最听不得的便是唱戏，所以连带着对一切声音都敏感。

乌回镇的天亮得很迟。八九点钟，太阳才苍白地升起。到处都是积雪，远山近山都是白茫茫的。有时我站在窗前看别人家屋顶的炊烟，无论如何也看不清，因为那炊烟已与天色融为一体了。我手上的冻疮用冬青水洗过后已经痊愈。只不过因为少见蔬菜水果，我的口腔溃疡，吃刺激性食物时疼痛难忍。镇子里的人对我很友好，腊月家家宰猪时，人们总是请我做客。以前我特别讨厌吃猪下水，到了这里后觉得那东西是这么好吃，喝烧酒吃臭烘烘的猪大肠真是妙不可言。有一次我醉在别人家的炕上，指着人家地上的鞋子叫"船"，而擎着筷子叫"桨"，成为笑柄。至于带来的那些颜料，我真是很难说出口，我全把它们涂到乌回镇人家的炕琴上了。他们让我画荷我就画荷，要多粉我就给多粉，过年时还给他们画门神和财神，所以黄绿红三色已经用尽了。领导要是知道我下来体验生活只是画这些个东西，非要气坏不可。可这里的人喜欢我画荷花小鸟、松树仙鹤，除夕时几乎家家都贴着我画的喜气洋洋的财神爷。他们请我画东西时，总是预备下饭食，回来时又给我带来些吃的。我便想做个画匠也不错，从一个小镇到另一个小镇，只画炕琴和门神。我堕落了是吗？

鱼纹留下的那串草编铜钱被我当成装饰挂在墙上。你们问另外一些模糊的物件是什么，它们是桦皮簸箕（淘米用的）、火钩子、鸟笼子和豆角干。我失眠的毛病到这里不治自愈，每日都睡得又香又实，每天同当地人一样早早就起床了。有时我到江上去看他们捕鱼，更多的时候则是去他们那儿串门，听他们讲老掉牙的故事。这里的星光总是不同寻常的好。有时夜晚跑到屋外，仰头一望，满天的星星真叫灿烂啊。还有晚霞，这里的晚霞总是鸡血一样鲜红，同雪景形成强烈反差。

我告诉你们这里的人是如何过年的吧。他们一进腊月就开始忙年，屠宰家禽、做新衣、蒸干粮、除尘，一直忙到除夕的早上这才罢休。无论男女老少都里里外外换上新衣。老人们挂灯笼，家庭主妇忙着祭祖，小孩子则将兜里装满瓜子糖果到处跑。男孩子放鞭炮，那响声就接二连三地闪现。小女孩则挨家挨户看别人家窗户上的剪纸，看哪种图案更妖娆。我是在邻居大嫂家过的除夕，吃过满盘的饺子后，刚回到家里，门就被撞开了。一股白炽的寒气中"嗵"地跌下一个小人，不住地给我磕头，磕得真响啊，鱼纹来讨压岁钱来了。我给了他五十元钱，鱼纹将钱拿在手中，说是要买几个小礼花留待正月十五拿到他爷爷的院子里放。我便问他爷爷在哪个儿子家过的年。鱼纹一梗脖子笑着说："还不是跟往年一样？爷爷在每个儿子家的炕沿都沾沾屁股，然后就背着手回他自己住的房子。"

鱼纹说，胡达老人在大儿子家抽了根烟，告诉大儿子早些再找个老婆回家，不要把饭桌老是弄得油腻腻的。然后他去二儿子家，由鱼纹给他磕头。鱼纹每年磕头都会得到礼物，前些年是蝈蝈笼、鼠夹子、兔皮手套、松塔垒成的小屋子，等等，今年是一条挂狗用的皮项圈。他在鱼纹家尝了一个饺子，嫌那馅不够咸。他去三儿子家吃了块糖，责备他家的灯笼没糊好，把糨子弄到明面上了，一块一块的白点跟长了癣似的。他最后到小儿子家，剥了一个花生吃，紧着鼻子说他家的酸菜缸没伺候好，有股馊味，然后皱皱眉一拍屁股就走了。

"你爷爷年年都这么过年？"我问。

"年年是这样。"鱼纹说，"他就喜欢我，每年正月十五我都去给他放礼花。"

正月十五的那天早晨，我还躺在炕上借着炉火的余温续懒觉，邻居大嫂忽然慌慌张张地进来告诉我，说是胡达老人没了。我不知道"没了"就是当地人对"死亡"的隐讳说法，以为胡达老人失踪了。邻居大嫂说，鱼纹一大清早起来正在摆弄礼花，忽然从炕沿栽倒在地。他的头被磕了一个包，这时他忽然说他看见爷爷快死了，爷爷正在召唤他，他就撒腿往爷爷那儿跑。胡达老人果然躺在炕上，长一声短一声地喘气。见到鱼纹来，眼睛里漫出泪水，说了个"戏"字就咽气了。

"戏？"我问。

"戏。"邻居大嫂说。

我在胡达老人的家里见到了鱼纹。他通身披孝，也许因为泪水的浸润，眼睛更显明亮。他见了我，现出一种大人才有的凄凉表情。正月十五的夜里有许多人为胡达守灵，长明灯在寒风中瑟瑟抖动。鱼纹点燃了那几簇礼花。他每放一个都要说话：

"爷爷，快看，这个花像菊花！"

"爷爷，这花跟冰凌花一样白！"

"爷爷，这个花像是在泼水！"

仿佛胡达老人真的用另外的眼睛看到了似的。我问鱼纹，胡达老人死时果真说出个"戏"字吗？鱼纹点点头。我想如果不是"戏"，便是"嘻"字了。对于生命的结束来讲，"戏"和"嘻"又有多大的区别呢？

胡达老人的死，使乌回镇失去了一个有光彩的人物。我几乎天天都穿着他送我的狍皮靴，用温暖的心境来怀念他。他的手艺真是好，所有的针码都压在靴帮里了，靴口轧着一圈缜密的花边。葬礼过后，雪一场比一场大，人们几乎足不出户在家"猫冬"，只有鱼纹常常到我这里来。他通常是雪住后的早晨来，他带着一条黄狗，狗脖颈处的项圈是胡达老人最后的手艺。鱼纹跟着我学画财神和门神，他每次都带来一张白纸。我教了他一周后，他就能画个大概了。不过他总是喜欢把财神爷的胡子画得又长又飘，就像云彩一样。有时他也帮我烧水沏茶，还帮我抹炕上的灰，他勤快得很。我常常想，要是我能生一个鱼纹这样的孩子有多好。可我知道在城市里是不可能孕育出这样的孩子的。而我在乌回镇又不知不觉丧失了一次可能诞生灵性儿童的机会。

这话还得从你们收到的这张照片谈起。你们真细心，发现它的邮戳不是乌回镇的，而是出自与你们同一座城市的邮局。的确是这样，这帧一次成像的照片是我拜托一个朋友路过我们城市时寄给你们的。我甚至不知道他的名字（这又有什么关系呢）。

那是胡达老人葬礼后的第一个星期日。那天有风，冷极了，镇子里的人传说有几个拍电影的人来了。我走出屋子，发现临江的高岗上果然有一群游动的人影。他们在拍歪歪斜斜的栅栏、木刻楞小屋以及雪爬犁和狗。我便抄着袖子凑过去看热闹。他们共有六个人，是一家海外发行制片公司拍风光片的。其中有一个穿黑色皮衣的人引起了我的兴趣。他个子不高，面目酷似我已故的父亲（红脸膛，很大的眼睛，浓眉），他说话语速极快，在工作间隙不时与他的合作者打趣。他显然也注意到了我，问道："外地人吧？"我点点头。"写字的？"他略带鄙夷地问我，大约以为我是作家或者记者。

"画画的。"我说。

"哦，差不多都一样，都得用笔。"他揶揄地说，"在城里待腻歪了，下乡揩贫下中农的油来了？"

他那无所顾忌的样子，仿佛与我相识已久。傍晚的时候，风住了，可灰云却压满了天空，气压低得很。我正在灶房中淘米，回忆着父亲生前的某些生活片段，他突然笑嘻嘻地像老朋友一样推门进来了。

"有我的饭吗？"他问。

我呆立着。

"反正你也得吃饭，多做出一口就行。"他放下背囊，"而且我也会做饭。"

我便毫不客气地把围裙扔给他。我们用牛肉煮土豆，用粉丝炒酸菜，他边做菜边唱歌（这也与我父亲一样），然后我们一起吃饭。他吃饭的样子很贪婪，连菜底的汤汁都不漏掉，滋滋地倾着盘子吸溜个干净。饭后，我们坐在炉火旁谈天（说些什么已经忘记了），只记得他那张少年般的脸庞，他快捷的语调以及把茶水喝得很响的样子。后来我建议他为我拍一张照片（因为我注意到他背囊中有一次成像的相机，而我又迫切想看看那个夜晚的我）。他打趣道："吃你一顿饭，总要付出些代价。"于是我就穿着毡靴，嘴里嚼着树脂，悠闲地坐在房屋一角。当照片坠落下来后，我发现那颜色和背景都出人意料的好，就想把它寄给你们。为了使你们早些见到乌回镇的我，我让他把信连同照片带走，因为他第二天一大早要离开乌回镇，他中途转机时路过我们的城市。

接着说那天晚上的事情。我记得天落雪了，这是从窗棂微妙的嚓嚓声感觉出来的。

我们把浓茶喝淡了，所有的话语已经化为炉中灰烬的时候，他忽然温存地说："今晚让我留下，好吗？"

我摇摇头，说："我还不知道你的名字呢。"他便站起来穿上大衣，笑笑说："文化女人。"然后用手抚了一下我的头发。

我看着他，有点恋恋不舍，然而依然望着他在走向门口。我突然说："你真像我父亲。"

"他一定是死去了。"他说。

我点点头。

他又说："放心，路过你的城市时，我不会忘了发这封信。"

"谢谢。"这两个字彻底把他赶出门外。

那一夜我不断被噩梦扰醒。早晨起来时望着窗外飞扬的大雪，有种恍如隔世之感，我忍不住伤感地落泪了。我就如此轻易地让一个美好的夜晚付之东流。我知道他们已经离开乌回镇，那样的夜晚永远不会再来了。想起他站在灶房一边做饭一边唱歌的情景，我的泪水就汹涌无边了。后来鱼纹拿着两颗奶糖跑来看我，他说他在家里就听见我的哭声了，他说人吃了糖后就没有眼泪了。我把鱼纹抱在怀里，吻他那双神灯般的眼睛。

你们肯定要嘲笑我的多愁善感了。不管怎么说，我还是很想念你们。我真希望你们能来乌回镇看看，虽然见不到胡达老人了，但他的坟还在，鱼纹也许会画门神和财神给你们看。当然，如果这些人物都意外错过的话，雪是绝对不会拒绝你们的。因为漫长的冬天还未结束，雪三天两头就来一场，你们来看雪吧。只是如果你们也被雪意外围在塔城，胡达老人再也不能赶着雪爬犁接你们去了。

　　给你们的回信就此打住吧。黎明了，我得吃点东西了。今天的早餐是烤土豆，昨夜就把土豆埋进炉火的灰烬中，现在它们早已被烤熟了，温热气犹在，极其可口，是乌回镇人都喜欢吃的一种"点心"。吃过土豆，我得去供销社买蜡烛了，因为来时买的几包已经用光了。还有，因为给你们写信，一个夜晚就这样以"不眠"而结束了，从供销社回来我得补上一个长觉。睡醒后，去一个叫郑顺才的人家，他女儿近日结婚，嫌那台作为嫁妆的缝纫机不喜气，让我去画一对鸳鸯。

1998 年

图书在版编目（CIP）数据

逝川 / 迟子建著 .—北京：作家出版社，2022.9（2025.2 重印）
（迟子建作品）
ISBN 978-7-5212-1798-8

Ⅰ.①逝… Ⅱ.①迟… Ⅲ.①短篇小说—小说集—中国—当
代 Ⅳ.① I247.7

中国版本图书馆 CIP 数据核字（2022）第 014829 号

逝川

作　　者：迟子建
责任编辑：省登宇　周李立
装帧设计：好谢翔
出版发行：作家出版社有限公司
社　　址：北京农展馆南里 10 号　　邮　　编：100125
电话传真：86-10-65067186（发行中心及邮购部）
　　　　　86-10-65004079（总编室）
E-mail:zuojia @ zuojia.net.cn
http://www.zuojiachubanshe.com
印　　刷：北京盛通印刷股份有限公司
成品尺寸：142×210
字　　数：170 千
印　　张：7.75
印　　数：16001—19000
版　　次：2022 年 9 月第 1 版
印　　次：2025 年 2 月第 4 次印刷
ISBN 978-7-5212-1798-8
定　　价：49.80 元（精）